AF534769

Natascha Uhrmann wurde 1971 in Niederbayern geboren und zog mit knapp 40 Jahren der Liebe wegen zu ihrem Mann in die Nähe von Wien. Sie hört Heavy Metal, spielt gerne MMORPGs und liest hauptsächlich Fantasy- oder Liebesromane. Außerdem mag sie Hunde, je größer, desto lieber. Mit ihrem Debüt-Roman „Nicht jeder Frosch ist gleich (m)ein Prinz“ hat sie 2022 den zweiten Platz im Schreibwettbewerb „Loud-like-Love“ vom Bookspot-Verlag belegt. Dieser ist 2023 als eBook bei BC-Publications erschienen.

NATASCHA
UHRMANN

Oliven sommer tage

Erstausgabe Mai 2024

Olivensommertage

ISBN 978-3-98778-731-7
E-Book-ISBN 978-3-98998-209-3

Covergestaltung: ART.Core Design
Umschlaggestaltung: Christin Pleuke

Unter Verwendung von Abbildungen von
shutterstock.com: © Tomasz Czajkowski, © BK foto, © Adisa,
© fokke baarssen, © Hanna Taniukevich, © Me dia
Lektorat: Daniela Pusch
Satz: dp DIGITAL PUBLISHERS GmbH
Druck und Bindung: Books on Demand GmbH, Norderstedt

Für Paulinchen Gschwendtner

Und Freundschaften, wie sie im Buche stehen, auch wenn Jahre vergehen.

1.

Ein denkbar schlechter Urlaubsstart

Lisa saß mit den Armen um ihre angewinkelten Knie am Strand und starrte gedankenverloren aufs Meer hinaus. Sie hatte die Hosenbeine hochgekrempelt, die Zehen im noch kühlen Sand vergraben und genoss die morgendlichen Sonnenstrahlen auf ihrer Haut. Um halb acht war sie auf Zakynthos gelandet. Sie hatte sich ihren Koffer geschnappt, den Instruktionen des Autoverleihers gelauscht, Straßenkarte und Schlüssel in Empfang genommen und war keine halbe Stunde später zu ihrem Ferien-Domizil unterwegs gewesen. Noch war das Zimmer nicht bezugsbereit. Deswegen nutzte sie die frühe Stunde und ging gleich an den Strand. Ihre Sneakers standen neben ihr im Sand, wenn es zu heiß werden sollte, könnte sie sich schnell umziehen. Auch Badesachen waren im Rucksack vom Handgepäck untergebracht, welcher neben ihren Schuhen lag.

Langsam stellte sich Urlaubsfeeling ein.

Endlich fühlte sie sich leichter, freier und sorgloser, und das hatte sie verdammt nötig. Ihre Zukunft lag im Ungewissen, das Schicksal hatte sich in jüngster Vergangenheit gegen sie verschworen. Zuerst hatte ihr altes Auto den Geist aufgegeben, dann war eine furchtbar laute Familie in die Wohnung über ihr eingezogen, deren Radau sie daran hinderte, auf ihrer Terrasse nach einem stressigen Arbeitstag Ruhe und Entspannung zu finden. Bald war auch die Feierabend-Entspannung auf der Terrasse nicht mehr nötig gewesen, denn die Geschäftsleitung ihrer Firma – eine Großhandlung für Fliesen und Natursteine – hatte beschlossen, den Einkauf künftig von der Zentrale aus zu steuern und sämtliche Einkaufsabteilungen in den Zweigstellen dichtgemacht. Diese Rationalisierungsmaßnahme hatte auch sie betroffen. Sie war mit einer Abfindung auf die Straße gesetzt worden, Geldsorgen hatte sie erst mal keine, aber das war es dann auch schon. Als sie ihrem Freund Anton, mit dem sie seit etwa einem halben Jahr zusammen gewesen war, von der Kündigung erzählt hatte, hatte dieser sie sofort verlassen, weil eine arbeitslose Freundin unter seiner Würde sei.

Eine Woche später wurde er mit einer anderen Blondine im Arm gesehen, wie sie über gemeinsame Bekannte erfahren hatte. Dem Idioten wollte sie aber keine Träne mehr nachheulen. Sie war, mit etwas Abstand betrachtet, in dieser Beziehung nie ganz glücklich gewesen. Dennoch schmerzte es, wie leicht er sich ihrer entledigt und wie schnell er eine Neue gefunden hatte. Das hatte ihrem Selbstbewusstsein einen gehörigen Knacks versetzt, und sie fühlte sich seither wie der letzte Abschaum. Vielleicht hatte ihre Freundin

Carlotta recht gehabt. Diese hatte Anton von Anfang an nicht leiden können und gemeint, er würde sie ausnutzen und nur ihres Aussehens wegen mit ihr zusammen sein. Lisa seufzte. Es war besser, gar nicht mehr daran zu denken. Immerhin war sie auf diese griechische Insel geflogen, um Abstand zu gewinnen und sich zu erholen. Nicht nur die lauten Nachbarn waren schuld, dass ihre Wohnung keine Wohlfühloase mehr war, sondern auch, weil ein Häuserblock nach dem nächsten aus dem Boden gestampft und der einstmals so einzigartige Ausblick auf den in der Nähe liegenden See verbaut worden war. Die ruhige Seitenstraße, die sie einmal gewesen war, als Lisa die Wohnung bezogen hatte, mutierte zur Durchfahrtsstraße zum Neubaugebiet. Durch die Dreißigerzone rumpelten nun täglich schwere Lkws und Baufahrzeuge. Wie sehr die Wege erst verstopft sein würden, wenn die neuen Wohnkomplexe bezugsbereit waren, wollte sie sich gar nicht ausmalen, da kaum Tiefgaragen geplant waren.

Diese zwei Wochen Urlaub auf Zakynthos hatte sie dringend nötig. Lisa holte tief Luft und sog den salzigen Geruch des Meeres in ihre Lungen. Mit geschlossenen Augen lauschte sie dem Rauschen der Wellen, die sachte auf dem Sandstrand ausrollten. Sie genoss diesen Moment, ihre Seele baumeln zu lassen. Geld allein machte nicht glücklich, aber es beruhigte, wenn man sich dank der Abfindung – trotz Joblosigkeit – einen zweiwöchigen Urlaub leisten konnte.

Carlotta – oder Carli, wie ihre beste Freundin gerufen wurde – hatte zweifelnd die Stirn gerunzelt, als sie von ihrem Vorhaben erzählt hatte.

»Ausgerechnet du, allein unterwegs? Wird dir das nicht zu langweilig, ohne Ansprechpartner?«, hatte sie gefragt, doch Lisa hatte nur gelächelt.

»Ob du es glaubst oder nicht, ich freue mich darauf, endlich mal keinen Menschen zu sehen. Ich werde viel herumfahren und die Insel erkunden, und muss niemandem Rechenschaft ablegen. Ich kann machen, was ich will, und wenn mir danach ist, länger zu bleiben, dann bleibt mir die Option, ohne dass jemand meckert.«

»Ich habe dir gleich gesagt, dass Anton nicht zu dir passt. Er ist viel zu versnobt für dich. Und er hat dich wie einen Menschen zweiter Klasse behandelt.«

»Er war nicht immer so.« Dennoch tat es weh. »Jetzt will ich einfach wieder zu mir finden und Zeit für mich haben.«

»Hm«, hatte Carli gemacht. »Ich bin ein bisschen neidisch. Du wirst auf jeden Fall viel zu erzählen haben, wenn du zurück bist. Wer weiß, vielleicht findet sich ein netter Urlaubsflirt. Würde deinem Ego einen kleinen Auftrieb geben.«

»Darauf kannst du Gift nehmen«, hatte sie grinsend geantwortet. Und sei es nur, um Anton zu beweisen, dass auch sie ganz schnell einen gutaussehenden Blonden an ihrer Seite haben konnte. Lisa ballte die Hand zur Faust. Wieso dachte sie schon wieder an ihren Verflossenen? Kerle wie er konnten ihr gestohlen bleiben. Sie brauchte keinen, der ihr in den Rücken fiel. Momentan konnte sie sich nicht mal vorstellen, je wieder eine Beziehung einzugehen.

Sie schüttelte den Kopf, ließ sich nach hinten in den weichen Sand fallen und verschränkte die Arme hinter ihrem Kopf.

***

Felix blickte sich in der Ankunftshalle des griechischen Flughafens um und grinste breit, als er seinen Freund und Gastgeber Yannis Strakidis entdeckte. Dessen Mund verzog sich zu einem nicht minder strahlenden Lächeln, als Felix auf ihn zuging, seinen eigenen und den Koffer seines Zwillingsbruders hinter sich herziehend.

Sie begrüßten sich mit einem kräftigen Schulterklopfer und einer Umarmung. »Schön, dass ihr hier seid! Wo steckt Leon?«

»Der ist noch schnell für kleine Jungs«, antwortete er. »Da kommt er schon.« Obwohl Felix und Leon eineiige Zwillinge waren, konnte man sie leicht unterscheiden. Felix' Augen waren eine Spur dunkler als die von Leon und erinnerten an Zartbitter- statt Vollmilchschokolade. Seit sie ein Amt im Vorstand der Porzellanmanufaktur ihres Vaters bekleideten, trugen sie unterschiedliche Frisuren. Wo Leon seine dunkelbraunen Haare kurz geschnitten hielt – seitlich kürzer als oben –, trug er seine schulterlang mit Undercut und oft mit Zopf oder als Man Bun, auch wenn sein Vater jedes Mal meinte, dass sich das für einen seriösen Geschäftsmann nicht gehörte. Das hielt ihn einzig und allein davon ab, sich Dreadlocks machen zu lassen. Der gestutzte und gepflegte Vollbart, welchen die Brüder im gleichen Look trugen, ließ beide älter beziehungsweise reifer aussehen, als sie waren.

Leon wurde ebenso herzlich von Yannis begrüßt. »Herzlich willkommen auf Zakynthos! Ich kann kaum fassen, dass ihr hier seid.«

»Na hör mal, das ist doch selbstverständlich, dass wir bei der Eröffnungsfeier dabei sind!«, antwortete Leon und ließ den Blick über seinen Freund schweifen, dessen Haare ein schönes Stück gewachsen waren, seit er ihn das letzte Mal gesehen hatte. »Du siehst inzwischen dem griechischen Tennisspieler Stefanos Tsitsipas ähnlich. Nur hat der keine blauen Augen, soweit ich weiß«, stellte er schmunzelnd fest. »Klasse, dass du uns persönlich abholst.«

»Das wollte ich mir nicht nehmen lassen, nach der langen Zeit, wo wir uns nicht gesehen haben. Ich stecke zwar voll im Stress, aber momentan wissen die Arbeiter, was sie zu tun haben. Also los, raus hier. Ich muss schnell wieder zurück.«

Yannis war ein ehemaliger Schulkamerad, der bei seiner geschiedenen Mutter in Deutschland aufgewachsen war. Nach dem Studium folgte er jedoch dem Angebot seines griechischen Vaters, die Führung des Hotels zu übernehmen. Das *Panagiotis* war in den letzten Monaten unter seiner Leitung gründlich modernisiert worden und eröffnete am Wochenende unter dem neuen Namen *Caretta Palace*. Yannis hatte sich für den Namen der geschützten Riesenschildkröten entschieden, da er nicht wollte, dass das Hotel weiterhin so hieß wie das Schiffswrack am Navagio Beach, für welches die Insel berühmt war. Zur Eröffnungsfeier waren nur gewählte Gäste eingeladen worden, und die Zwillinge gehörten dazu. Zum einen, da sie gute Freunde von Yannis waren, und zum anderen, weil sie ihn bei dem Projekt tatkräftig unterstützt hatten: Leon war ihm beratend bei finanziellen Dingen zur Seite gestanden, und er, Felix, hatte ihn beim Marketing unterstützt und das Hotellogo entworfen. Und deswegen waren sie nun für eine Woche seine Gäste.

Nach etwa einer halben Stunde hatten sie das Hotel erreicht. Yannis zeigte ihnen ihre Juniorsuite und verschwand daraufhin, denn er hatte noch viel bis zur Eröffnungsfeier zu tun.

Sein Zwillingsbruder Leon pfiff durch die Zähne und blickte sich um. »Hier lässt es sich aushalten. Der Ausblick ist phänomenal. Ich nehme das angrenzende Zimmer, okay?«

»Mir egal«, antwortete er. »Sind sowieso gleich geschnitten.«

»Gut, dann pack ich jetzt mal aus.« Leon verschwand nach nebenan und schloss die Verbindungstür hinter sich, welche die beiden großen Schlafräume voneinander trennte.

Fünf Minuten später starrte Felix fassungslos auf den geöffneten Koffer auf seinem Bett, der darauf wartete, ausgepackt zu werden. Das Problem war nur, dass sich nicht seine Hosen und Hemden darin befanden, sondern luftige Sommerkleider, zarte Spitzendessous und High Heels. Außerdem verströmte der Inhalt einen dezenten Duft nach Lavendel mit einem Hauch von Rosen, seit er den Deckel geöffnet hatte. Das durfte doch wohl nicht wahr sein!

»Leon!« Felix hämmerte gegen die Verbindungstür. »Schwing deinen Arsch rüber! Ich habe hier ein kleines Problem!«

Der Gerufene öffnete die Tür. »Was gibt's denn?« Sein Bruder lachte schallend, als er auf den Kofferinhalt blickte. Es dauerte eine Weile, bis er sich beruhigt und die Lachtränen aus den Augen gewischt hatte. »Verschweigst du mir etwas? Seit wann trägst du Frauenkleider?«

Felix hatte auf einem Hocker Platz genommen und trommelte ungeduldig mit den Fingern gegen seinen Oberschenkel. Er fand das ganz und gar nicht lustig. »Lach ruhig. Aber ich fürchte, du musst mir einen Anzug leihen.«

Leon zog die Stirn kraus. »Sieht danach aus, Brüderchen. Du hast Glück, dass ich grundsätzlich mehr einpacke, als ich brauche. Hast du mich nicht noch ausgelacht, weil ich für Übergepäck bezahlen musste?«

»Das mache ich nie wieder, ich schwör's bei Gott.«

»Wäre besser, sonst lasse ich dich zur Eröffnung eins von diesen Teilchen hier tragen«, sagte er und hielt grinsend ein Kleid hoch, dessen dünne Spaghetti-Träger kaum etwas bedecken würden.

Felix war der Spontanere von ihnen und für jeden Blödsinn zu haben, während Leon für alles einen Plan hatte und immer gut organisiert war. Natürlich würde es diesem nie passieren, mit einem falschen Gepäckstück im Schlepptau auf Zakynthos zu landen, denn er kontrollierte sein Namensschild an der Gepäckausgabe. Felix hatte nicht einmal eines an seinem Koffer befestigt – was ihn nun in eine saubere Bredouille brachte, wie er bekümmert feststellte. Langsam dämmerte ihm, dass er sein Zeug wahrscheinlich nie wiedersehen würde. Felix seufzte. Zum Glück hatten sie die gleiche Statur.

»Du lernst es wirklich nur auf die harte Tour«, kommentierte Leon brüderlich. »Wir rufen sofort bei der Fluggesellschaft an und melden deinen Koffer als vermisst. Vielleicht macht er ja einen Umweg über Afrika und kommt später hier an. Hoffnungen würde ich mir an deiner Stelle aber keine machen.«

Er hasste es, sich wie ein gescholtenes Kind zu fühlen – als würde er nichts auf die Reihe kriegen.

Während sein Bruder die Nummer der Fluggesellschaft heraussuchte, nahm Felix den Kofferinhalt genauer unter die Lupe. Wem dieses Gepäck auch immer gehörte, eines war sicher: Die Dame musste zierlich sein, die Kleidchen hatten Größe 36 und die Schuhe hätten zweimal in seine gepasst. Er kam sich beim Anblick der Unterwäsche schäbig vor, wie ein Voyeur, der in die Privatsphäre eines Menschen eindrang. Schnell verschloss er den Koffer und inspizierte dessen Außenhülle. Vielleicht war die Besitzerin schlauer als er und hatte ein Schild angebracht. Ein leises Lächeln huschte über sein Gesicht, als er es fand.

»Lisa Marie Schneider«, las er laut. Was für ein gewöhnlicher Name. Vor seinem inneren Auge entstand das Bild ihrer grauhaarigen, etwas stämmigen Chefsekretärin, welche für seinen Vater arbeitete, seit er denken konnte. Das passte jedoch ganz und gar nicht zu den zierlichen Outfits, die er im Koffer gefunden hatte.

»Was? Der Name macht neugierig, findest du nicht? Lisa Marie ...« Leon ließ den Namen auf der Zunge zergehen und grinste. »Wenn ich nicht gesehen hätte, welch heiße Dessous da drin liegen, hätte ich hinter dem Namen eine alte Rentnerin vermutet. Hat die liebe Lisa denn auch geschrieben, wo der Koffer hinsoll?«

»Das hat sie tatsächlich. Sie hat einen Hotelnamen und eine Handynummer angegeben.«

»Auf was warten wir noch? Mit ein bisschen Glück hat sie deinen Koffer. Also los, sag mir die Nummer, ich rufe sie gleich an.«

Er tippte ihre Nummer ins Smartphone und lauschte. »Hast du da noch Töne«, knurrte Leon kurze Zeit später frustriert. »Sie hat meinen Anruf abgelehnt. Und jetzt ist sie nicht mehr erreichbar.« Er starrte auf sein Smartphone und konnte es kaum glauben. Dann klopfte er seinem Bruder kameradschaftlich auf die Schulter. »Probieren wir es einfach später noch einmal. Der Koffer läuft nicht davon. Und Frau Schneider auch nicht.«

Das beruhigte Felix kein bisschen. Wenn er schon seine Anziehsachen nicht haben konnte, so wäre er wenigstens gerne den fremden Koffer losgeworden.

»Schöne Schande«, lamentierte er. »Da soll man auf eine Einweihungsfeier und hat nicht mal passende Sachen dabei.«

»Den Abend wirst du in einem Anzug von mir schon durchstehen. So wie ich dich kenne, wirst du den Rest der Zeit am Strand und beim Surfen verbringen«, erwiderte Leon gutmütig.

»Stimmt genau. Deshalb brauchst du mir nur deine Badehose leihen, die benötigst du sowieso nicht«, zog Felix seinen Bruder auf. Er knuffte Leon in die Rippen und folgte ihm in sein Zimmer, um sich ein T-Shirt, eine Shorts und eine Badehose zu schnappen. »Danke, Bro. Du findest mich dort unten.« Er deutete aus dem

Fenster, welches einen atemberaubenden Ausblick auf ihre Dachterrasse, das Meer und den langen Sandstrand gab, der fast menschenleer war – einer der Vorteile, wenn man in der Vorsaison die Insel besuchte. Er wusste, dass er sich bei der Kofferbeschaffung voll und ganz auf seinen Bruder verlassen konnte. Schließlich war Leon der Ältere, auch wenn es nur ein paar Minuten waren. Außerdem war er der besser Organisierte von ihnen.

***

Der Klingelton ihres Handys riss Lisa aus einem Sekundenschlaf am Strand, das frühe Aufstehen hatte seinen Tribut gefordert. Sie rieb sich die Augen und warf einen Blick auf das Display. Eine unbekannte Nummer mit deutscher Vorwahl – sicher irgendeine Marktanalyse. Diese Umfragen waren einfach nur nervig. Verärgert drückte sie auf Abweisen, im Urlaub wollte sie nicht von solchen Dingen belästigt werden. Schlimm genug, dass sie davon aus ihrem Schlummer gerissen wurde. Aber anscheinend handelte es sich um einen hartnäckigen Mitarbeiter des Callcenters, denn keine zehn Sekunden später klingelte es von derselben Nummer erneut. Lisa stöhnte genervt auf.

»Aufdringliches Gesocks«, murmelte sie und schaltete kurzerhand das Handy komplett aus. Jetzt konnten die Werbefuzzis sich die Finger wundtippen, sie war nicht mehr erreichbar.

Langsam bekam sie Hunger, sie hatte vor ihrer Abreise nur einen Espresso getrunken, und es war Zeit für ein spätes Frühstück. Sie würde sich nach einer

Bäckerei oder einem Café umsehen, und sich einen ersten Überblick über ihren Ferienort verschaffen.

Nachdem sie von ihrem Spaziergang und dem Frühstück aus dem kleinen, verschlafenen Ort zurückgekommen und eine schöne Strecke im Meer geschwommen war, brachte sie ihren Koffer nur kurz auf ihr Zimmer, räumte Zahnbürste und Ersatzgewand aus dem Rucksack und begab sich sofort wieder an den Strand, wo sie den Rest des Tages mit Schwimmen und Dösen verbrachte. Nachmittags aß sie einen kleinen Tomatensalat mit frischen Oliven an der nahegelegenen Strandbar. Zurück im Hotel verbrachte sie eine weitere Stunde auf ihrem Balkon, die Beine auf den Tisch gelegt, und las in ihrem historischen Liebesroman, welchen sie sich extra für den Urlaub gekauft hatte.

So ließ es sich aushalten, und sie genoss ihren ersten Tag in Freiheit aus vollen Zügen.

Schließlich legte sie das Buch zur Seite, um endlich ihren Koffer auszuräumen, denn das erledigte sich leider nicht von selbst. Zum Abendessen später wollte sie frische Klamotten anziehen, vorzugsweise ein hübsches Kleid, und das mittlerweile verschwitzte Oberteil nicht noch mal verwenden. Erst da bemerkte sie das Malheur, und es ging ihr somit wie Felix Liebl Stunden zuvor: Sie stand sprachlos vor dem geöffneten Gepäckstück und fragte sich, wo denn ihre Sommergarderobe abgeblieben war. Statt der Blümchenkleider blickte sie auf Herrenshorts und Bermudahemden. Der Größe nach von einem recht muskulösen, aber sportlichen Typen, der ein Deo benutzte, das außerordentlich gut roch. Merkwürdigerweise war auch ein einzelner Anzug dabei, als wäre neben Strandaufenthalt noch ein festliches Event geplant. Lisa schmunzelte, als sie die dazu passenden Schnürschuhe aus Leder sah – der Kerl lebte auf großem Fuß.

Es war kein Namensschild angebracht, lediglich das Klebeband der Fluggesellschaft war noch um den Griff gewickelt. Darauf stand, dass ein Mr. Felix Liebl Besitzer des Koffers war, aber das half ihr nicht weiter. Lisa starrte darauf und fragte sich, was sie jetzt tun sollte. Sie konnte sich nicht an eine Reiseleitung wenden, denn sie hatte keine Pauschalreise gebucht, sondern Hotel und Flug selbst online organisiert. Ob die Fluggesellschaft helfen konnte? Durften die ihr überhaupt Adresse oder Telefonnummer dieses Herrn aushändigen? Die Datenschutzbestimmungen waren ja mittlerweile schärfer als ein gut abgerichteter Wachhund. Wer konnte ihr sonst helfen? Der Hotelmanager? Und wieso zum Henker hatte sie sich nicht noch am Flughafen vergewissert, ob es sich um ihr Gepäck handelte? Sie hätte Carlis grellpinken Koffer nehmen sollen, diesen erkannte man schon aus weiter Entfernung, dachte sie grummelnd. Damals hatte Lisa noch gelacht, aber jetzt verstand sie, wieso ihre Freundin sich eine so unmögliche Farbe zugelegt hatte. Schwarze Koffer dieser Marke gab es wie Sand am Meer, aber bisher hatte sie gedacht, dass sie ihren an der Verarbeitung der Vordertaschen erkennen würde. Anscheinend war jener Felix Liebl von der gleichen Vermutung ausgegangen, nur dass sich dieser gleich so sicher fühlte, dass er nicht einmal ein Namensschild angebracht hatte.

Sie holte tief Luft und ließ sich nachdenklich auf der Bettkante nieder.

Fakt eins: Sie hatte einen fremden Koffer.

Fakt zwei: Sie hatte keine Ahnung, wo ihrer war.

Fakt drei: Sie hatte auch keine Ahnung, was sie nun unternehmen sollte.

Fakt vier: Sie musste mit irgendwem darüber reden, also würde sie Carli anrufen.

Fakt fünf: Gott sei Dank gab es in der Minibar einen kleinen Ouzo. Den konnte sie nach diesem Schock gut brauchen.

Lisa schenkte sich den Anisschnaps ein und schaltete ihr Handy wieder an. Der Mobilfunkanbieter hieß sie herzlich willkommen und klärte sie über teure Gebühren auf, das Hotel-WLAN wollte ein Kennwort. Kaum war das Gerät mit dem Netz verbunden, überschlug sich das Piepsen der versäumten Nachrichten. Es kam ihr komisch vor, dass es das Callcenter so oft versucht hatte, aber zum Glück hatte sie davon nichts mehr mitbekommen. Sie konnte nur hoffen, dass diese Werbeleute das Interesse an ihr verloren.

Carli hatte bereits geschrieben, wollte wissen, wie es ihr ging, wie das Wetter war und dass sie sich melden sollte. Sie rief ihre Freundin an, die sofort abnahm, als hätte sie nur auf ihren Anruf gewartet.

»Na, Urlauberin, wie ist es so?«, erkundigte sich Carli.

»Toll ist es hier. Schade, dass du nicht dabei bist. Aber ich habe ein klitzekleines Problem.« Lisa starrte auf das Gepäckstück, als könne es sich dadurch in Luft auflösen.

»Ha! Gib zu, dir ist fad! Du schaffst das allein nicht!«, mutmaßte Carli.

»Das ist es nicht, im Gegenteil. Ich liebe diese Ruhe, nichts sagen oder tun zu müssen. Aber damit ist es leider vorbei.« Und so berichtete sie von dem Koffer, der auf ihrem Bett lag, und hoffte, dass Carli Rat wusste.

»Ich würde an deiner Stelle die Fluggesellschaft kontaktieren. Vielleicht hat Mister Sportlich sich dort gemeldet. Ihr könnt die Koffer ja nur auf Zakynthos vertauscht haben. Ist es die gleiche Airline? Auf den Aufklebern steht Start und Ziel, also kannst du kontrollieren, ob er auch von Wien weggeflogen ist.«

»Ich weiß es nicht, aber ich glaube, auf dem Gepäckband waren noch Koffer aus einer weiteren Maschine, die kurz zuvor gelandet war. Ich hatte mich schon gewundert, weil die Koffer so schnell aus dem Flugzeug geladen wurden.«

»Na siehst du. Dann halte ich dich auch nicht mehr auf, weiß Gott, wie lange du jemanden bei der Airline erreichen kannst.«

»Bis dann Carli, danke dir für deinen Rat.«

»Gerne doch, Süße. Meld' dich, wenn du was Neues weißt. Oder auf den mysteriösen, aber gutaussehenden Besitzer getroffen bist.«

»Was du schon wieder denkst! Bussi und Baba!«, sagte sie halb entrüstet und legte auf.

Sie seufzte – gefühlt zum hundertsten Mal an diesem Tag – und blickte auf das Etikett. Carlotta hatte recht: Der Abflughafen war nicht derselbe und statt Austria Airlines war hier eine griechische Fluggesellschaft angegeben. Nun war guter Rat teuer, nicht nur, was das Outfit für den heutigen Abend betraf. Sie hatte nur noch eine leichte Stoffhose und eine lockere Tunika als Ersatz im Rucksack. Mit diesen legeren Teilen brauchte sie nicht in ihrem Hotel zum Abendessen auftauchen, wo eine gewisse Eleganz vorgeschrieben war. Sie konnte nur hoffen, dass sie schnellstens ihren eigenen Koffer zurückbekam.

2.

So schnell geht's

Am nächsten Morgen wurde sie durch grelle Sonnenstrahlen geweckt, die durchs geöffnete Fenster fielen und sie in der Nase kitzelten. Lisa hatte – trotz ihrer Sorgen – besser geschlafen als erwartet. Sie hatte versucht, ihre Überlegungen zur Seite zu schieben und in einer Taverne im Ort lecker zu Abend gegessen. Zu den gegrillten Scampi, bei deren Anblick ihr das Wasser im Mund zusammengelaufen war, hatte sie sich einen halben Liter Hauswein gegönnt, der es ganz schön in sich hatte. Sie war zwar nicht betrunken gewesen, da es in Wien und der näheren Umgebung genug Heurigenlokale gab, wo Carli und sie oftmals bei einigen Gläsern Wein ihre Abende verbrachten, und sie somit durchaus zwei, drei Gläser vertrug, aber genug betäubt, um nach dem Zähneputzen sofort in ihr Bett zu fallen, den blöden Koffer zu vergessen und einzuschlafen.

Sie gähnte verschlafen und streckte sich, bevor sie die Augen aufschlug und langsam ihre Umgebung wahrnahm. Den fehlenden Schlaf von der Nacht zuvor hatte sie locker aufgeholt. Es war etwa zweiundzwanzig Uhr gewesen, als sie zu Bett gegangen war, und ein Blick auf die Uhr verriet ihr, dass es jetzt halb neun war. Zeit also, rasch aufzustehen, um noch rechtzeitig im Frühstücksraum zu sein. Zum Glück durfte man den ohne das kleine Schwarze betreten.

Erst nach einem starken, griechischen Kaffee, einem Müsli mit frischen Früchten und zwei Scheiben Brot fühlte sie sich gewappnet, die Suche nach ihrem Koffer zu beginnen. Die Sonne war währenddessen hinter einem Wolkenschleier verschwunden, der Wetterbericht sagte für diesen Tag Gewitter und Windböen an, obwohl es warm genug blieb, um den Tag draußen zu verbringen. Sie rief bei der Fluggesellschaft an und hing gute zehn Minuten in der Warteschleife, bis sie überhaupt einen Menschen am Apparat hatte. Wäre ihr Anliegen nicht so dringlich gewesen, hätte sie wohl entnervt aufgelegt. Der obligatorische Walzer von Austrian Airlines mochte für ein paar Augenblicke nett sein, aber auf Dauer ging er ihr auf den Keks.

»Wenn Sie Auskünfte über den Flugstatus haben wollen, wählen Sie die Eins«, säuselte eine mechanische Stimme, während die Musik leiser wurde. »Bei Fragen rund um Ihre Buchung wählen Sie die Zwei. Für zusätzliche Features wählen Sie die Drei.«

Und so weiter und so fort – es schien, als würden die Aufzählungen kein Ende nehmen. Irgendwann war dann doch die Nummer dabei, wo sie ihr Gepäck als vermisst melden konnte, erst da wurde sie zu einem Mitarbeiter weiterverbunden. Sie informierte den Herrn auch, dass sie im Besitz des Koffers von einem Felix Liebl war, welcher mit der Aegean Airlines geflogen sei. Hier habe sie nur die Möglichkeit, diesen am Flughafen dem Bodenpersonal der Fluglinie zu übergeben. Ansonsten würde man sie kontaktieren, sollte ihr

Gepäck auftauchen, ließ der freundliche Mann am anderen Ende der Leitung sie wissen.

Nachdem das sicher nicht sofort passieren würde, beschloss Lisa, anstatt den südlichen Teil der Insel zu erkunden, wie sie eigentlich vorgehabt hatte, zuerst der Hauptstadt einen Besuch abzustatten. Dort würde sie notgedrungen shoppen gehen müssen und sich Kleider und frische T-Shirts zulegen. Sie hoffte, dass man ihr Gepäck bald finden und nachschicken würde, aber bis es soweit war, musste sie die Zeit überbrücken. Wenn sie schon in der Hauptstadt unterwegs war, konnte sie genauso gut das fremde Gepäckstück zum Flughafen bringen.

Also schnappte sie sich die Autoschlüssel des Leihwagens, schlüpfte in Turnschuhe und zwangsweise in das alte T-Shirt, packte sicherheitshalber Handtuch und Bikini in den Rucksack und verließ die Hotelanlage. Sie hatte sich schon zu Hause ausgiebig mit den Sehenswürdigkeiten der Insel beschäftigt und herausgesucht, welche Routen sie abfahren wollte. Den Weg vom Flughafen war sie ja bereits gefahren. Nachdem sie den falschen Koffer verstaut hatte, startete sie den Motor und fuhr los.

***

»Ich frage Yannis, ob er uns das Auto leiht«, schlug Leon seinem Bruder vor, nachdem er es noch einmal telefonisch bei Lisa Marie Schneider versucht und wieder nur ein Besetztzeichen erhalten hatte. »Er kann uns gewiss sagen, wie wir in den Ort kommen. Vielleicht weiß er sogar, wo das Hotel ist. Die Anschrift haben wir ja.«

»Das ist eine gute Idee. Dann bin ich wenigstens das fremde Gepäck los. Ob Frau Schneider meinen Koffer hat, steht trotzdem in den Sternen.«

Felix blickte mit gerunzelter Stirn nach draußen. Dunkelgraue Wolken zogen in rasender Geschwindigkeit vorbei, die Oleanderstauden bogen sich im Wind.

»Egal, versuchen müssen wir es. Heute ist das Wetter ohnehin nicht so prickelnd, dass du an den Strand kannst. Außerdem bist du von gestern schon ganz schön rot. Hast dich wohl nicht eingecremt?«

»Nein, wieso sollte ich? Ich bekomme nie einen Sonnenbrand.«

»Zu Hause vielleicht. Hier scheint die Sonne kräftiger, auch wenn du es durch den Wind nicht spürst.« Leon schüttelte den Kopf. Wie unvernünftig sein Bruder sein konnte, verstand er beim besten Willen nicht. Und wieso sein Vater überlegte, ihn allein zum Erben der Firma zu machen, erst recht nicht. Zahlen waren sein Metier, nicht das seines Zwillings. Er warf Felix eine After-Sun-Lotion mit Aloe Vera-Extrakt zu. »Nimm die, das sollte die Rötung lindern.«

Felix verzog das Gesicht. Er war doch kein Weichling, der sich mit einer Körperlotion einschmierte. Aber das Brennen und leichte Ziehen der Haut an den Schultern veranlasste ihn dann doch, die kühlende Milch zu verwenden. Allerdings hätte er sich lieber die Zunge abgebissen, als seinem Bruder recht zu geben.

»Mit Neopren passiert das nicht«, murmelte er stattdessen.

»Klar. Ich suche dann mal Yannis.«

***

Yannis war schwer beschäftigt und scheuchte die letzten Handwerker wie ein Sklaventreiber durch die Gegend. Hier kam seine deutsche Erziehung durch, denn ein Grieche ließ sich normalerweise nicht stressen. Die Eröffnung des Hotels sollte am Samstag stattfinden. In den Badezimmern wurden derzeit die letzten Accessoires montiert, aber die Maler waren noch nicht fertig. Er konnte von Glück reden, dass die fertigen Räume gereinigt und hergerichtet waren, aber in den nächsten beiden Tagen waren noch tausend Kleinigkeiten zu erledigen. Yannis sehnte den Tag herbei, an dem die Gäste kamen, das Tagesgeschäft begann, und er sich nicht mehr mit solchen Dingen beschäftigen musste. Er gab dem Gärtner soeben letzte Anweisungen zur Bepflanzung der Beete und Blumenkästen, als Leon ihn im Garten aufsuchte.

»Hi, Yannis«, wurde er von seinem deutschen Freund begrüßt. »Kann ich dir irgendwo helfen?«

»Kaliméra«, erwiderte er den Gruß. »Xereis na milas ellinika?«

»Was?«

»Ich habe gefragt, ob du griechisch sprichst«, antwortete Yannis schmunzelnd.

»Leider nein, noch immer nicht.« Interessiert warf Leon einen Blick auf die verschiedenen Pflanzen, die darauf warteten, in die Erde zu kommen. Momentan standen sie nur locker an ihrem zukünftigen Platz.

»Siehst du. Also kannst du mir auch nicht helfen. Die Arbeiter verstehen kein Deutsch und kaum Englisch. Gefällt euch die Suite? Ist alles zu eurer Zufriedenheit?«

Yannis lenkte seine Schritte zurück zum Hotel, Leon ging neben ihm her.

»Es ist perfekt«, strahlte Leon. »Der Umbau hat sich gelohnt, du hast ganze Arbeit geleistet. Deine Gäste werden begeistert sein.«

»Hoffen wir es. Und danke für deine Hilfe. Es tut mir leid, ab Sonntag habe ich mehr Zeit für euch.«

»Ist doch kein Thema, Yannis. Wir können uns auch allein beschäftigen. Ich hätte allerdings eine kleine Bitte. Kannst du mir ein Auto borgen?«

Yannis blickte auf die Uhr. »An sich wäre das kein Problem, ich muss aber in zwei Stunden nach Zanthe, die letzten Dinge mit dem Eventmanager besprechen. Ich komme voraussichtlich erst abends zurück. Somit kann ich euch meines nicht geben, und der Koch ist mit dem Minivan des Hotels unterwegs. Wo wollt ihr denn hin? Im Ort gibt es eine Autovermietung, wenn ihr die Insel erkunden wollt. Ich könnte euch irgendwo absetzen, wenn es auf dem Weg liegt.«

Leon erklärte das Problem, vor dem sie standen.

Yannis lachte. »Wenn es weiter nichts ist! Gib mir den Koffer dieser Lisa mit. Es ist zwar noch ein Stück bis zu dem Hotel, wo sie untergebracht ist, aber wenn ich schon in der Hauptstadt bin, ist die größte Distanz bereits geschafft.« Er schmunzelte: »Waren wenigstens ein paar ordentliche Dessous dabei?«

»Genug, dass ich selbst neugierig auf diese Frau bin«, zwinkerte Leon.

»Wenn diese Lisa so sexy ist, wie du glaubst, bringe ich den Koffer gerne nach meiner Besprechung hin und erkundige mich, ob Felix' Zeug bei ihr aufgetaucht ist. Wenn ihr trotzdem ein eigenes Auto braucht, geht einfach die Hauptstraße runter, da stoßt ihr automatisch auf den Verleih. Die Straßen sind gut ausgebaut, es gibt nur wenige, auf denen man einen Allrad-Antrieb braucht.«

»Das werden wir uns auf jeden Fall überlegen. Nur am Strand zu liegen ist auf Dauer langweilig – mir zumindest. Felix kann dort den ganzen Tag verbringen. Danke, Yannis, hol einfach den Koffer ab, bevor du losfährst. Er ist in meinem Zimmer.«

»Geht klar. Bin gespannt, wie diese Lisa aussieht.«

***

Lisas Nachmittag war rasend schnell vergangen. In der Hauptstadt brauchte sie länger, als sie ursprünglich angenommen hatte. Es war nicht einfach, einen Parkplatz zu finden, und es gab so viele Gässchen, dass sie sich mehrmals verlaufen hatte, so dass sie sich beinahe wünschte, Anton wäre bei ihr. Aber letztlich war sie in einer kleinen Boutique gelandet, wo sie zuvorkommend und freundlich bedient wurde. Den Ramsch, den es in den Supermärkten oder Touristen-Läden gab, wollte sie nicht, auch wenn sie dort sofort Strandkleider und Shirts mit dem Logo der Insel fand. So aber hatte sie der netten Besitzerin gleich zwei Kleider, ein Paar Sandaletten und zwei Shirts abgekauft, sogar ein Minirock und neue Unterwäsche hatten den Weg in die Einkaufstasche gefunden.

Anschließend war sie am Flughafen vorbeigefahren und hatte den Koffer des mysteriösen Fremden, dessen Sachen so gut rochen, abgegeben, in der Hoffnung, dass sich der Besitzer des verlorenen Gepäcks dort gemeldet hatte. Das Bodenpersonal versprach, sich darum zu kümmern, und Lisa fiel ein Stein vom Herzen. Schade war nur, dass sie wohl nie erfahren würde, wie der Typ aussah. In ihrem Kopf hatten sich einige Bilder geformt, und kein einziges davon ähnelte Anton auch nur im Geringsten, eher Schauspielern wie Daniel Craig als James Bond oder Chris Hemsworth in seiner Rolle als Thor.

Danach fuhr sie an Laganas und Lithakia vorbei nach Keri Beach und verbrachte den Rest des Nachmittags an einem Strand mit Kieselsteinen und traumhaft klarem Wasser. Anscheinend war sie auf der dem Wind abgewandten Seite der Insel gelandet. Das Meer war hier ruhig und glatt, im Gegensatz zu der Hauptstadt, wo die Brandung heftig gegen die Kaimauern rollte.

Soeben verstaute sie ihre kostbaren neuerworbenen Schätze im Schrank, als sie von der Rezeption verständigt wurde, dass ein Mann in der Lobby wartete, der ihren Koffer dabeihatte.

Konnte das denn sein? Rasch schlüpfte sie in eines der neuen Kleider und Sandaletten, strich mit den Fingern durch ihre widerspenstigen Locken und eilte die Stufen hinunter. Unten angekommen, verschlug es ihr gleich doppelt die Sprache. Der Kerl, der dort stand, hatte zum einen tatsächlich ihren Koffer neben sich stehen, zum anderen sah er einfach viel zu gut aus. Unwillkürlich machte ihr Herz einen kleinen Satz und sie musste sich beherrschen, dass ihr der Mund nicht offenstand. War das Felix Liebl? Das konnte kaum sein, der Mann hier war zierlicher gebaut, als sie es sich anhand der Kleidung ausgemalt hatte.

»Frau Schneider?« Seine Stimme hörte sich warm und weich an.

»Das bin ich«, antwortete Lisa und räusperte sich. Vor ihr stand ein Typ, der an Will Turner aus Fluch der Karibik erinnerte, jedoch um einiges faszinierender. Die dunkelblauen Augen musterten sie intensiv, bevor sich sein sinnlicher Mund zu einem strahlenden Lächeln verzog. »Das freut mich. Ich denke, der hier gehört Ihnen«, meinte er und zeigte auf das schwarze Teil neben sich.

Lisa wusste nicht, was sie zuerst machen sollte: Vor Freude an die Decke springen, die dargebotene Hand schütteln oder den guten Mann einfach küssen – verlockend genug war die Vorstellung. Sie entschied sich für die zweite Variante, während sie ihn anlächelte, und hoffte, nicht rot zu werden.

»Ich danke Ihnen sehr, Herr ...«, stockte sie.

»Strakidis. Verzeihen Sie, dass ich mich nicht gleich vorgestellt habe. Nennen Sie mich einfach Yannis.«

»Gerne, Herr Strakidis, äh, ich meine, Yannis. Vielen Dank, Sie wissen ja nicht, wie froh ich bin, dass der Koffer aufgetaucht ist.«

»Kein Problem. Sie sind nicht zufällig im Besitz des Gepäcks von Felix Liebl?«

»Das war ich«, antwortete Lisa, die sich langsam wieder fasste. »Nachdem ich dem Rat meiner Fluggesellschaft gefolgt bin, habe ich diesen jedoch heute zum Flughafen gebracht und dort am Schalter der Aegean Airlines abgegeben. Das tut mir leid.«

»Machen Sie sich keine Sorgen, Sie haben absolut korrekt gehandelt. Felix wird sicher benachrichtigt werden, sein Bruder hat das Gepäck gestern als vermisst gemeldet.«

»Darf ich Sie zu einem Glas Ouzo oder einem Frappé einladen? Zum Dank, dass Sie mir meine Sachen gebracht haben?«

Yannis' Augen begannen zu strahlen.

»Sehr gerne. Ich habe alle Zeit der Welt«, sagte er zu ihrer Freude, bevor er ihr nochmals seine Hand entgegenstreckte und ihr mit der anderen die Tür aufhielt. »Aber ich bezahle.«

Kurz darauf saßen Lisa und Yannis an der Poolbar bei einem belebenden Nescafé Frappé und lächelten sich an.

»Wie kommt es, dass Sie so blaue Augen und dunkelblonde Haare haben?«, fragte sie, während sie seine klassisch griechischen Gesichtszüge musterte.

Die gerade Nase, die sinnlichen Lippen, der dezente Oberlippenbart, die schwungvoll geformten Augenbrauen, die ausdrucksvolle Gestik – alles an Yannis faszinierte sie, und sie fragte sich unweigerlich, wie sie es schaffen sollte, sich nicht Hals über Kopf in ihn zu verlieben. Noch dazu hatte sie ein Faible für Männer mit schulterlangem Haar, auch wenn ihr Ex Anton einen Kurzhaarschnitt trug und damit aus dem Rahmen fiel. Yannis hatte seine Krawatte abgenommen und die obersten Knöpfe seines Hemdes geöffnet. Der Anblick seiner glatten Brust brachte Lisas Gemütsruhe gehörig durcheinander. Lisa hielt ihr Glas fest umklammert, denn sie konnte nicht garantieren, was ihre Hände anstellen würden, wenn sie keine Kontrolle darüber hatte. Sie musste sich höllisch zusammenreißen, um ihn nicht zu berühren. Seine Nähe machte sie ganz kribbelig und bescherte ihr wackelige Knie. Vergessen waren die Überlegungen, wie Felix Liebl aussah. Sie konnte sich nicht vorstellen, dass es eine Steigerung an Männlichkeit gab, die gerade vor ihr saß. Muskulöser vielleicht – aber umwerfender? Wohl kaum.

»Da schlägt das Erbe meines Großvaters mütterlicherseits durch«, erklärte Yannis lächelnd und riss sie damit aus ihren Gedanken.

Während sie miteinander plauderten, erfuhr sie, dass er in Bayern gewohnt hatte, bevor ihm sein Vater das Angebot unterbreitet hatte, die Leitung des Hotels zu übernehmen. Die Zwillinge Felix und Leon Liebl, die nun bei ihm als Ehrengäste logierten, waren Freunde von ihm.

Nach einer Stunde hatten sie die Örtlichkeit gewechselt. Er hatte sie kurzerhand in sein Auto verfrachtet und war mit ihr nach Vasilikos gefahren, wo er eine Taverne am Meer kannte, etwas abseits, sodass es noch ein Geheimtipp war. Und jetzt saßen sie auf dem Balkon des Lokals direkt am Strand, erzählten sich beinahe ihr gesamtes Leben und aßen leckere Mezedes, welche er ausgesucht hatte.

»Ich kann von Glück reden, dass du diesen Anton los bist«, meinte Yannis gerade und leckte sich die Finger vom Olivenöl ab, bevor er das Messer zur Hand nahm und ein Stück Pitabrot mit Tsatsiki bestrich. »Ein kompletter Idiot, wenn du mich fragst. Wie kann man eine so verdammt hübsche und intelligente Frau wie dich laufenlassen?«

Lisa wurde rot, ein ehrlich gemeintes Kompliment hatte sie lange nicht bekommen. »Das klingt, als würdest du Anton kennen«, scherzte sie.

Ihr wurde plötzlich bewusst, dass ihr Verflossener kein einziges Mal bezahlt hatte, wenn sie zusammen ausgegangen waren. Meist hatte sie die Rechnung übernommen, obwohl Geld in seiner Familie keine Rolle spielte. Mit etwas Glück hatte es getrennte Kassen gegeben. Außerdem hatte Anton sich nie erkundigt, wie es ihr ging oder was sie machen wollte, sämtliche Aktivitäten hatte er bestimmt, egal ob es sich dabei um einen Besuch im Kino oder um einen gesellschaftlichen Anlass handelte. Yannis hatte also voll ins Schwarze getroffen. Sie schüttelte sich. Wie hatte sie sich nur so von Anton unterbuttern lassen können?

»Wenn ich zurückdenke, kann ich mich kaum erinnern, was ich an ihm mochte«, nahm sie den Faden wieder auf. »Aber lass uns bitte nicht mehr von meinem Ex sprechen. Wieso hast du keine Frau an deiner Seite? Die Damen müssten doch bei dir Schlange stehen?«

Yannis grinste amüsiert. »Ich hatte bisher keine Zeit, darauf zu achten. Seit ich in Griechenland bin, gab es nur die Planung und die Überwachung des Umbaus des Hotels. Drei Kreuzzeichen, wenn am Samstag die Eröffnung ist.« Yannis kniff kurz die Augen zusammen, ihm war soeben eine geniale Idee gekommen. »Hör zu, Lisa. Möchtest du am Samstag zur Eröffnungsfeier kommen? Ich lasse dir ein Zimmer herrichten, dann musst du nachts nicht zurückfahren. Du würdest dich sicher super mit Leon und Felix verstehen, und es wäre doch jammerschade, wenn du deinen Urlaub allein verbringst, wenn du genauso gut in Gesellschaft sein kannst. Ich würde mich riesig freuen, dein hübsches Gesicht unter den Gästen zu sehen.«

Lisa verschluckte sich beinahe, als er die Einladung aussprach. Sie überlegte jedoch nicht lange, obwohl solche Zusagen sonst nicht ihre Art waren. Sie hatte Urlaub – da schadete ein wenig Spontanität sicher nicht.

»Sehr gerne, Yannis. Da muss ich wohl noch mal shoppen gehen«, stellte sie fest. »Ein Outfit, welches diesem Anlass gerecht wird, habe ich nicht dabei.«

Er nahm ihre Hand, zog sie zu seinem Mund, hauchte einen zarten Kuss darauf und blickte ihr in die Augen, sodass sie glaubte, in den Tiefen eines Gebirgssees zu versinken. Der feste Griff seiner Hand und die zarte Berührung seiner Lippen fuhren ihr durch Mark und Bein und trieben ihren Puls in die Höhe.

»Um das Kleid kümmere ich mich. Du musst kein Geld dafür ausgeben, nur weil ich dich zur Eröffnung einlade.«

»Oh«, machte sie. »Du musst aber nicht ...«

Yannis lächelte, und seine strahlend weißen Zähne blitzten ihr entgegen. »Ich lasse keinen Widerspruch zu«, erwiderte er. »Du musst mir nur deine Kleidergröße verraten.«

»Ist das nicht ein bisschen zu intim?«, neckte sie ihn.

»Nur dann, wenn du mir auch deine Körbchengröße verrätst«, konterte er und widmete sich mit Hingabe dem letzten gegrillten Paprikastreifen, der auf seinem Teller lag.

»Uff«, sagte Lisa und strich über ihren Bauch. »Ich platze gleich. Wie kann man nur von Vorspeisen so satt werden, bitte?«

»Indem man von allem etwas probiert. Einen Ouzo zur Verdauung?«

»Gern.«

Yannis orderte zweimal das Getränk und zahlte die Rechnung. Nachdem sie den Digestif geleert hatten, brachte er sie zum Hotel zurück.

Verlegen stand sie ihm auf dem Parkplatz gegenüber, weil sie nicht wusste, ob sie ihn noch mit hineinbitten sollte. Das ginge ihr zu schnell, auch wenn sie sich mehr als alles andere danach sehnte, noch ein bisschen mehr Zeit mit ihm zu verbringen.

»Ich danke dir für die Einladung, Yannis. Ohne dich hätte ich diese Taverne sicher nie gefunden, geschweige denn so hervorragend gegessen.«

»Nicht der Rede wert, ich danke dir für diesen wundervollen Abend. Wir sehen uns am Samstag.«

Er zog sie an der Hand zu sich und beugte sich zu ihr, sodass seine Lippen ihre Wange streiften und neben ihrem Ohr verharrten.

Ihr Puls verdoppelte sich bei dieser zarten Berührung, die aber nur ein Versehen gewesen sein konnte.

»Kalinichta, meine Liebe. Träum schön«, wünschte er ihr leise, bevor er wieder eine aufrechte Haltung einnahm. Er blickte auf die Uhr. »Jetzt muss ich nur zusehen, dass ich noch jemanden am Flughafen antreffe, der mir Felix' Koffer aushändigen kann«, stellte er abschließend fest.

Lisa winkte ihm nach, bis das Auto nicht mehr zu sehen war. Ihr Herz klopfte noch immer, als sie auf ihrem Zimmer endlich ihren eigenen Koffer ausräumte, und lächelte gedankenverloren, als sie Carli benachrichtigte, dass dieser wieder aufgetaucht war. Aus Gründen, die sie sich nicht erklären konnte, verschwieg sie ihrer Freundin die Begegnung mit dem charismatischen Griechen. Sie setzte sich mit einem Glas Wasser auf den

Balkon, blickte verträumt in den Sonnenuntergang und ließ die letzten Stunden Revue passieren. Selbst als sie zwei Stunden später zu Bett ging, konnte sie nicht verhindern, dass die dunkelblauen Augen von Yannis Strakidis sie in den Schlaf begleiteten.

3.

Spontane Pläne

»Wo bleibt denn nur Yannis?«, fragte Leon, sprach aber eher mit sich selbst, als dass er von Felix eine Antwort erwartet hätte. »Es geht schon auf einundzwanzig Uhr zu. So lange kann man doch nicht brauchen, um einen Koffer abzugeben! Hoffentlich ist ihm nichts passiert!«

Die Zwillinge saßen an der Hotelbar und tranken Metaxa, während sie auf ihren gemeinsamen Freund warteten.

»Quatsch. Wieso gehst du immer gleich vom Schlimmsten aus?« Felix löste seinen Blick von dem großen Spiegel, der in einem verschnörkelten Goldrahmen hinter dem Tresen an der dunkelrot gestrichenen Wand hing und blinde Flecken aufwies, als wäre er uralt, und blickte zu Leon.

Leon zuckte die Schultern. »Keine Ahnung. Aber kommt dir das nicht komisch vor?«

Jetzt zuckte Felix die Schultern und drehte sich auf seinem Barhocker um. »Nein. Seine Besprechung mit dem Eventmanager hat wohl länger gedauert. Wenn er dann noch die gute Frau Schneider gesucht hat und noch auf die warten musste, dann dauert das halt. So klein ist die Insel ja auch wieder nicht, dass man innerhalb von zehn Minuten von einem Ende am anderen wäre. Also reg dich ab und chille ein bisschen.«

»Deine Ruhe möchte ich haben, echt jetzt«, grummelte sein Bruder.

Felix grinste schief und bestellte zwei weitere Gläser vom Weinbrand.

»Für mich nicht mehr, danke.«

»Hab dich nicht so. Du hast Urlaub, scheißegal, ob du morgen einen Kater hast und erst um elf aus den Federn kommst.«

»Na schön, das Argument lass ich gelten.«

»Du kannst wirklich öfter mal über die Stränge schlagen, Bro«, sagte Felix. Was er jedoch meinte, war, wie man nur so stockkonservativ sein konnte.

»Pah! Und wie kann man nur so ein völliger Chaot wie du sein?« Leon funkelte ihn an. »Dass Papa dich als Nachfolger haben will und mich nicht, verstehe ich echt nicht.«

»Ich bin dafür in anderen Bereichen der Beständigere von uns beiden«, spielte er auf die wechselnden Affären seines Bruders an. »Vielleicht befürchtet er ja, dass du das Firmenvermögen mit deiner Flirterei in den Sand setzt.«

Es war kein Wunder, wieso Leon in der Buchhaltung im Bereich Mahnwesen arbeitete und Felix im Marketing. Lediglich bei einer Sache war der sonst so korrekte Leon alles andere als konservativ, denn er war bei Gott kein Kostverächter des weiblichen Geschlechts.

Leon schnaubte durch die Nase. »So blöd bin ich nicht. Und du bist selbst schuld, Bruderherz. Du weißt ja nicht, was dir entgeht.«

»Das sehe ich nicht so. Ich muss mir jedenfalls keinen Kopf machen, dass eine Frau wegen meines Verhaltens Liebeskummer hat.« Ihn ließ ein flüchtiges Abenteuer kalt, was nicht hieß, dass er noch nie eine Beziehung gehabt hätte. Aber seine hatte über fünf Jahre gehalten, während Leon die Freundinnen wechselte, wie andere Männer die Unterwäsche.

»Als ob ich das täte«, murmelte Leon leise.

»Du kannst so egoistisch sein«, warf ihm Felix vor. »Ich verstehe nicht, wie du dich danach noch im Spiegel ansehen kannst. Diese Weibergeschichten passen nicht zu dir. Ich check das nicht, aber zum Glück werden wir dank meiner langen Haare nicht mehr verwechselt. Ich wurde oft genug an deiner statt beschimpft.« Als sie sich noch wie ein Ei dem anderen glichen, hatte er öfter die beleidigenden Worte eines enttäuschten One-Night-Stands in Kauf nehmen müssen. Er konnte sich sogar an eine saftige Ohrfeige erinnern, die er kassiert hatte. Die war allerdings vom gehörnten Ehemann von Leons kurzzeitiger Gespielin gewesen.

Leon lachte. »Es ist mir egal, ob die Damen, oder hin und wieder auch mal ein Herr, sich da in etwas hineinsteigern. Solange es Spaß macht, ist alles in bester Ordnung. Und wenn nicht, dann war's das eben.«

Bevor ein Streit über dieses Thema entflammen konnte, traf zum Glück Yannis ein.

»Da bist du ja endlich«, begrüßte Leon ihren Freund erleichtert. »Ich habe mir schon Sorgen gemacht.«

»Wieso das denn?« Yannis klopfte den beiden auf die Schultern, setzte sich zu ihnen, und bestellte auf Griechisch eine Flasche Wein bei Helena, seiner Angestellten, die prompt serviert wurde.

»Na hör mal, hast du schon auf die Uhr geschaut?«

Yannis grinste breit. »Ich hoffe, ihr habt nicht mit dem Abendessen auf mich gewartet? Felix, ich habe deinen Koffer dabei, den musste ich allerdings vom Flughafen abholen.«

»Hast du Frau Schneider gefunden?«

»Ja, das habe ich. Ihr werdet sie am Samstag bei der Party kennenlernen. Lasst mich schnell einen Schluck trinken, dann erzähle ich euch alles.«

Das tat er sehr ausgiebig und detailliert und geriet ins Schwärmen, als er von Lisa erzählte. Diese Frau schien echt klasse zu sein. Als Yannis bei der Erzählung angelangt war, wie er am Flughafen beinahe detektivische Fähigkeiten an den Tag legen musste, um endlich Felix' verirrtes Gepäckstück zu finden, packte er die Gelegenheit beim Schopf und klinkte sich aus dem Gespräch aus.

»Apropos«, unterbrach er Yannis' Redefluss, »wo ist mein Koffer denn jetzt?«

»Den habe ich in eure Suite bringen lassen.«

»Sehr gut. Ihr entschuldigt mich, ich muss noch auspacken. Wir sehen uns morgen beim Frühstück. Gute Nacht, und danke dir noch mal recht herzlich.«

»Keine Ursache, Felix. Hab ich gern gemacht. Schlaf gut!«

***

Nachdem Felix gegangen war, wurde die Bar langsam geschlossen. Seine Angestellten löschten die Lichter, bis er allein mit Leon im Kreis einer einsamen Lampe an der Hotelbar saß. Wieder schwärmte Yannis von Lisa.

»Na, ich bin gespannt auf die Gute. Aber normalerweise kann man sich auf deinen Geschmack verlassen. Was denkst du, hätte ich Chancen bei ihr?«

»Lass die Finger von ihr, Leon. Sie ist viel zu schade für deine Spielchen.«

»Ach, aber es wäre in Ordnung, wenn sie ihre Zeit mit dir verbringt, oder was?« Leon zog spöttisch eine Augenbraue in die Höhe. »Du bist auch nicht viel besser.«

Yannis stöhnte innerlich auf. Er wusste ja, wie Leon war – wieso zum Teufel hatte er ihn mit der Nase auf diese Frau gestoßen? Die Antwort wusste er aber ebenso sicher: Weil er Lisa am Samstag wahrscheinlich ohnehin angebaggert hätte. Er konnte nur hoffen, dass sie noch hinreichend geschockt von ihrem Ex war und Leons Kurzhaarschnitt bei ihr ein negatives Déjà-vu auslösen würde. Nachdem sie ihm verraten hatte, dass sie Männer mit langen Haaren attraktiv fand, hätte Felix wahrscheinlich noch mehr Chancen als er. Es würde auf jeden Fall ein sehr interessanter Abend werden, so viel stand fest.

»Wir werden sehen«, antwortete er deshalb lapidar. »Ich kann dich nur darum bitten, sie nicht als Freiwild anzusehen. Vielleicht kannst du es verstehen, wenn du sie kennenlernst.«

Mit diesen Worten verabschiedete er sich und ging in sein Büro.

Zuerst checkte er alle E-Mails und Anrufe, die er versäumt hatte. Ein paar konnte er sofort beantworten, der Rest musste auf den nächsten Tag warten. Er machte sich auf seiner To-do-Liste Notizen, legte seiner

Sekretärin Anweisungen auf den Tisch, und überflog Xenias Vorschläge zur Weinauswahl am kommenden Samstag. So viel hatte sich gar nicht angesammelt, deswegen konnte er sein Büro eine halbe Stunde später verlassen und sich in seine Privatwohnung begeben, die ein Viertel des obersten Stockwerks des Hotels einnahm. Dabei handelte es sich um eine umgebaute Juniorsuite, wie auch Felix und Leon eine bewohnten, war aber wie ein L geformt und lag am anderen Ende des Flurs. Das zweite Schlafzimmer war zum Wohnzimmer umfunktioniert worden. Ein Mauerdurchbruch zum Zimmer daneben diente als Durchgang zum Essbereich mit Küchenecke. Dort schenkte Yannis sich Orangensaft ein und setzte sich anschließend auf die Dachterrasse, wo er bei Kerzenlicht das leicht bittere Aroma der frischgepressten Früchte genoss.

Endlich hatte er Zeit, über die Begegnung mit Lisa nachzudenken, ohne dass er von jemandem unterbrochen oder kommentiert wurde. Er hatte sich sofort zu ihr hingezogen gefühlt, konnte sich aber nicht erklären weshalb. Weckte sie Beschützerinstinkte in ihm? Nein, das war es nicht. Sie berührte ihn auf eine andere Weise, eine viel intimere Art, wie es bisher noch keine Frau getan hatte. Allerdings nicht so, dass er ihr sofort die Kleider vom Leib reißen wollte, obwohl sein Blut prompt in südlichere Gefilde schoss, sobald er seinen Gedanken freien Lauf ließ. Ihm wurde bewusst, dass er gegen einen heißen Flirt nichts einzuwenden hatte, denn vor seinem inneren Auge sah er sie spärlich bekleidet vor sich, während sie sich verführerisch in der Sonne rekelte. Lisa Marie Schneider war alles andere als eine graue Maus: Etwa eins sechzig groß, die weiblichen Rundungen dort, wo sie sein sollten, haselnussbraune Augen und hellblonde, lockige Haare, die sie als kinnlangen Pagenkopf trug. Er nahm schnell einen Schluck von seinem kühlen Saft. Wohin verirrten sich seine Gedanken nur?

Griechischen Männern wurde nachgesagt, dass sie gerne flirteten, selbst eheliche Seitensprünge waren keine Seltenheit, ohne dass ein großes Drama draus gemacht wurde. Seine deutsche Mutter aber war sehr konservativ, was letztlich die Scheidung seiner Eltern ausgelöst hatte, denn sie hatte nicht akzeptieren können, dass sein Vater auch anderen Frauen schöne Augen machte, egal wie sehr er ihr seine Liebe beteuerte.

Auch bei ihm setzte sich die moralische Einstellung seiner Mutter durch. Während seines Studiums hatte er eine Beziehung zu einem Mädchen gehabt, doch im Gegensatz zu ihr war er treu gewesen – ein Umstand, den Leon damals belächelt hatte. Wenn er den Gerüchten Glauben schenkte, dann war seine damalige Freundin dereinst mit mehreren Männern ins Bett gegangen, darunter auch Leon. Nur der hatte den Mumm gehabt, ihm das zu sagen. Das hatte das Ende der Beziehung zu dieser Frau bedeutet, jedoch ihrer Freundschaft keinen Abbruch getan. Er schätzte es schon immer, wenn jemand ehrlich war.

Jedenfalls hatte er keine Erklärung, wieso Lisa ihm unter die Haut ging, er wusste nur, dass es so war. Leon hatte recht: Wenn sie den Rest ihres Urlaubs mit ihm verbrächte, wäre das nichts anderes als eine Affäre, und dafür war er noch nie der Typ gewesen. Er konnte das Hotel nicht alleinlassen, die Chancen, dass daraus eine vernünftige und dauerhafte Fernbeziehung entstehen würde, standen mehr als schlecht. Es wäre besser, von vornherein nicht an so was zu denken. Frustriert über diese Erkenntnis trank er sein Glas aus und seufzte leise. Es sah aus, als hätte er sich in eine ausweglose Situation gebracht.

***

Lisa verbrachte den Freitag am Strand und träumte vor sich hin. Ursprünglich hatte sie vorgehabt, eine Bootstour zu buchen, welche überall auf der Insel angeboten wurden. Eine davon ging von Agios Nikolaos weg, über die Blue Caves und dem nördlichen Leuchtturm zum Navagio Beach, aber nachdem sie am Samstag in dieser Gegend sein würde, hatte sie ihre Planung umgeworfen. Sie würde früh aufstehen müssen, aber dafür sparte sie sich Kilometer und Fahrzeit, denn sie hatte bei ihrer Buchung des Hotels unterschätzt, wie lange man von Vasilikos nach Zanthe brauchte. Auf der Halbinsel, auf der Vasilikos lag, gab es nur eine Hauptverkehrsstraße, und diese war trotz Vorsaison gut befahren. Aber erst in der Nähe der Hauptstadt waren die Knotenpunkte, um in den Westen oder in den Norden der Insel zu gelangen. Egal, wo sie also hinwollte, hatte sie zwanzig bis dreißig Minuten Fahrzeit vor sich, bevor sie in die Richtung fahren konnte, in die sie wollte. Und das auch nur, wenn kein Traktor, Lkw oder Reisebus vor ihr fuhr, sonst konnte das noch um einiges länger dauern. Innerhalb der zwei Urlaubswochen würde sie zwar alles sehen können, was sie sich vorgenommen hatte, aber es wäre einfacher gewesen, wenn sie einen zentraleren Ort auf der Insel gewählt hätte. Ihr

Hotel gefiel ihr trotzdem, der Strand war einsame Spitze, und sie hatte schließlich lange genug Urlaub.

Theoretisch müsste sie über ihre Zukunft nachdenken. Neben einem neuen Job, der oberste Priorität besaß, wollte sie sich auch eine neue Wohnung suchen. Aber ihre Sorgen waren weit weg und sie konnte nicht verhindern, dass ihre Gedanken mehr als einmal zu Yannis abschweiften. Immer wieder sah sie sein Lächeln vor sich, seine strahlenden Augen, und ab und zu glaubte sie, seinen Duft einzuatmen – fruchtig frisch, beinahe zitronig, im Gegensatz zu Antons schwerem Parfum. Ihr Puls schnellte regelmäßig nach oben, wenn sie an Yannis' schlanke Figur dachte. Zehn Tage hätten sie gemeinsam, wenn sie morgen dieser Versuchung nachgeben würde, von der sie hoffte, dass sie auf Gegenseitigkeit beruhte. Oder besser gesagt, zehn Nächte und neun Tage. War das zu viel? Zu wenig? Konnte sie das überhaupt, ohne an ihren Ex zu denken? Sie hatte keine Ahnung. Instinktiv wusste sie, dass es besser wäre, die Finger von Yannis zu lassen, denn sie konnte sich daran nur verbrennen. Was hätte sie nach dem Urlaub davon? Rein gar nichts, außer wahrscheinlich ein gebrochenes Herz, denn dieser Mann beschäftigte sie mehr, als gut für sie war. Und dennoch – eine leise innere Stimme meldete sich, die einwandte, dass sie dafür eine kurze Zeit voller Glück erleben durfte. Hatte sie sich nicht sogar einen kleinen Urlaubsflirt gewünscht? Nichts, was ihre Welt verändern, aber ihr Selbstwertgefühl wieder ein wenig aufpolieren würde? Carli würde ihr sicher dazu raten. Man lebte nur einmal und es gab nicht umsonst den Spruch, dass man die Feste feiern sollte, wie sie fielen. Ihre Vernunft kämpfte gegen die leisen Schmetterlinge in ihrem Bauch an, und sie wusste bald nicht mehr, wo ihr der Kopf stand.

Am späten Nachmittag hielt sie es nicht mehr aus – allein würde sie noch verrückt werden. Also rief sie ihre Freundin an.

»Hi Carli, störe ich dich?«, fragte sie, als diese nach gefühlten zehnmal Klingeln endlich ans Telefon ging.

»Was gibt's, Süße? Sehnsucht nach mir?«

»Das nicht. Es geht mir gut, aber ich brauche dringend deinen Rat.«

»Oha? Na, da bin ich ja gespannt. Schieß los, wie kann ich dir helfen?«

»Am besten wäre es, wenn du dich in den Flieger setzt und herkommst«, meinte Lisa seufzend.

»Ich wusste doch, dass es eine Schnapsidee war, allein zu fliegen. Ich schau, was ich machen kann. Aber nun sag schon, wo drückt der Schuh?«

»Ich glaube, ich bin dabei, mich zu verlieben.«

»Was heißt hier, du bist dabei?« Carli gluckste leise. »Entweder ist man verknallt oder nicht.«

»Das ist ja das Problem. Yannis ...«

»Aha, so heißt er also?«, wurde sie unterbrochen.

»Lässt du mich bitte ausreden? Danke. Also, Yannis hat mir ja meinen Koffer gebracht.«

»Achso, der Yannis.« An der Betonung hörte man ihre Belustigung.

»Carlotta!« Lisa wusste nicht, ob sie lachen oder weinen sollte, weil ihre Freundin ihr dauernd ins Wort fiel.

»Sorry, ich bin schon still.«

Das war sie dann tatsächlich und hörte sich Lisas Geschichte an, die währenddessen unruhig in ihrem Zimmer hin und her ging.

»Dein Halbgrieche sieht also umwerfend gut aus, ist Hotelmanager, etwa in unserem Alter, fasziniert dich total und lässt dein Herz höherschlagen?«

»Das trifft es auf den Punkt.« Lisa blieb stehen und wickelte einen Finger um eine Haarsträhne.

»Auf was wartest du dann noch? Ergreif die Chance, solange sie besteht.«

»Aber in weniger als zwei Wochen ist mein Urlaub vorbei und dann sehe ich ihn nie wieder. Du weißt, dass ich sowas normalerweise nicht mache. Entweder gehe ich eine richtige Beziehung ein, oder ich lasse es. Ich bin kein Mensch für One-Night-Stands, selbst wenn es in dem Fall für knapp zwei Wochen wäre.«

»Was ist so falsch dabei, wenn du einfach mal Spaß hast? Und die Entfernung ist kein Argument. Sei mir nicht böse, Süße, aber diese Insel ist keine drei Stunden mit dem Flugzeug entfernt. Das wäre so ähnlich, als würdest du einen Typen in Hamburg daten, dahin fliegt man etwa genauso lang. Schon mal was von einer Fernbeziehung gehört?«

»Ja, aber mir ist mulmig bei dem Gedanken. Du kennst mich doch, bei mir muss alles seine Ordnung haben.«

»Gib mir eine Minute. Ich rufe dich sofort zurück.«

»Was, wieso? ... Hallo?«, fragte sie, als sie keine Antwort mehr bekam.

Lisa blickte verdutzt auf ihr Handy, denn ihre Freundin hatte sie einfach aus der Leitung geworfen. Sie schüttelte den Kopf. »Was soll das nun wieder werden?«, murmelte sie irritiert, wartete dann aber auf den versprochenen Rückruf.

Nach fünf Minuten war Carlotta wieder am Apparat.

»Da bin ich wieder. Traraaa, ich habe soeben einen Flug für morgen gebucht. Die neue Airline fliegt nonstop ab Wien. Kannst du mich abholen, oder soll ich mir ein Taxi zum Hotel nehmen? Wo muss ich hin?«

Lisa ließ sich perplex auf die Bettkante sinken. »Du bist ein verrücktes Huhn. Ich muss doch erst einmal fragen, ob ich zur Hoteleröffnung einen Gast mitbringen darf.«

»Bestimmt. Hast du nicht etwas von zwei Freunden erwähnt? Vielleicht ist Yannis ja froh, wenn jemand da ist, der sich um die beiden kümmert, damit er mit dir in Ruhe flirten kann?«

Jetzt lachte Lisa. »Du hast sie wirklich nicht mehr alle. Aber ich liebe dich dafür. Natürlich hole ich dich ab. Wann landest du?«

Sie besprachen die letzten Einzelheiten, dann rief Lisa bei Yannis an, der im Gegensatz zu Carlotta sofort abhob.

»Lisa«, begrüßte er sie, und Lisa konnte seine Freude über ihren Anruf in seiner Stimme hören. »Welch freudige Überraschung! Wie komme ich zu der Ehre? Es bleibt doch bei morgen?«

»Klar bleibt es bei morgen«, antwortete Lisa. »Hättest du ein Problem, wenn ich meine beste Freundin Carlotta mitbringe?«

»Natürlich nicht. Ich dachte, du bist allein hier?«

»Das bin ich auch, aber sie hat spontan beschlossen, mir für eine Woche Gesellschaft zu leisten.«

Dass er der Grund war, wieso sie überhaupt mit Carli telefoniert hatte, verschwieg sie ihm sicherheitshalber. Er musste nicht wissen, welch inneres Chaos in ihr herrschte.

»Sehr gerne. Aber leider habe ich keine Einzelzimmer mehr frei.«

»Das macht nichts. Wenn wir ein Doppelbett haben, reicht das völlig. Ich danke dir, Yannis. Bis morgen also, ich freue mich schon.«

»Ich mich auch, Lisa, sehr sogar.«

Als Lisa ihr Handy zur Seite legte, strahlte sie übers ganze Gesicht. Eigentlich war Carlis spontane Aktion eine verdammt gute Idee, denn zu zweit würde der Urlaub auf jeden Fall mehr Spaß machen, Yannis hin oder her. Als ihr klar wurde, dass sie ihre geplante Bootstour noch einmal verschieben musste, begann sie zu kichern. Sie war gespannt, ob sie das Schiffswrack je zu sehen bekäme. Sie fühlte sich herrlich frei und ein klein wenig verrückt.

4.

Der große Tag

Diese Stimmung hielt am Samstagvormittag an. Nachdem sie gefrühstückt und alles zusammengepackt hatte, was sie übers Wochenende brauchen würde, beschloss sie kurzerhand, einen Friseur aufzusuchen. Zwei Stunden später betrachtete sie das Ergebnis im Spiegel: Ihr kinnlanger Pagenkopf war nun durchgestuft und ihre Haare kringelten sich vorwitzig um ihr Gesicht, was sie weiblicher und verspielter wirken ließ. Außerdem hatte sie sich dezente Strähnchen machen lassen – ein Luxus, der nicht nötig gewesen wäre, denn die Sonne bleichte im Sommer ihre Mähne ohnehin aus. Mit neuem Selbstbewusstsein wartete sie schließlich in der Ankunftshalle des Flughafens auf Carlottas Landung.

»Wow, du siehst fantastisch aus«, meinte ihre Freundin sofort, als sie Lisa ein Stück von sich geschoben hatte, nachdem sie ihr zuerst um den Hals gefallen war. »Und das nach nur vier Tagen Urlaub!«

Lisa lachte. »Schön, dass du da bist, aber du bist wirklich verrückt. Musst du nicht arbeiten?«

»Ich habe alles mit meinem Abteilungsleiter in der Bank abgesprochen. Momentan liegen nicht viele

Kreditanträge zur Prüfung vor. Das schaffen sie auch ohne mich und außerdem habe ich noch Resturlaub vom letzten Jahr. Wieso das also nicht gleich ausnutzen?« Carli strahlte. »Hach, ich freu mich, ist doch was anderes als daheim.« Genüsslich hob sie den Kopf und blinzelte der Sonne entgegen.

»Das kannst du laut sagen. Na, dann komm. Hast du Hunger oder Durst?«

»Nein, danke. Ich habe ausreichend gefrühstückt. Wann werden wir erwartet?«

»Die Eröffnungsfeier des Hotels geht um achtzehn Uhr los, aber es schadet nicht, wenn wir früher dort einchecken.«

»Das sehe ich auch so. Also los. Ich hoffe, du weißt, wo wir hinmüssen.«

»So in etwa«, erwiderte Lisa und verfrachtete Carlis pinkfarbenen Koffer in den Leihwagen, jedoch erst nachdem sie das Namensschild überprüft hatte. Es war ja möglich, dass es noch jemanden gab, der sich so eine ätzende Farbe für sein Gepäck aussuchte. Wenngleich die Chancen eher gering waren, dass dieser dann auch im selben Flieger saß.

Während der Fahrt erzählte Carli, was in den letzten Tagen zu Hause passiert war, bevor sie Lisa Löcher in den Bauch über Yannis fragte. Schließlich wurde es Lisa zu bunt.

»Hör auf, du wirst ihn bald kennenlernen. Ich bin jedenfalls gespannt, was du zu ihm sagst.«

»Und ich erst«, feixte Carli. »Das kann auch nur dir passieren, dass du dich im Urlaub verliebst. Als ob wir nicht auch daheim hübsche Männer hätten.«

»Ich kann nichts dafür.«

»Hättest du gleich kontrolliert, ob das dein Koffer ist, dann wäre das nicht passiert.«

Dem konnte sie nicht widersprechen.

Carli lächelte verschmitzt und blickte aus dem Fenster, um die Aussicht zu genießen. »Aber ich bin froh, sonst wäre ich jetzt nicht hier«, meinte sie. »Das war eine hervorragende Idee. Hätte ich vorher gewusst, dass in der Bank nichts los ist, hätten wir gleich zusammen buchen können.«

»Stimmt. Hast du deine Badesachen griffbereit?«, wollte Lisa wissen.

»Ja, die liegen ganz oben im Koffer. Wieso?«

»In der Nähe des Hotels müsste ein Strand sein, und wir haben noch zwei Stunden Zeit.«

»Super. Dann komme ich ja sogar noch ins Meer, bevor die Party losgeht.«

In der kleinen Bucht war nicht viel los, und nachdem sie sich einen Liegeplatz am Strand gesucht hatten, stürzten sie mit einem Jubelschrei ins Wasser.

***

Nur wenige Meter entfernt lagen Leon und Felix auf Liegestühlen und sonnten sich. »Schau dir die an«, sagte Leon und deutete auf die zwei Frauen, die in ihrer Nähe herumalberten. »Wie kleine Kinder.«

»So hast du auch gejubelt, als du das erste Mal im Meer warst«, antwortete Felix.

Leon musterte die beiden genauer. Was er sah, gefiel ihm.

»Ja leck mich doch«, meinte er und pfiff leise durch die Zähne. »Tolle Figur, die Dunkelhaarige ist voll meine Kragenweite. Die hat Klasse«, informierte er seinen Bruder, der sich hinter seinem Tablet vergraben hatte.

Leicht genervt legte er dieses beiseite und blickte in die Richtung, in die Leon deutete.

»Schon klar. Lange Beine, dunkle Haare, hervorragende äußere Erscheinung. Genau dein Typ.«

»Mal sehen«, bremste er sich. »Um ehrlich zu sein, bin ich gespannt auf Lisa Marie.«

»Dir ist wirklich nicht mehr zu helfen«, meinte Felix gutmütig und schloss die Nachrichten-App endgültig. »Ich geh ins Wasser. Kommst du mit?«

»Natürlich. Diese langen Beine will ich von der Nähe sehen«, erwiderte Leon und grinste von einem Ohr zum anderen.

Sollte der Abend mit Lisa Marie ein Reinfall werden und die beiden Schönheiten vom Strand am nächsten Tag noch hier sein, konnte er sie immer noch ansprechen. Schade, dass er sie nicht zur Eröffnungsfeier einladen konnte, aber ohne vorher Yannis um Erlaubnis zu fragen, konnte er das kaum bringen.

Bevor sie jedoch ins Wasser kamen, hatten die Frauen sich zu seinem Bedauern bereits zu ihren Liegen zurückbegeben.

***

»Oh, là, là«, entfuhr es Carli. »Sieht so aus, als gäbe es hier nicht nur Einheimische, die hübsch anzusehen sind. Lisa, wir sollten morgen wieder herkommen. Da vorn schwimmt der potenzielle Vater meiner zukünftigen Kinder und dabei kann ich mich kaum entscheiden, wen von beiden ich lieber vernaschen würde.«

Lisa nickte bestätigend. »Stimmt, die sind ziemlich süß. Sie sind mir auch gleich aufgefallen. Aber nachdem Yannis in meinen Gedanken herumspukt, darfst du beide haben.«

»Ein flotter Dreier?« Carli riss gespielt entrüstet die Augen auf. »Also wirklich, was denkst du von mir?«

»Tu nicht so. Du hast mir selbst erzählt, dass du das schon mal gemacht hast.«

Carli zuckte grinsend die Schultern. »Na und? Wenn ich irgendwann mal meinen Traummann gefunden habe, will ich wenigstens nichts versäumt haben.«

»Wenn man dir zuhört, könnte man glauben, dass du mit jedem in die Kiste steigst, der dir über den Weg läuft und halbwegs gut aussieht«, kommentierte Lisa. »Ein Glück, dass ich weiß, dass du sehr wählerisch bist. Aber jeder so, wie er will, oder?«

Carli antwortete darauf nicht, sondern griff nach ihrer Sonnenbrille und setzte sich mit angewinkelten Beinen aufrecht hin, um die wenigen Touristen am Strand zu beobachten, während Lisa sich auf den Bauch legte.

Der mit den kurzen Haaren kraulte an den Strand zurück und verließ das Wasser auf der Höhe, wo sie lagen. Er lenkte seine Schritte ausgerechnet zwischen ihren Liegen durch und zwinkerte Carli zu, als er an ihr vorbeiging.

Carlis Mund verzog sich zu einem leichten Lächeln. Dieser Kerl gehörte definitiv zu der Sorte, die sie nicht von der Bettkante schubsen würde.

***

»Lisa Marie Schneider und Carlotta Helmbrecht«, stellte Lisa sie zwei Stunden später an der Rezeption vor. »Herr Strakidis hat ein Zimmer für uns reserviert.«

»Herzlich Willkommen im *Caretta Palace*. Mein Name ist Helena. Einen Moment bitte, Herr Strakidis wollte informiert werden, wenn Sie eintreffen.« Die Angestellte nahm das Telefon und wählte einige Nummern, bevor sie ihren Chef erreichte. »Er kommt sofort. Wenn Sie inzwischen Platz nehmen wollen?«

»Vielen Dank.«

Lisa und ihre Freundin schlenderten zu einer Loungegarnitur und machten es sich darauf gemütlich. Edle Marmorböden in warmen Farbtönen, kombiniert mit dunklem Massivholz und bordeauxroten Stoffen strahlten eine unaufdringliche Eleganz aus, das gesamte Interieur war urig und authentisch. Die gesamte Insel war dank ihrer Geschichte vom venezianischen Einschlag geprägt worden, diese Architektur fand sich auch im *Caretta Palace* wieder.

Bald kam Yannis glückstrahlend auf sie zu.

»Da seid ihr ja«, rief er. »Du glaubst nicht, wie sehr ich mich freue. Hast du was mit deinen Haaren gemacht? Es sieht toll aus.« Er begrüßte sie mit Küsschen auf die Wange und wiederholte das Ganze bei Carlotta. »Es ist schön, dich kennenzulernen, Carlotta. Kommt mit, ich habe das Zimmer neben der Suite von meinen Freunden Leon und Felix herrichten lassen. Es hat einen separaten Wohnraum, außerdem eine kleine Dachterrasse. Ich hoffe, es gefällt euch«, schloss er seine Ausführungen, während sie auf den Fahrstuhl warteten.

»Bitteschön, links Schlafzimmer und Bad, rechts der Wohnbereich. Auf die Terrasse kommt ihr über beide Räume. Die Minibar ist selbstverständlich frisch bestückt, bedient euch, es geht aufs Haus«, wurden sie von Yannis informiert, als er die Tür zu ihrem Zimmer öffnete und zur Seite trat, um sie einzulassen.

»Wahnsinn, ist das schön!«, entfuhr es Lisa und sie drehte sich im Kreis, um alle Eindrücke aufzusaugen, während Carli durch die Zähne pfiff.

Auch hier spiegelte sich die Farbgebung des Hotels wider: Die Wand hinter dem Flachbildschirm war dunkelrot gestrichen, die Farbe fand sich im Vorhang wieder. Der Parkettboden war dunkel gehalten, während die Möbel aus mediterranem Holz gefertigt waren. Das Kopfteil des großen Polsterbettes und das Sofa wiesen ein erdiges Braun auf. Die – teilweise indirekte – Beleuchtung bestand aus modernen LED-Leuchten, welche dimmbar waren. Als Lisa das Bad betrat, freute sie sich, dort eine große, begehbare Dusche, einen kreisrunden Aufsatzwaschtisch aus hauchzartem Porzellan auf einer massiven Holzplatte mit messingfarbenen Armaturen zu finden, wie sie momentan modern waren. »Wow«, bestätigte sie ihren Eindruck noch einmal. »Modern und trotzdem ...«, sie zuckte die Schultern und machte mit ihrer Hand eine wellenartige Bewegung, da ihr die Worte fehlten. Und der Ausblick aus dem Fenster war sowieso der Hammer, genauso wie die kleine, begrünte Dachterrasse. Als sie sich wieder umdrehte, lehnte Yannis am Türrahmen und hatte ein Lächeln auf dem Gesicht.

»Ich freue mich, dass es euch gefällt. Lisa, dein Kleid hängt im Schrank, ich hoffe, es passt.«

Daran hatte sie gar nicht mehr gedacht, da sie so überwältigt von allem war. »Dankeschön«, meinte sie schlicht.

Yannis zog die Schublade vom Nachttisch auf und holte eine samtene Schatulle heraus. »Ich habe mir erlaubt, eine passende Halskette zu besorgen. Bitte nimm mein Geschenk an.« Er ließ den Deckel aufschnappen. Darin eingebettet lag ein kleiner, herzförmiger zartblauer Zirkon.

Lisa schnappte nach Luft, als sie das Schmuckstück sah. »Die Kette ist wunderschön«, sagte sie andächtig und fuhr vorsichtig mit der Fingerspitze die Kontur des Steins nach. »Das wäre aber nicht nötig gewesen.«

»Ich weiß. Ich wollte es aber.« Er lächelte sie warm an. »Dann lasse ich euch wieder allein, wir sehen uns später«, verabschiedete er sich.

Carlotta ergriff das Wort, kaum, dass die Tür hinter ihm zugefallen war. »Ich bin schwer beeindruckt. Der Typ trägt dich ja auf Händen, und das, wo er dich kaum kennt! Und die Luft steht unter Strom, wenn er dich anblickt.«

Lisas Wangen waren rot gefärbt, so verlegen war sie. »Ja, ist er nicht wunderbar?«

»Hmhm«, machte Carli. »Er ist zwar nicht mein Typ, aber ich kann verstehen, wieso er dir gefällt. Er hat eine tolle Ausstrahlung.«

»Leider wird er heute wohl kaum Zeit für mich haben.«

»Abwarten, Süße. Er lädt dich nicht ein und lässt dich dann links liegen. Zumindest kann ich mir das nicht vorstellen.«

Eine Stunde später waren die beiden fertig gestylt und angezogen. Carlotta hatte ihre Haare locker aufgesteckt, ein paar vorwitzige Strähnen fielen verspielt neben dem Ohrläppchen hinunter. Ihr königsblaues Cocktailkleid war an der Korsage mit silbernen Fäden durchwirkt, der Rock hörte eine Handbreit über dem Knie in weichen Wellen auf. Dank ihrer silbernen Stilettos wirkten ihre Beine noch länger, als sie ohnehin waren.

»Ich helfe dir mit der Kette«, bot Carli an.

»Dankeschön. Du siehst toll aus«, bemerkte Lisa neidlos.

»Du auch. Dein Schwarm hat mit der Auswahl der Garderobe das perfekte Outfit für dich gefunden. Er hat Geschmack. Der Stein hat sogar die gleiche Farbe wie das Kleid, und das wiederum lässt deine Augen intensiver wirken. Offensichtlich hat es auch ihn erwischt.«

»Ich hoffe es.« Lisa warf einen Blick in den Spiegel und musste ihrer Freundin recht geben. Glänzender Seidenstoff changierte von Silber zu Hellblau, je nachdem, wie das Licht darauf reflektierte. Das Kleid hatte zarte Spaghetti-Träger und war knielang, am Oberkörper anliegend, aber nicht zu eng, und am Saum leicht ausgestellt.

»Wollen wir?«, fragte Carli.

»Aber sicher doch, kann losgehen.«

Sie verzichteten auf den Lift und nahmen die Treppe ins Foyer, wo sie auf halber Höhe stehenblieben, um sich einen Überblick zu verschaffen. Lisa suchte nach

Yannis, während Carli den Blick durch die Menge schweifen ließ und abrupt bei zwei Männern hängenblieb.

»Ich glaub, ich seh' nicht richtig«, entfuhr es ihr.

»Wieso, was ist los?«, fragte Lisa, die nur Augen für Yannis hatte.

»Ich verwette meinen Kopf, dass das die Typen vom Strand sind.«

Lisa löste den Blick von ihrem Gastgeber, den sie erspäht hatte. »Du hast recht, im Anzug sind sie kaum wiederzuerkennen.« Sie schmunzelte. »Dann wird dir heute jedenfalls nicht langweilig, wenn Yannis mich mit Beschlag belegen sollte.«

»Das glaube ich auch«, lächelte Carli genüsslich.

***

Yannis stand in der Nähe des Eingangs, begrüßte die eintreffenden Gäste und behielt dabei die Lifttüren und die Treppe im Auge. Felix und Leon hatten sich zu ihm gesellt, nachdem sie vom Strand zurück waren, geduscht und sich in ihre Anzüge geworfen hatten.

»Was für ein Irrsinn, bei der Hitze einen Anzug zu tragen«, maulte Felix, der seine Haare zu einem Dutt auf dem Hinterkopf hochgebunden hatte. »Wenigstens funktioniert die Klimaanlage einwandfrei.«

»Hab dich nicht so. Beim Essen darfst du das Jackett ausziehen«, konterte Yannis. »Mir ist auch warm, aber da müssen wir durch. Nehmt euch doch etwas zu trinken«, bot er an, während er die Hand eines Geschäftspartners schüttelte und dessen Gattin ein Kompliment machte.

»Ich glaub's nicht«, murmelte Leon, während er sich ein Glas Sekt vom Tablett einer vorbeilaufenden Kellnerin schnappte. »Sind das nicht die Schnecken von heute Nachmittag?« Er stieß Felix mit dem Ellbogen an.

»Wo?«

»Na, die, die gerade die Treppe herunterkommen.«

»Glaubst du wirklich?« Felix blinzelte, um besser sehen zu können.

»Ziemlich sicher, Bruderherz. Nur sehen ihre Beine in den High Heels noch viel besser aus.«

Auch Yannis hatte die Frauen entdeckt. Sein bisher höfliches Geschäftslächeln verwandelte sich in freudiges Strahlen. Er hatte geahnt, dass dieses Kleid Lisa hervorragend stehen würde, und er fand sie einfach überwältigend, aber auch ihre Freundin Carlotta konnte sich sehenlassen. Die beiden waren inzwischen bei ihm angelangt.

»Vielen Dank für die Einladung«, meinte Carli.

»Sehr gerne«, antwortete er, blickte jedoch mit klopfendem Herzen Lisa in die Augen und nahm deren Hand, welche er liebevoll drückte. »Du siehst absolut bezaubernd aus. Darf ich euch meine Freunde aus Deutschland vorstellen? Leon und Felix – Lisa und Carlotta«, machte er sie untereinander bekannt.

»Da schau an, Carlotta also«, sagte Leon mit einem breiten Grinsen im Gesicht, während sein Blick bewundernd über deren Figur glitt.

»Leon? Wie nett«, antwortete Carli schmunzelnd und nahm diesen ebenfalls demonstrativ in Augenschein.

»Kennt ihr euch schon?«, fragte Yannis überrascht.

Leon lachte auf, wobei er Carli nicht aus den Augen ließ. »Wir sind uns heute am Strand begegnet.«

***

Währenddessen betrachtete Felix Lisa.

Dieser konnte seinen ehemaligen Schulkameraden Yannis voll verstehen. Diese Lisa Schneider hatte etwas an sich, was einen in seinen Bann zog, denn auch ihm ging ihr Anblick durch und durch. Das Schlimmste war, dass dieses Kleid zwar alles verhüllte, aber genug Platz für Fantasien ließ. Er konnte sich vorstellen, wie sie in Unterwäsche aussah, nachdem ihm ebenjene noch überdeutlich aus dem Koffer in Erinnerung geblieben war und er sie nachmittags im Bikini am Strand gesehen hatte. Es kam selten vor, dass eine Frau sofort auf ihn Eindruck machte, aber bei Lisa war es so. Er nahm hastig einen Schluck von seinem kühlen Sekt, denn er traute seiner Stimme nicht. In seinem Magen machte sich ein flaues Gefühl breit. Lisa war bezaubernd – und tabu. Er musste sich zusammenreißen, schließlich war er kein Teenager mehr, dem es beim Anblick jeder hübschen Frau die Sprache verschlug.

»Du bist also Lisa Marie Schneider. Schön, dich kennenzulernen. Wieso hast du nicht zurückgerufen? Wir haben es unzählige Male versucht«, bemühte er sich, locker zu wirken.

»Oh, ihr wart das mit der deutschen Vorwahl?« Lisa wurde rot.

Ihre Verlegenheit war ihr deutlich anzusehen, was sie noch sympathischer machte.

»Entschuldigung. Ich hatte gedacht, das wäre wieder einmal so eine lästige Marktforschungsumfrage. Es tut mir leid, dass ich nicht ranging.«

»Marktanalyse?« Felix verkniff sich das Lachen, was aus seiner Kehle kommen wollte, und gluckste amüsiert. »Kein Problem, Lisa. Inzwischen hat ja jeder sein richtiges Gepäck erhalten. Wollen wir langsam in den Speisesaal gehen? Yannis hat hier noch zu tun.«

Er bot ihr seinen Arm an, den sie zu seiner Freude annahm.

»Erde an Carli, kommt ihr auch?«, fragte Lisa und holte damit ihre Freundin aus der Verzückung in die Gegenwart zurück, denn sein Bruder und sie standen sich noch immer gegenüber, die Blicke ineinander verschmolzen. Das Feuer, welches zwischen den beiden aufloderte, konnte man beinahe körperlich spüren.

Leon nickte. »Aber sicher.« Er nahm Carlottas Hand und zog diese an seine Lippen, erst dann löste er seinen Blick von ihr, ließ aber ihre Hand nicht mehr los. »Yannis, ich hoffe, dass Lisa und Carlotta bei uns am Tisch sitzen?«

»Natürlich. Lasst euch eure Plätze zeigen. Ich komme später nach.«

***

»Ich gehe mir nur schnell die Nase nachpudern«, entschuldigte Carlotta sich, nachdem sie ihre Plätze eingenommen hatten, und warf einen vielsagenden Blick auf Lisa.

»Ich komme mit«, antwortete Lisa ihrer Freundin sofort, sie hatte den Wink verstanden. »Wir sind gleich wieder da.«

Kaum waren sie in den Toiletten unter sich, sprudelte es nur so aus Carlotta heraus.

»Oh mein Gott, jetzt weiß ich, wie es dir mit Yannis ging. Der Kerl raubt mir den Verstand.«

Lisa hob eine Augenbraue. »Welcher Kerl? Leon? Gut, dass du mir das sagst, das hätte ich kaum bemerkt«, spottete sie gutmütig.

»Er ist mir bereits heute Nachmittag aufgefallen, Süße.«

»Das hattest du erwähnt, ja. Wie es scheint, geht es ihm ähnlich.«

»Glaubst du? Wobei, am Strand hat er mir schon zugeblinzelt.«

»Nein, wirklich?«, zog sie ihre Freundin auf.

Carli hatte inzwischen ihren Lippenstift erneuert und warf einen prüfenden Blick in den Spiegel.

»Ja, stell dir vor. Lass mir meinen Spaß.«

»Das mach ich doch. Ich hoffe nur, du weißt, was du tust.«

Carlotta lachte. »Das kann ich zwar nicht behaupten, aber ich mach das Beste draus. Das solltest du übrigens auch tun. Yannis ist ein heißer Kerl, soweit ich das beurteilen kann.«

»Ich weiß. Das ist ja das Problem.«

***

Am Tisch verlief derweil ein ähnliches Gespräch.

»Yannis wird ein Stein vom Herzen fallen, dass dein Interesse nicht Lisa gilt«, stellte Felix fest.

Leon biss sich auf seine Unterlippe und rückte das Messer um einen Millimeter nach links. »Du wirst es mir nicht glauben, aber mich hat der Blitz getroffen, als ich Carlotta sah.«

»Sicher, der ist geradewegs in deinen Schwanz gefahren.« Felix grinste anzüglich.

»Dahin auch, logisch, bei der Figur. Ich finde es erfrischend, dass sie so natürlich ist. Sie ist kaum geschminkt und hat trotzdem eine hammermäßige Ausstrahlung. In ihren Augen könnte ich versinken.« Er nahm die Finger vom Besteck, welches er zum dritten Mal verschoben hatte, und blickte seinem Bruder in die Augen.

»Das legt sich wieder, spätestens, wenn du sie im Bett hattest«, prophezeite Felix.

»Da wäre ich mir nicht so sicher«, murmelte Leon. »Aber das wird sich zeigen.«

Felix nippte an seinem Sekt, bevor er antwortete. »Da bin ich gespannt. Würdest du wirklich mal ernsthaft dein Herz verlieren, würde mich das für dich freuen, Bro, aber ich glaube es kaum. Du bist und bleibst einfach ein alter Weiberheld.«

Dass er sich selbst mit seinen Gefühlen auseinandersetzen musste, verschwieg er lieber. Er brauchte und wollte keine feste Beziehung, und zudem wollte er Yannis nicht in die Quere kommen, so anziehend Lisa auch sein mochte.

»Reiß dich zusammen, sie kommen wieder«, raunte er seinem Bruder zu, wobei das für ihn genauso galt.

Er hätte das auch einer Wand sagen können, auf fruchtbaren Boden fiel das bei Leon jedenfalls nicht, denn er verschlang Carlotta mit seinen Augen, sobald sie in seiner Nähe war. Als würde er sie am liebsten auf der Stelle an sich reißen und küssen, bis ihr Hören und Sehen verging. Auch Carlotta zog Leon scheinbar mit ihren Blicken aus. Das lief ja gut für seinen Bruder.

Besser jedenfalls als für ihn. Warum bescherte ihm ausgerechnet die einzige Frau, die für ihn tabu sein sollte, weiche Knie?

5.

Die Party

Lachend unterhielt sich Lisa mit Felix über ihr Missgeschick mit den vertauschten Koffern und fragte sich unweigerlich, ob sie auch so oft an ihn gedacht hätte, wenn er ihr statt Yannis das Gepäckstück gebracht hätte. Er sah ganz anders aus, als sie sich vorgestellt hatte. Von wegen Daniel Craig! Felix hatte ihre Erwartungen jedenfalls um einiges übertroffen. Sie schmunzelte innerlich und verglich ihn mit Yannis. Obwohl Felix verteufelt gut aussah, strahlte Yannis mehr Herzlichkeit und Wärme aus, eine Offenheit, die sie sofort berührt hatte. Felix hingegen vermittelte den Eindruck, als würde er nicht so schnell jemanden an sich heranlassen, als hätte er eine Barriere erschaffen, die man zuerst überwinden musste. Trotzdem mochte sie ihn auf Anhieb. Sie lächelte und schielte zum Eingang, in der Hoffnung, einen Blick auf Yannis zu erhaschen. Doch der war als Gastgeber in einer Traube Menschen verschwunden. Es kam ihr wie eine Ewigkeit vor, aber es verging nur eine Viertelstunde, bis ihr Schwarm endlich in den Speisesaal kam und sich zu seinem Tisch begab, der sich drei Reihen weiter am Kopfende befand. Er klopfte gegen sein Glas, um sich Gehör zu verschaffen. Die Gespräche verstummten, die Gäste blickten ihn erwartungsvoll an.

Er lächelte in die Runde und begrüßte die Anwesenden, zuerst auf Griechisch, dann auf Deutsch. Seine Rede hielt er auf Englisch, in der er über die Renovierungsarbeiten berichtete und erwähnte dabei auch, wie er zu dem Projekt gekommen war. Er hob sein Glas auf eine erfolgreiche Zusammenarbeit, denn unter den Geladenen waren ebenso Lieferanten wie Disponenten von Reisebüros, die für zukünftige Kunden sorgen sollten. Weiter bedankte er sich nicht nur für das zahlreiche Erscheinen, sondern insbesondere bei seinem Vater Michalis für die Chance, die er ihm mit der Renovierung des Hotels geboten hatte. Er prostete einem älteren Patriarchen mit buschigen Augenbrauen zu, der stolz neben ihm saß. Yannis bedankte sich bei Leon für seine Unterstützung, was finanzielle Fragen und Verhandlungen betraf, bei Felix für die Entwürfe des Hotelemblems und seiner Hilfe beim Marketing. Außerdem galt sein Dank einer Xenia für die seelische Unterstützung während des stressigen Umbaus und ihrer Hilfe bei der Auswahl der Weine. Sie war eine dunkeläugige Schönheit, die ihm ihr Glas entgegen hob. Schlussendlich eröffnete er das üppige Büfett.

Lisa beobachtete ihn, sog jede Kleinigkeit in sich auf. Sie konnte sich kaum an seinem Lächeln sattsehen, verfolgte die Bewegung seiner Hand, als er sich eine Strähne aus der Stirn schob, liebte es, wie er seine Ausführungen mit Händen unterstrich, und ihr Herz klopfte gleich ein wenig stürmischer, als er ihr ein liebevolles Lächeln schenkte, bevor er mit seiner kleinen Ansprache fertig war, sich setzte und somit aus ihrem

Blickfeld geriet. Sie hätte ihm stundenlang zuhören können, allein seine Stimme ließ ihre Nerven vibrieren. Aber es war auch zu sehen, wie stolz er auf seine Arbeit war und wie viel ihm das Hotel und dieser Abend bedeuteten.

»Du wirst die nächsten Stunden leider mit mir vorliebnehmen müssen«, riss Felix sie aus ihren Beobachtungen. »Ich befürchte, Yannis hat unterschätzt, wie eingespannt er heute Abend sein wird.«

Lisa wurde rot, sie hätte nicht gedacht, dass man ihre Gefühle so leicht erraten konnte. »Das macht doch nichts.«

Felix lachte leise. »Da bin ich aber beruhigt, dass es dir nichts ausmacht.«

Ihr Farbton vertiefte sich nur noch mehr. »So war das nicht gemeint!« Sie versuchte, das Fettnäpfchen zu umgehen, in das sie zu schlittern drohte, und drehte verlegen das Glas in ihrer Hand.

»Keine Sorge, ich weiß, wie du es gemeint hast«, antwortete Felix. »Aber schade ist es schon, dass du anscheinend dein Herz an Yannis verloren hast. Du ziehst nicht zufällig in Betracht, das in absehbarer Zeit zu ändern?« Er zwinkerte ihr zu.

Meinte er das ernst? »Muss ich darauf antworten?«

»Natürlich nicht. Das sieht ja ein Blinder, dass es zwischen euch gefunkt hat. Genauso wie bei deiner Freundin und meinem Bruder, möchte ich anmerken.« Felix nickte zu Carlotta und Leon.

Lisa blickte in deren Richtung, wobei es schien, als wären beide in ihrer eigenen Welt versunken.

»Da magst du recht haben. Wie ist Leon denn so?«

Er runzelte die Stirn. »Wie meinst du das?«

»Auf was lässt sich meine beste Freundin da ein? Schon klar, dass er kein Serienmörder ist, aber du weißt schon, was ich meine.« Gespannt blickte sie ihn an.

»Leon ist kein schlechter Mensch, Lisa. Er hat das Herz am rechten Fleck.«

»Aber?« Jetzt wurde sie erst recht neugierig.

»Muss ich darauf antworten?«, wiederholte er Lisas Frage und wich ihrem Blick aus.

»Ist er etwa verheiratet und hat Kinder?«, sprach sie ihre naheliegende Vermutung aus.

Felix prustete durch die Nase. »Eher das Gegenteil.«

»Schwul?«

»Äh, nein. Eigentlich nicht.« Schweigend nestelte er an der gefalteten Stoffserviette herum.

Lisa schürzte die Lippen und zog die Augenbrauen in die Höhe. »Eigentlich? Wie soll ich das denn verstehen?«

Felix ließ von dem Tuch ab und richtete seinen Blick wieder auf sie. »Sorry, aber das soll deine Freundin selbst herausfinden. Ich kann ihr höchstens raten, nicht gleich mit ihm ins Bett zu gehen, es könnte sein, dass er es nur darauf anlegt.«

»Ein klassischer Herzensbrecher also?«

»So in etwa. Und jetzt lass uns bitte das Thema wechseln, denn ich rede nicht gerne schlecht über meinen Zwillingsbruder. Oder möchtest du mir Carlottas Marotten anvertrauen?«

Lisa war peinlich berührt. Er hatte recht, es stand ihr nicht zu, ihn so auszufragen. »Nein, eher nicht. Entschuldige bitte. Wollen wir uns fürs Essen anstellen?« Sie deutete auf die Leute, die sich bereits am Büfett eingefunden hatten. Felix nickte und half ihr beim Aufstehen, indem er ihr den Stuhl wegschob. Sie reihten sich in der Schlange ein.

»Ihr habt Yannis also tatkräftig unterstützt, wenn ich das richtig verstanden habe? Du bist im Marketing tätig?«, wechselte Lisa das Thema.

»Ja, das bin ich, und Leon ist im Mahnwesen. Er hat's schon immer mit Zahlen gehabt, ich bin eher der kreative und chaotische Freigeist.«

Felix war scheinbar froh über den Richtungswechsel des Gesprächs und erzählte mit Begeisterung über seine Arbeit und dass sie Yannis seit Schulzeiten kannten, während sie auf den Tisch mit den Vorspeisen zusteuerten. Lisa konnte sich nicht mehr erklären, wieso sie anfangs gedacht hatte, er wäre unnahbar. Er brauchte nur länger als Yannis, um aus sich herauszukommen.

»Du liebe Güte, sieht das alles lecker aus. Wollen wir vielleicht teilen? Dann könnten wir von allem etwas probieren«, unterbrach er seine Ausführungen.

»Das ist eine hervorragende Idee.«

Sie häuften auf zwei große Teller die unterschiedlichsten Delikatessen: Tsatsiki, Oliven, Schafskäse, gefüllte Weinblätter, Linsenpüree und Fischrogensalat, was hervorragend zum Pitabrot schmeckte, aber auch himmlisch duftendes Ofengemüse, Garnelensaganaki und Oktopus mit karamellisierten Jungzwiebeln. Vollbeladen kehrten sie an ihren Tisch zurück.

»Bitte, bedient euch«, boten sie Carlotta und Leon von ihrer Beute an. »Ihr kriegt ja nicht mehr mit, was um euch herum geschieht.«

Leon grinste schief. »Das liegt an der hypnotischen Wirkung, die Carlotta auf mich hat. Danke, Bruderherz. Ist ein feiner Zug, dass ihr uns nicht hungern lasst.«

Carli schlug verlegen die Augen nieder. »Vielen Dank. Wir hätten uns auch selbst anstellen können.«

»Ja, ja«, tat Lisa den Einwand ab. »Passt schon. Langt zu, später nehmt ihr dann den Nachschlag für uns mit.«

***

Yannis bedauerte, dass er nicht bei den Zwillingen saß, aber er konnte weder seinen Vater Michalis noch den Rest seiner Familie und dessen langjährige Freunde brüskieren. Außerdem würden sie ihm Löcher in den Bauch fragen, wenn sie merkten, was er für Lisa empfand. Darauf konnte er getrost verzichten, zumal sich sein Herz eifersüchtig zusammenzog, sobald er Lisas Lachen hörte. Natürlich freute er sich, dass sie sich so gut mit seinen Freunden verstand, aber er registrierte auch, wie Felix Lisa heimlich betrachtete, und das wiederum passte ihm ganz und gar nicht. Wie gern wäre er jetzt an dessen Stelle gewesen! Leon hatte am Nachmittag wohl schon ein Auge auf Carlotta geworfen und stellte keine Gefahr mehr dar. Aber langsam sah er in Felix einen Widersacher, zumal dieser Lisas Geschmack entsprach. Yannis seufzte innerlich. Eigentlich war es eine dumme Idee gewesen, Lisa einzuladen und dann keine Zeit für sie zu haben, wie er soeben bemerkte. Aber zum Glück hatte der Abend ja erst begonnen und kampflos würde er sie Felix nicht überlassen. Endlich war es so weit, das Büfett wurde abgebaut, um Platz zum Tanzen zu schaffen. Die Band stimmte ihre Instrumente und nickte Yannis zu, als sie fertig waren.

Leider war der erste Tanz der Tochter seines Weinhändlers – und Nennonkels – vorbehalten. Er kannte Xenia Karaiades von Kindesbeinen an, deren Eltern zählten zu den besten Freunden seines Vaters. Somit hatte er einen Großteil seiner Ferien, in denen er bei seinem Vater hier in Griechenland gewesen war, mit ihr verbracht.

»Fordere Xenia auf, bevor sie dir ein anderer wegschnappt. Sie ist eine wunderschöne Frau geworden«, stieß ihn auch prompt sein Vater an.

Dieser konnte nicht wissen, dass es ohnehin abgesprochen war, mit ihr zusammen den geselligen Teil des Abends einzuläuten. Yannis warf einen Blick auf seine Jugendfreundin. Ihre üppige Oberweite, von der er ahnte, dass sie hier mit zumindest einer Körbchengröße künstlich nachgeholfen hatte, steckte in einer hautengen Korsage, welche das gleiche Feuerrot aufwies, wie der enge Minirock, den sie gekonnt dazu kombiniert hatte und ihre sonst schmale Figur betonte. An ihren schlanken Beinen trug sie geschlungene, extrem hochhackige Riemchensandaletten. Es stimmte, sie hatte sich vom stürmischen Wildfang in eine temperamentvolle, junge Frau entwickelt, die sehr genau wusste, was sie wollte. Er hatte schon länger das Gefühl, dass sie ihn nicht mehr nur als Jugendfreund betrachtete.

»Du solltest Xenia morgen Abend ausführen. Ein romantisches Candle-Light-Dinner am Strand als Dank für ihre Unterstützung. Sie würde sich bestimmt freuen.«

»Klar, und du dich über die Enkelkinder, die daraus resultieren«, seufzte Yannis.

Die Familien würden eine Liaison zwischen ihnen schon lange wohlwollend begrüßen, und er wusste, dass viele im Ort sie als zukünftiges Paar sahen. Aber da stieß nicht nur sein Vater regelmäßig auf taube Ohren, sobald er einen Kommentar in diese Richtung fallenließ.

»Sie könnte dir im Hotel zur Hand gehen, die Buchhaltung machen und die Verhandlungen mit Lieferanten führen.«

»Das kann auch eine Angestellte. Außerdem wird sie auf dem Weingut ihres Vaters gebraucht. Ich habe kein Problem, Single zu sein, Papa.«

Es gab kaum eine Woche, wo sein Vater nicht versuchte, ihm die Tochter seines Freundes schmackhaft zu machen. Und Onkel Dimitri, wie er Xenias Vater nannte, hielt sich damit auch nicht zurück, wenngleich er seine Tochter nicht so direkt anbiederte. Dafür wies er Yannis in schöner Regelmäßigkeit darauf hin, dass er langsam daran denken sollte, eine Familie zu gründen, und er in dessen Alter bereits verheiratet gewesen sei. Dass sich die Zeiten geändert hatten, konnten die älteren Herren nicht verstehen, und Yannis hatte es aufgegeben, sie darauf hinzuweisen.

»Wenn du erst mit der Leitung des Hotels zu tun hast, wirst du keine Zeit mehr haben, um eine Braut zu werben. Ich spreche aus Erfahrung. Und Dimitri wird ihr nie die Leitung über das Weingut anvertrauen, das weißt du. Ich finde, Xenia und du würdet das perfekte Ehepaar abgeben.«

Wieder sah Yannis zu ihr hinüber. Xenias dichtes, pechschwarzes Haar, das normalerweise bis weit über die Schulterblätter reichte, trug sie zu einer kunstvollen Hochsteckfrisur aufgetürmt, die mit dermaßen viel Haarspray fixiert war, dass sich keine Strähne mehr bewegte. Glutschwarze Augen, dichte Wimpern und volle rote Lippen in der Farbe des Kleides mussten eigentlich jeden Mann verrückt machen. Alle außer ihn, und er war erstaunt, dass Leon Xenia noch nicht entdeckt hatte. Er warf einen schnellen Blick an den Tisch seiner Freunde und stellte fest, dass Carlotta über eine ähnlich feurige Ausstrahlung verfügte, dabei aber natürlicher wirkte. Es wunderte ihn nicht, dass Leon seinen Fokus auf Lisas Freundin gelegt hatte.

Hastig stand Yannis auf und wandte sich an die Gäste. »Ich hoffe, es hat geschmeckt. Ab jetzt wird gefeiert und getanzt. Ich wünsche euch einen schönen Abend.« Die Musik der Live-Band begann. Er ging zu Xenia. »Darf ich um den ersten Tanz bitten?«

»Gerne«, antwortete sie und strahlte ihn an.

Er nahm ihre Hand und führte sie zur Tanzfläche, wo sie sich an ihn schmiegte, nur zögernd schlossen sich andere Paare an.

***

Lisa fuhr der Anblick von Xenia und Yannis auf der Tanzfläche wie ein Messerstich durchs Herz. Sie hatte keine Ahnung, wer diese vollbusige Schönheit war, aber sie fühlte sich dagegen wie ein Stiefkind. Wie konnte sie sich einbilden, dass Yannis nur im Geringsten an ihr interessiert wäre? Diese Vertrautheit, welche das tanzende Paar ausstrahlte, sagte mehr als tausend Worte.

»Oh mein Gott«, stöhnte sie auf und schlug die Hände vors Gesicht.

»Bitter«, kommentierte Felix, dessen Mundwinkel verdächtig zuckten, als könnte er sich ein triumphierendes Lächeln gerade noch verkneifen. »Ich wusste nicht, dass sie ein Paar sind, zumal er von dir geschwärmt hat, als er von dir zurückkam. Wie sieht's aus, möchtest du tanzen?« Er blickte sie erwartungsvoll an.

In Lisa stritten sich widersprüchliche Gefühle, letztlich gewann ihr Stolz die Oberhand. Sie hatte es nicht nötig, hier zu sitzen und auf Yannis zu warten, wie ein Hund auf sein Leckerli. Sie trank ihr Weinglas auf einen Zug aus und nickte.

»Und ob ich will.« Trotzig hob sie das Kinn.

»Dann komm«, antwortete Felix weich und hielt ihr die Hand hin, um ihr galant aufzuhelfen.

***

Auch Carlotta und Leon betraten die Tanzfläche und bewegten sich engumschlungen zur langsamen Musik, wobei er zärtlich über ihren Rücken strich.

»Ich habe schon zu Felix gesagt, dass ich dich morgen angesprochen hätte. Ich wollte dich zur Feier einladen, aber ohne vorherige Rücksprache ging das natürlich nicht.«

Carlotta lächelte ihn verträumt an. »Ja, du bist mir am Strand auch gleich aufgefallen. Das nennt man Schicksal, dass wir uns hier wiedertreffen.«

»Zumindest sind es komische kosmische Zufälle«, bestätigte Leon Carlis These und wirbelte sie in eine Rechtsdrehung.

»Weißt du, wer die rassige Frau an Yannis' Seite ist?«, fragte Carlotta, als sie atemlos wieder an seiner Seite landete.

»Keine Ahnung. Wieso?«, fragte er desinteressiert.

»Lisa wird furchtbar enttäuscht sein.«

»Mach dir nicht so viele Gedanken«, beruhigte er sie. »Er muss heute Abend nun mal mit vielen Gästen tanzen.«

Carli warf einen Blick zu ihrer Freundin, die auffällig fröhlich mit Felix tanzte. Zu fröhlich für ihren Geschmack, und da sie ihre Freundin gut kannte, wusste sie, dass Lisa ihre wahren Gefühle verbarg. Sie ließ ihren Blick wieder zu Yannis wandern und fand, dass dieser einen eher gehetzten Eindruck machte, statt eines verzückten. Leon hatte hoffentlich recht.

Die Band machte eine kleine Pause, und nur widerwillig löste sie sich von Leon. Hand in Hand gingen sie an ihre Tische zurück, um etwas zu trinken.

***

»Willst du mir deine Freunde nicht vorstellen?«, fragte Xenia am Ende des Tanzes und hakte sich bei Yannis unter.

»Wie du möchtest.«

Innerlich graute ihm davor. Er sah keinen Sinn darin, sie einander vorzustellen. Es ging ihm sogar gehörig gegen den Strich, dass sie Lisa kennenlernte. Aber er konnte seiner alten Freundin den Wunsch schlecht abschlagen. Er konnte nur hoffen, dass daraus keine unerwünschten Folgen entstanden.

»Xenia, das sind Leon und Carlotta, Felix und Lisa. Leute, das ist meine langjährige Freundin aus Jugendjahren, Xenia«, machte er sie miteinander bekannt, als sie an Lisas Tisch ankamen.

»Darling, du hast nicht erwähnt, dass deine Freunde mit Partnerin kommen«, sagte Xenia mit einem treuherzigen Augenaufschlag und lächelte dabei einnehmend, ihren Arm um Yannis' Hüften geschlungen.

Lisa drehte sich der Magen um, allein Felix hatte sie es zu verdanken, dass sie nicht schreiend aus dem Saal lief. Dieser hatte die Situation sofort durchschaut und deswegen Lisas Hand in seine genommen, wobei er liebevoll über ihre Knöchel strich und sie dabei mit einer Leidenschaft anschaute, dass man meinen konnte, sie wären tatsächlich ein Paar. Er grinste Yannis schadenfroh an, dessen Blick ihn mit Dolchen durchbohrte.

»Du sprichst sehr gut Deutsch«, stellte Leon höflich, an Xenia gewandt, fest. »Wie kommt's?«

»Yannis hat fast nur Deutsch mit mir gesprochen, wenn er in den Ferien hier war. So habe ich gelernt, aber kann es nicht so gut«, versuchte sie, die Grammatik zu entschuldigen.

***

Lisa fühlte sich, als wäre sie im falschen Film gelandet. Die Enttäuschung kroch wie ätzendes Gift durch ihre Eingeweide. Nur keine Blöße zeigen, Yannis sollte nicht erfahren, wie sehr der Anblick des tanzenden Paares sie geschmerzt hatte. Kurzerhand drehte sie den

Spieß um, nachdem sie den ersten Schock verdaut hatte.

»Liebster, du hast mir gar nicht gesagt, dass dein Freund so eine attraktive Frau an seiner Seite hat«, flötete Lisa und lächelte Felix betont verliebt an.

Felix strahlte zurück, wobei Lisa ihm ansah, dass er ein Lachen über ihre Farce kaum zurückhalten konnte. Jeder andere konnte meinen, er würde sie anlächeln.

»Das wusste ich selbst nicht, mein Schatz.« Felix spielte das Spiel scheinbar nur zu gerne mit.

»Xenia ist nicht …«, begann Yannis, wurde aber sofort von dieser unterbrochen.

»Es ist so schön, dass ihr hier seid. Ich wollte schon immer Yannis' Schulfreunde kennenlernen. Er hat euch vermisst. Ihr seid hier jederzeit herzlich willkommen. Aber zum Glück hat er ja auch hier Menschen, die ihn lieben.« Ihr Blick ließ dabei keine Zweifel offen, wen sie damit meinte.

»Das freut uns für ihn«, erwiderte Lisa und lächelte zuckersüß. »Es ist immer schön, zu wissen, zu wem man gehört. Nicht wahr, mein Herz?«

Sie beugte sich zu Felix, um ihm leise etwas ins Ohr zu flüstern, wobei ihre Lippen über seine Wange streiften.

»Bitte lass uns hier verschwinden«, flüsterte sie. »Es könnte sein, dass ich sonst ausflippe.«

Nur zu gern kam Felix dieser Bitte nach, obwohl Lisa nicht wusste, ob das eine gute Idee war. »Wir gehen frische Luft schnappen, wir sind ziemlich ins Schwitzen gekommen, nicht wahr Schatz?«

»Das ist eine gute Idee.« Xenia unterstützte diesen Vorschlag sofort. »Es ist eine so schöne Nacht, die sollte man nutzen.«

»Ja, das stimmt.« Lisa stand auf und gleich darauf legte Felix seinen Arm zärtlich um ihre Schultern. Sie war froh um die Stütze, die er ihr gab, denn ihre Knie waren weich wie Wackelpudding.

»Wir sehen uns, bis später«, sagte Felix salopp in die Runde.

Er grinste Yannis breit an, während Lisa diesen nicht einmal anblicken konnte, als sie an ihm vorbeiging.

***

Yannis schloss gequält die Augen. Seine schlimmste Befürchtung hatte sich bewahrheitet und ausgerechnet Lisa war Zeuge davon geworden. Leider konnte er diesen verhängnisvollen Satz nicht einmal abschwächen, indem er behauptete, dass seine Freundin schlecht Deutsch sprach, denn sie hatte bereits das Gegenteil bewiesen. Musste sie das unbedingt jetzt sagen? Vor seinen Freunden? Vor Lisa? Er wand sich aus Xenias Griff. Ihm war richtiggehend übel und er fühlte sich, als hätte man ihm in den Magen geboxt.

»Ich muss mich noch um andere Gäste kümmern, ihr versteht das sicher. Xenia, Leon, Carli.«

Er nickte den Genannten zu und drehte sich um, denn er brauchte dringend eine Minute für sich. Unter dem Vorwand, einen Geschäftspartner zu suchen, flüchtete er aus dem Saal. Es brodelte ordentlich in ihm. Seine Hand hatte sich bereits zur Faust geballt, als Felix Lisa so schamlos angeschmachtet hatte, und er hatte sich beherrschen müssen, ihm keine Ohrfeige zu verpassen. Andererseits war er selbst schuld an diesem Schlamassel, es geschah ihm nur Recht, wenn sein Freund die Situation nun für sich nutzte. Vielleicht wäre es doch besser gewesen, hätte Womanizer Leon sein Auge auf Lisa geworfen. Bei dem wusste er wenigstens, dass sein Interesse meist nur von kurzer Dauer war. Bei Felix hingegen konnte das komplett nach hinten losgehen. Es brachte ihn um den Verstand, nicht zu wissen, was die beiden in dieser lauschigen Nacht draußen machten.

***

Xenia lächelte ihm selbstbewusst nach. Diese Runde ging an sie. Sie würde es Yannis nicht leichtmachen. Wenn sie ihn nicht haben konnte – und sie wusste, dass er in ihr immer noch die alte Freundin sah und nicht das, was sie sich sehnlichst wünschte –, würde diese blondhaarige Frau ihn auch nicht kriegen, dafür würde sie schon sorgen. Sie konnte dieses lähmende Gefühl nicht vergessen, welches sie übermannt hatte, als Yannis seine Blicke Lisa zugeworfen hatte. Denn so hatte er *sie* noch nie angesehen.

Er wagte es, eine andere Frau ihr vorzuziehen? Sie, die immer für ihn da gewesen war, wenn sein Vater keine Zeit gehabt hatte und er vor Heimweh nach Deutschland vergangen war? Sie, die sich extra unters Messer begeben hatte, weil er erwähnte, dass er Frauen mit großen Brüsten sexy fand? Sie, deren Eltern beinahe schon das Aufgebot bestellen wollten, als sie hörten, dass Yannis aus Deutschland nach Hause kam, um das Hotel zu übernehmen? Nicht nur, weil sie ohnehin ein gutes Paar abgeben würden. Sondern weil sie ihn liebte, seit sie denken konnte.

Sie hatte jedes Mal die Tage gezählt, bis er endlich wieder hier war. Und sie hatte den Deal eingefädelt, dass sein Vater überhaupt das Angebot der Hotelübernahme machte. Der Plan war bis jetzt hervorragend aufgegangen, es war nur noch eine Frage der Zeit, bis sie ihn verführen konnte.

Dieses fremde Weib würde ihr ganz sicher nicht im Wege stehen.

6.

Vielleicht, vielleicht auch nicht

Felix sog die frische Nachtluft tief in seine Lungen, während sie dem dezent beleuchteten Kiesweg entlang der Blumenbeete folgten, bis sie die Poolbar erreichten. Hier war sonst keine Menschenseele, im Gegensatz zur Frühstücksterrasse, wo einzelne Grüppchen zusammenstanden und rauchten. Felix blieb stehen und lehnte sich mit dem Rücken gegen die Theke, auf der Kerzen in Windlichtern ihren stimmungsvollen Schein verbreiteten.

»Ich danke dir, Felix. So konnte ich wenigstens mein Gesicht wahren.« Lisa drehte sich zu ihm und schenkte ihm ein Lächeln, welches jedoch so traurig wirkte, dass er ihren Schmerz fast fühlen konnte.

Ihre Augen waren beinahe schwarz, als sie seinen Blick erwiderte. Diesem Sturm der Gefühle, den sie in ihm entfesselt hatte, war er nicht mehr gewachsen. Er griff nach ihrer Hand und strich zart mit seinem Daumen über ihre Knöchel. Irgendwas geschah mit ihm und er wusste nicht, ob er das gutheißen sollte. Wann hatte er zuletzt Schmetterlinge im Bauch gehabt? Wieso ausgerechnet jetzt? Er schüttelte innerlich den Kopf und lenkte seinen Fokus wieder auf das Hier und Jetzt.

»Du machst es mir aber auch nicht einfach, Lisa. Wüsste ich nicht genau, dass du dich in Yannis verguckt hast, wäre das mein voller Ernst gewesen. Aber ich will ihm nicht in die Quere kommen.«

»Du meinst ...?«

»Genau das«, fiel er ihr ins Wort.

Und dann gab er seinem inneren Kampf nach. Er zog sie in seine Arme, strich liebevoll über ihre Wange, bevor er seine Hand auf ihrem Hinterkopf vergrub und sich ihrem Gesicht langsam näherte. Der Duft ihres Parfums erreichte seine Nase und raubte ihm die Sinne. Kurzzeitig schloss er die Augen und konnte spüren, wie ihr Herz unkontrolliert gegen ihre Rippen polterte, als er nur noch einen Wimpernschlag von ihr entfernt war.

»Ich werde dich jetzt küssen.« Er war kaum zu hören.

Eine kleine Schrecksekunde verharrte sie steif in seinen Armen, bevor seine Lippen ihren Mund berührten. Sehr zärtlich und unendlich vorsichtig begann sein Kuss, neckend und fragend, bis sich ihre Lippen beinahe automatisch öffneten, um ihn willkommen zu heißen. Sein Kuss wurde fordernder, leidenschaftlicher, und seine Stimme klang heiser, als er diesen kurz unterbrach.

»Ich weiß, dass wir das nicht tun sollten«, flüstere er rau, »aber ich kann gerade nicht anders.« Und dann küsste er sie mit einer Heftigkeit, die sie mitriss, ob sie wollte oder nicht.

***

Die Zeit schien stillzustehen und Lisas Verstand weigerte sich, einen Gedanken zu fassen. Aber nichts war so heftig wie der Adrenalinstoß, der sie durchfuhr, als sie Carlottas Stimme vom Pool her vernahm. Das schlechte Gewissen schlug wie eine Flutwelle über ihr zusammen.

»Ich habe euch schon überall gesucht! Ihr habt euch ja gut versteckt. Und was wird das, wenn ich fragen darf?« Sie blieb vor ihnen stehen und musterte die beiden neugierig.

Wie von der Tarantel gestochen löste Lisa sich von Felix und starrte ihn mit weit aufgerissenen Augen an.

Felix hingegen hielt ihrem Blick stand. »Ich konnte der Versuchung nicht widerstehen«, antwortete er.

»Ich ...«, stammelte Lisa verwirrt, während ihr das gesamte Ausmaß dieses Kusses bewusstwurde. »Oh mein Gott. Es tut mir leid, Felix, ich bin nicht ...«

Er nahm ihre Hände und strich besänftigend darüber. »Hey, du kannst nichts dafür. Und ich vermute, dass es nichts an deinen Gefühlen zu Yannis ändert.«

»Du bist mir nicht böse?«

Felix lachte auf. »Ich. Dir? Böse? Wie kommst du denn auf diesen Irrsinn? Ach, Sweetheart. Yannis weiß gar nicht, was ihm entgeht. Aber eines ist sicher: Du hast einen besonderen Platz in meinem Herzen. Ich wäre froh, wenn ich dein bester Freund sein dürfte. Eine Art großer Bruder, mit dem du über alles reden kannst. Wie ich bereits sagte, ich will dich Yannis nicht wegnehmen, und zudem kann ich keine Beziehung brauchen. Einverstanden?«

Lisa begann zu lächeln und drückte seine Hand. »Einverstanden. Spielst du trotzdem für Xenia meinen Freund?«

Er grinste bis über beide Ohren und nickte. »Nur zu gern.«

Carlotta schüttelte den Kopf. »Eigentlich wollte ich euch nur Bescheid geben, dass es Eis und Melone gibt. Leon hat euch außerdem Kaffee mitbestellt.«

»Oh? Dann sollten wir wieder reingehen«, meinte Felix und war dabei scheinbar die Ruhe selbst.

Lisa hingegen war aufgewühlt und verwirrt, als sie an seiner Hand zurück in den Saal ging. Carlotta lief neben ihr her und warf ihr einen fragenden Blick zu.

»Ich habe keine Ahnung«, raunte Lisa ihrer Freundin zu. »Ich muss das selbst erst verarbeiten.«

Diese zog schmunzelnd eine Braue in die Höhe. »Das glaube ich aufs Wort.«

Carli hätte ihr bestimmt geholfen, aber Lisa sah ihr an, dass sie momentan mit ihren eigenen Gefühlen beschäftigt war, und damit genug zu tun hatte. So, wie sie ihre Freundin kannte, kämpfte diese wahrscheinlich mit sich, gleich in der ersten Nacht mit Leon zu schlafen. Andererseits wusste sie, dass die Zwillinge am Mittwoch wieder abreisen würden. Lisa konnte mit ihr immer noch den Rest der Woche verbringen, sie konnte Carli verstehen.

»Da seid ihr ja wieder. Wurde auch Zeit, bevor das ganze leckere Eis schmilzt.«

»Danke, Bro«, sagte Felix und rückte Lisa den Stuhl zurecht, wobei er nicht widerstehen konnte und ihr einen leichten Kuss in den Nacken hauchte, was ihr eine Gänsehaut und verdammt rote Wangen bescherte.

Leon blickte interessiert von einem zum anderen, dem wohl die prickelnde Atmosphäre auffiel, die zuvor noch nicht da gewesen war.

»Will ich wissen, was in den letzten zehn Minuten passiert ist?«

Felix schloss verzückt die Augen und leckte den Löffel mit dem Schokoladen-Eis ab, bevor er seinem Bruder einen vernichtenden Blick zuwarf.

»Nein, willst du nicht.«

»Oha. Das sagt ja mehr als tausend Worte.« Leon schaute fragend zu Carli, die nur die Schultern hob, während Lisa ihr Mineralwasser durstig austrank, um nicht antworten zu müssen.

»Kehr vor deiner eigenen Haustür und lass mich in Ruhe«, konterte Felix. »Das geht nur Lisa und mich etwas an.«

»Okay«, beendete Leon die Diskussion. »Jetzt kapier ich gar nichts mehr.«

»Musst du auch nicht, Bro. Es muss reichen, wenn ich sage, es hat alles seine Ordnung«, sagte er und schob genüsslich den nächsten Löffel Eis in seinen Mund.

Aber das hatte es ganz und gar nicht. Zumindest nicht für Lisa, denn sie wünschte sich, es wäre Yannis gewesen, der sie so geküsst hätte. Sie hatte sich schon gedacht, dass dieser heute nicht viel Zeit für sie haben würde, aber nicht ahnen können, dass sie sich gleich so gut mit seinem Freund verstehen würde. Schlimmer noch, dass sie sich auch zu ihm hingezogen fühlte. Mister Sportlich hatte nicht nur das gehalten, was sie sich über ihn ausgemalt hatte, sondern war umso viel mehr.

Und dass dessen Kuss sie so durcheinanderbrachte, beunruhigte sie ziemlich. Der ganze Abend verlief irgendwie völlig chaotisch und nicht annähernd so, wie sie sich erträumt hatte. Dafür lief sie garantiert nicht in Gefahr, an ihren Ex denken zu müssen oder sich zu langweilen. Dafür sorgte ihr inneres Chaos.

Der Appetit auf das Dessert verging ihr endgültig, als Xenia an ihren Tisch kam. Diese erkundigte sich ausgiebig und überfreundlich, ob alles in Ordnung war, der Wein ihren Geschmack traf und die Klimaanlage auch nicht in ihren Rücken zog.

Lisa tupfte sich den Mund mit der Serviette ab und legte diese zur Seite.

»Ihr entschuldigt mich kurz, ich muss meine Kontaktlinsen wechseln.«

Carli blickte sie an, als hätte sie den Verstand verloren. Immerhin war sie so schlau und widersprach nicht, denn Lisa bedurfte keiner Sehhilfe, was ihre Freundin natürlich wusste.

»Kommst du alleine klar?« Offenbar spürte Felix, dass sie kurz vor der Explosion stand.

»Natürlich, mein Herz. Ich bin gleich wieder da.«

Lisas Lippen streiften seinen Mund, um den Schein zu wahren, aber danach verließ sie den Saal, so schnell es die Etikette zuließ. Sie hämmerte auf den Liftknopf und trat von einem Fuß auf den anderen, ungehalten, dass der Aufzug nicht gleich seine Türen öffnete, denn sie brauchte dringend Zeit allein. Besser wäre noch, Carli hätte sie begleitet, aber so schnell war ihr kein Argument eingefallen, wieso ihre Freundin mitkommen sollte. Endlich war der Fahrstuhl da und sie lehnte sich aufatmend gegen die Spiegelwand im Inneren der Kabine.

Nachdem sie ihr Zimmer aufgeschlossen hatte, begab sie sich auf die Terrasse und stützte sich mit den Händen an der Brüstung ab. Das Rauschen des Meeres drang an ihr Ohr, unterbrochen von vereinzeltem Gelächter von unten. Es war windstill und für diese Zeit noch angenehm warm. Lisa blickte in den Sternenhimmel. Wie herrlich friedlich es hier war! Genau das, was sie im Moment dringend brauchte. Grübelnd knabberte sie auf ihrer Unterlippe. Felix' Kuss hatte sie ganz schön aus der Bahn geworfen. Sie hatte sich beim Tanz eng an ihn geschmiegt – zum einen war er nun mal verdammt attraktiv, zum anderen hatte sie gehofft, Yannis eifersüchtig machen zu können. Welch dumme Idee! Auf seiner eigenen Hotel-Einweihungsfeier konnte er schließlich keine Szene brauchen. Er mochte es vielleicht bis dahin selbst noch nicht gewusst haben, was seine Jugendfreundin für ihn empfand, aber Lisa spürte, dass diese Xenia Yannis für sich haben wollte. War es nicht gleich sinnvoller, ihre Gefühle Felix zu schenken? Wobei, dieser hatte gesagt, dass er keine Beziehung wollte. Wieso nicht? Hatte er eine andere? Aber ging es nicht ohnehin nur um einen Urlaubsflirt?

»Himmel, Arsch und Zwirn«, fluchte Lisa. »Das fehlte mir gerade noch.«

»Schön zu wissen, dass du immer noch Selbstgespräche führst, wenn du überlegst«, sagte Carlotta und trat auf den Balkon. »Süße, du bist ja völlig durch den Wind. Willst du mir sagen, was vorgefallen ist?«

»Hast du deinen Leon wegen mir für ein paar kostbare Augenblicke verlassen?« Sie drehte sich um und blickte Carli entgegen, die zwei Gläser Rotwein auf dem Balkontisch abstellte.

»Jawohl, und zwar nicht nur, weil er meinte, ich soll nach dir sehen. Ich glaube, wir brauchen beide eine kleine Verschnaufpause, um unsere Eindrücke zu sortieren. Die letzten Stunden ist irrsinnig viel auf uns eingestürzt.«

»Dann fang du an. Leon und du?«, fragte sie und setzte sich Carli gegenüber.

Diese zuckte die Schultern und blickte versonnen in ihr Glas. »Ich habe nie an die Liebe auf den ersten Blick geglaubt. Aber verdammt, das hier ist sie.«

»Überstürz nichts, Carli. Felix hat mir anvertraut, dass sein Bruder ein alter Schwerenöter ist.«

»Leon hat mir selbst gebeichtet, was für ein Womanizer er für gewöhnlich ist, aber auch, dass das mit mir völlig anders sei. Normalerweise hätte er sich an Xenia herangemacht, aber die interessiert ihn nicht.«

»Und du glaubst ihm?« Lisa nippte am Wein und ließ sein Aroma auf der Zunge zergehen. Er schmeckte ein klein wenig nach Beeren und im Abgang leicht nussig.

»Es bleibt mir kaum etwas anderes übrig. Die Zeit ist zu kostbar, um zu warten. Ich will ihm jedenfalls die Chance geben, sich zu beweisen. Was nicht heißt, dass wir heute schon im Bett landen werden. Ich kann dich ja in deinem momentanen seelischen Zustand nicht alleinlassen. Also raus mit der Sprache, was ist das vorhin für ein Kuss gewesen? Sind deine Gefühle zu Yannis doch nicht so intensiv?«, wollte Carli wissen.

»Eine Trotzreaktion? Ich weiß es nicht, es ging alles so schnell, aber ich muss zugeben, dass ich den Kuss mit Felix genossen habe.«

»Das habe ich bemerkt«, erwiderte Carlotta trocken und nahm einen Schluck. »Wow«, entfuhr es ihr. »Wenn diese Xenia die Weine ausgesucht hat, wusste sie jedenfalls, was sie tat. Der ist verdammt gut.«

»Das stimmt«, bestätigte Lisa, bevor sie die Frage beantwortete. »Ich mag Felix, er ist witzig und spontan und er sieht verteufelt gut aus. Und er mag mich. Wer hätte gedacht, dass du mit deiner Unkerei gleich ins Schwarze triffst.« Sie seufzte. »Aber Yannis bedeutet mir bei Weitem mehr.«

»Gut, dass dein Herz doch an Yannis hängt. Ich habe seinen Blick gesehen, Lisa. Ihm liegt definitiv was an dir.«

»Mir wäre auch lieber gewesen, Yannis hätte mich stattdessen geküsst. Aber was ist mit Xenia?« Ihre Stimme klang verzagt.

Carli prustete verächtlich durch die Nase. »Die soll sich schön hintanstellen. Wenn ich dir einen Rat geben darf, dann wirf die Flinte nicht sofort ins Korn. Leon hat mir verraten, dass Yannis die ganze Zeit von dir geschwärmt hat.«

Lisa lächelte verträumt. Sie freute sich, dass diese Aussage bestätigt wurde.

»Außerdem schenkt kein Mann einer Frau Schmuck, wenn ihm nichts an ihr liegt«, bekräftigte sie ihre Meinung.

»Ich mag diese Jugendfreundin einfach nicht, auch wenn sie einen exquisiten Geschmack hat, was den Wein betrifft. Felix hat mir vorhin nur geholfen, mein Gesicht zu wahren. Und eigentlich war das Flirten ja auch ganz witzig. Zumindest bis er mich geküsst hat.«

»Das nennt man Eifersucht, Süße. Und jetzt?«

Lisa seufzte. »Jetzt werde ich Xenia die Zähne zeigen und sehen, ob ich mir nur eingebildet habe, dass Yannis etwas für mich übrighat. Dass er heute Abend anderes zu tun haben wird, als seine Zeit mit mir zu verbringen, war mir von vornherein klar.« Sie leerte ihr Glas und stellte es auf den Tisch zurück. »Allerdings konnte ich nicht ahnen, dass mir auch sein Freund weiche Knie beschert. Danke, Carli. Jetzt geht es mir besser. Du hast keine Ahnung, wie froh ich bin, dass du da bist.«

Carli stand auf und umarmte Lisa. »Ich auch, Süße. Ich auch. Kopf hoch, wir schaffen das. Und jetzt lass uns wieder nach unten gehen, bevor die uns noch suchen.«

Auf dem Flur konnte Lisa bereits wieder verschmitzt lächeln. »Immerhin hat das meinem Selbstbewusstsein einen gehörigen Auftrieb gegeben. Ich schätze, für einen Kuss von Felix würden sich die meisten Damen die rechte Hand abhacken lassen, inklusive Xenia.«

»Ein wenig beneide ich dich darum«, gab Carlotta zurück und boxte Lisa leicht auf den Oberarm. »Vor allem, weil ich von Leon noch ungeküsst bin.«

Lisa blieb mitten im Schritt stehen und blickte ihre Freundin verdutzt an. »Echt jetzt? Ist ja kaum zu glauben. Dann mal ran an den Speck! Wie du schon bemerkt hast, drängt die Zeit. Soweit ich weiß, haben die Brüder getrennte Schlafzimmer. Ich bin dir nicht böse, wenn du heute Nacht nicht neben mir liegst.«

Carli lachte. »Danke, Süße. Aber was ist dann mit dir?«

Als der Lift im Foyer ankam, rechnete Lisa fest damit, dass Carlotta die Nacht mit Leon verbringen würde.

Wie ihre hingegen aussehen würde, stand noch in den Sternen.

»Mach dir keine Sorgen«, antwortete sie trocken. »Felix wird schon aufpassen, dass ich keine Dummheiten mache.«

»Dann bin ich aber gespannt, wer wen von Dummheiten abhalten wird«, konterte Carlotta schmunzelnd.

»Geh ruhig wieder rein, Carli. Ich mag noch ein wenig die Stille draußen genießen. Außerdem kann ich dieser Xenia noch nicht gegenübertreten.«

Lisa verließ das Hotel unbemerkt über die Frühstücksterrasse und schlenderte langsam zur Poollandschaft. Sie ließ den Blick durch die Blumenrabatte schweifen und sog die von Kräutern geschwängerte Luft in ihre Lungen. Der Geruch von würzigem Thymian, Oregano und Anis versetzte sie in eine ganz eigene Stimmung. Das Zirpen der Zikaden in den Zypressen beherrschte die Nacht, aber das gehörte genauso dazu wie das nahe Meeresrauschen. Dieses Eiland im ionischen Meer übte ihren Reiz auf sie aus und sie spürte, dass nicht nur Yannis ihr Herz berührt hatte. Genau hier, in diesem Garten, in diesem Hotel, fühlte sie sich so wohl, dass sie am liebsten gar nicht mehr fortgegangen wäre. Erst recht nicht, wenn sie an das Chaos daheim dachte.

Yannis hatte in diese Hotelanlage sein ganzes Herzblut hineingesteckt. Das spürte man und deswegen fühlte sie sich ihm hier auch so nahe. Dieses Hotel war nicht für den Massentourismus konzipiert worden, das sah man schon an Größe und Schnitt von Lisas und Carlottas Zimmer. Jedes Detail sprach von seiner Liebe zu diesem Projekt.

Lisa umrundete den Pool und machte sich auf den Rückweg zum Saal, gewappnet für alles, was danach auf sie zukommen sollte. Die Minuten hier draußen hatten ihr geholfen, ihre Gedanken zu sortieren und ruhiger zu werden. Doch plötzlich stockte ihr der Atem, denn vor ihr stand Yannis im Schatten einer Säule, und zwar allein. Damit hatte sie nicht gerechnet. Er wirkte ein wenig verloren, wie er leicht nach vorne gebeugt in den Pool starrte, als würde er darin etwas suchen. Yannis hatte seine Krawatte gelockert, sein Sakko achtlos auf eine der Liegen geworfen, und seine Hände in den Hosentaschen vergraben. Sein Haar war zerzaust, als wäre er sich mit den Fingern durchgefahren. Das Blau des Wassers spiegelte sich in seinen Augen. Wie konnte man nur so verboten gut aussehen?

»Hier steckst du also«, sagte er leise und sah hoch.

Lisa blieb vor ihm stehen und erwiderte seinen Blick. »Ja, ich wollte ein wenig an die frische Luft.«

»Da sind wir dann schon zu zweit.« Er richtete sich auf und nahm die Hände aus den Taschen.

»Hast du nicht andere Verpflichtungen? Xenia wartet sicher auf dich.« Ihre Stimme klang verzagt.

»Die können mich alle mal.«

»Nanu? Du bist Geschäftsführer, da solltest du so was nicht sagen.« Sie lächelte schief.

Es schien, als hätte er sie nicht gehört. »Lisa, ich ...« Er biss sich auf die Lippe und blickte zu Boden.

»Ja?«, fragte sie hoffnungsvoll. Ihr Puls hatte sich mindestens verdreifacht.

Yannis stieß die Luft tief aus, bevor er weitersprach. »Ich kann das nicht«, murmelte er leise und gleich darauf: »Ach, Scheiß doch drauf.« Er zuckte mit den

Schultern und blickte sie wieder an. »Was empfindest du für Felix?«

»Felix?« Beinahe hätte sie hysterisch aufgelacht.

»Du hast mich gehört. War das vorhin von euch gespielt oder echt? Bitte, Lisa, ich muss es wissen.«

Lisas hatte das Gefühl, dass ihre Gesichtsfarbe innerhalb kürzester Zeit sämtliche Farbnuancen durchwechselte. Hatte er von dem Kuss erfahren?

»Ein bisschen von beidem. Ich mag ihn, Yannis. Er ist ein anständiger Kerl.« Bis auf den Kuss, dachte sie bei sich. Der war alles andere als anständig gewesen.

»Wie sehr?«, bohrte er nach. Seine Stimme hörte sich angespannt an.

»Wie einen großen Bruder.« Bildete sie sich das nur ein, oder sah er erleichtert aus?

»Also ist da nicht mehr dahinter?«

Lisa schüttelte den Kopf. »Nein, er hat mir nur geholfen, nicht wie der letzte Trottel vor deiner Freundin dazustehen. Deswegen spielt er für heute Abend meinen Freund.«

Yannis blickte sie für einen Moment verwirrt an, bis ihm ein Licht aufging. »Xenia?«

»Wer sonst?« Sie verlagerte ihr Gewicht auf das andere Bein.

Er lachte. »Es ist nicht so, wie du denkst.«

»Wie denke ich denn?« Ihr Blick war herausfordernd.

»Sie ist wirklich nur eine alte Freundin.« Er trat einen Schritt auf sie zu, als wolle er sie beruhigen.

Lisa wich zurück. »Für dich vielleicht. Sie sieht das ein klein wenig anders, wenn du mich fragst.«

Doch Yannis kam ihr nach. »Das ist mir egal.«

In Lisa keimte ein leichter Hoffnungsschimmer. »Und was soll das heißen?«

Er antwortete nicht sofort, sondern umschlang ihre Taille und zog sie an sich. Dort, wo er sie berührte, kribbelte ihre Haut.

»Das heißt, dass du mich völlig verrückt machst.«

Er fragte nicht, ob er sie küssen durfte. Er warnte sie auch nicht vor. Er tat es einfach und ließ sie alles andere um sich herum vergessen.

Jetzt gab es für Lisa kein Halten mehr. Seine Lippen waren weich und fordernd zugleich und umso vieles berauschender, als sie es sich in ihren süßesten Träumen ausgemalt hatte. Sie schlang ihre Arme um seinen Hals und schmiegte sich sehnsüchtig an ihn, während sie seinen Kuss mit einer Intensität erwiderte, in der all ihre Gefühle und ihre Unsicherheit lagen.

Er stöhnte leise, als sie sich an ihn drückte. Seine Hände wanderten über ihren Rücken, streichelten die erreichbaren nackten Hautstellen und setzten ihren Körper in erwartungsvolle Erregung. Sie spürte, wie sich ihr Unterleib lustvoll zusammenzog und Hitze zwischen ihren Beinen entflammte. Könnte sie nur die Zeit anhalten! Sie wollte mehr, löste ihre Hand und fuhr mit den Fingerspitzen an seinem Hals entlang, über das Schlüsselbein hinab und spürte seine harte Brustwarze plötzlich unter ihrem Daumen, obwohl sein Hemd dazwischen war.

Sein Herzschlag stolperte einen Moment, diese Berührung durchfuhr ihn wohl wie ein Stromschlag. Er löste seinen Mund von ihr, warf den Kopf in den Nacken und sog die Luft scharf zwischen seinen Zähnen ein.

»Gott, Lisa, hör auf damit, ich kann sonst für nichts garantieren«, stöhnte er zwischen zusammengebissenen Zähnen und öffnete langsam die Augen.

Lisa kam wieder zur Besinnung. Er hatte recht, sie hatten die Welt um sich herum vergessen und sie hätte sich ihm hier und jetzt hingegeben, wenn er gewollt hätte. Es war ihr egal, wenn sie dabei vom ganzen Hotel beobachtet worden wären.

***

Im Schatten der Zypressen stand Xenia und presste sich die Hand auf den Mund, um nicht laut zu schreien. Das, was sie da zu sehen bekam, tat weh – sehr weh sogar. Aber sie wäre nicht Xenia Karaiades, würde sie das einfach so hinnehmen. Wut loderte in ihr auf. Dieses verdammte Frauenzimmer konnte wohl nicht genug kriegen! Im Saal wartete ihr Lover auf sie und gleichzeitig machte sie sich hinterrücks an ihren Yannis heran. Diese Suppe würde sie ihr gehörig versalzen. Mit etwas Glück würde dieser Felix so sauer sein, dass er nie wieder einen Ton mit Yannis sprach. Und mit noch mehr Glück würde die Beziehung zwischen Felix und Lisa darunter leiden – eine gerechte Strafe dafür, dass auch sie nicht glücklich sein durfte.

Leise drehte sie sich um und verließ unbemerkt die Terrasse.

7.
Liebe, Lüge und Intrige

Xenia trat mit freundlichem Lächeln an den Tisch, wo Yannis' Freunde im Gespräch vertieft waren.

»Ist deine Freundin noch nicht zurück?«, erkundigte sie sich bei Felix.

»Äh, nein. Soweit ich weiß, wollte sie ihre Kontaktlinsen erneuern.«

»Und du machst dir keine Sorgen?« Xenia trat auf die andere Seite des Tisches. Sie wollte ihren Triumph auskosten, wenn sie die Katze aus dem Sack ließ, und ihm dabei ins Gesicht blicken können.

»Wieso sollte ich?«

Er blickte sie irritiert an, und Xenia jubelte innerlich, weil auch Leon und Carli sich ihr zuwandten und gespannt den Wortwechsel verfolgten. Jetzt, wo sie die Aufmerksamkeit aller hatte, hakte sie nach:

»Es könnte ja sein, dass ihr ein anderer Mann nachstellt? Was glaubst du wohl, wie viele südländische Männer auf Frauen wie sie stehen?«, schürte sie das Klischee.

Leider zuckte Felix nur die Schultern. »Keine Ahnung?«

Xenia hob spöttisch ihre Augenbrauen. »Ich kann dir nur raten, sie nicht aus den Augen zu lassen.«

Felix zog einen Mundwinkel ironisch nach oben. »Ist das ein Rat oder eine Drohung?«

»Wieso sollte ich dir drohen?« Sie runzelte pikiert die Stirn.

Sein Lächeln wurde breiter. »Du hast vermutlich Angst, dass sie Yannis gefallen könnte. Ich hingegen weiß, dass es so ist.«

Xenia verschlug es beinahe die Sprache. »Und ich dachte, ihr Deutschen legt Wert auf Treue?«

»Das stimmt.«

»Du nicht?« Dieses dumme Lachen würde ihm schon noch vergehen!

»Oh doch. Ich auch. Sehr sogar.«

Xenia konnte nicht glauben, was sie hörte, und riss den Mund auf. Wieso blieb er so ruhig? »Was sitzt du dann noch hier rum? Draußen steht Yannis mit deiner Freundin und die beiden küssen sich, und zwar nicht wie Bruder und Schwester.«

Felix grinste zu ihrem Leidwesen nur noch breiter. »Was, ehrlich?«

Ihr blieb die Luft weg. Was für einen verrückten Freund hatte Yannis hier nur?

»Aus dir werde ich nicht schlau. Bei einem Griechen mag das normal sein, wenn er einer anderen Frau schöne Augen macht, deswegen sehe ich darüber auch hinweg. Aber du lässt dir von deiner Frau die Hörner aufsetzen. Wenn man schon mit einem anderen rummacht, dann gefälligst diskret und nicht in aller Öffentlichkeit.«

»Du musst es ja wissen«, gab er seelenruhig zurück. »Selbst wenn es so sein sollte, ist das doch mein Problem, oder?«

Jetzt konnte obendrein sein Bruder sich das Lachen kaum noch verkneifen und zwinkerte ihm zu, und Carlotta strahlte, als hätte man ihr soeben erzählt, dass sie den Lottojackpot geknackt hatte.

»Wie du meinst«, antwortete Xenia entrüstet. »Ich habe es nur gut gemeint.«

»Ganz sicher. Sehr reizend von dir, vielen Dank.« Felix nickte ihr zu und griff nach seinem Glas, um ihr zu signalisieren, dass für ihn das Gespräch beendet war.

Xenia fiel die Kinnlade nach unten. So eine deutliche Abfuhr hatte sie noch nie erhalten. Was für ein arroganter Typ! Sie drehte sich um und stolzierte hocherhobenen Hauptes zu ihrem Tisch zurück, obwohl sie innerlich vor Wut kochte, dass Felix so desinteressiert war. Eigentlich hatte sie gehofft, dass er sofort nach draußen stürzen würde und die beiden in flagranti ertappte. Die Szene danach hätte sie genossen. Sie bekam noch aus dem Augenwinkel mit, dass Felix ein High five gab und Carlotta triumphierend einschlug. Sie schüttelte den Kopf und verstand die Welt nicht mehr.

***

Draußen lösten sich Yannis und Lisa schweratmend voneinander, und er versuchte, seine Gefühle in Worte zu fassen. Jetzt blickte er ihr tief in die Augen, statt in das Wasser zu starren. Eine leichte Brise wehte ihm eine Strähne seiner Haare ins Gesicht, die er mit einer Handbewegung hinters Ohr klemmte. Wo bis eben noch die Zeit stillgestanden hatte, fing die Welt wieder an sich zu drehen, und die Geräusche der Nacht drangen an ihre Ohren. Auf seiner Zunge schmeckte er noch immer die Süße ihres Kusses.

»Lisa, ich weiß nicht, wie ich damit umgehen soll. Ich will dich so sehr, dass es wehtut, aber ich weiß auch, dass unser Zusammensein nur von begrenzter Dauer sein kann. Ich kann nicht von hier weg, die Saison beginnt gerade erst. Aber ich will dich auch nicht ausnutzen.«

»Ssscht«, machte Lisa daraufhin und legte ihren Zeigefinger an seine Lippen. »Mach dir nicht so viele Gedanken, Yannis. Wenn du willst, gehören uns die Nächte, bis ich wieder nach Hause muss, und vielleicht auch die eine oder andere Stunde tagsüber. Wir kennen uns kaum, lass uns nicht über ungelegte Eier sprechen.«

Er griff nach ihrer Hand. »Das wäre in Ordnung für dich? Was ist mit deiner Hotelbuchung? Du wirst das Geld wahrscheinlich nicht zurückerhalten.«

»Solange ich merke, dass du etwas für mich empfindest und es nicht nur auf das Eine anlegst, ist das völlig okay. Ich habe genug Zeit gehabt, mir darüber klar zu werden, was ich will.« Sie lehnte sich an ihn. »Und ich will dich. Geld kann die glücklichen Momente nicht aufwiegen. Wenn ich durch die Stornierung des Zimmers einen Teil wiederbekommen kann, wäre es toll, wenn nicht, auch gut.« Gleichgültig zuckte sie die Schultern.

»Darf ich hoffen, dass du die heutige Nacht mit mir verbringst?« Seine Stimme verriet seine Unsicherheit.

Sie lächelte ihn an. »Kommt darauf an, wie lange du von deinen Gästen festgehalten wirst. Du brauchst schließlich deinen Schlaf.«

»Ach, die kommen gut alleine zurecht«, witzelte er, bevor er sie wieder fest an sich zog.

Sein nächster Kuss hatte nicht mehr diese verzweifelte, verzehrende und besitzergreifende Leidenschaft, sondern offenbarte sein ganzes Herz. Sie erwiderte seine Zärtlichkeit mit einer Heftigkeit, die er nicht von ihr erwartet hatte. Als wäre eine Barriere in ihr gebrochen, die alle Zweifel und Ängste fortspülte, die sie scheinbar in sich getragen hatte. Leise stöhnte er auf.

»Liebste, ich muss mich wieder bei meinen Gästen blicken lassen, aber ich zähle die Minuten, bis ich für dich da sein kann. Bitte halte es noch geheim, es soll eine Sache zwischen uns bleiben«, bat er sie und hauchte ihr einen Kuss auf die Stirn.

»Das geht nicht, Carlotta weiß, wie es um mich steht und wird es mir an der Nasenspitze ansehen.«

»Ich meinte auch nicht sie und die Zwillinge. Ich rede davon, dass du mich nicht im Saal in Verlegenheit bringen sollst. Ab morgen habe ich kein Problem, wenn man uns zusammen sieht.« Er griff nach seinem Jackett.

»Keine Sorge, Yannis. Geh du ruhig voraus, ich komme in ein paar Minuten nach.« Sie zeigte auf seinen Krawattenknoten. »Soll ich dir dabei helfen?«

»Nein, danke. Das schaffe ich allein. Du bist eine wunderbare Frau, Lisa. Bis gleich.«

Yannis lenkte seine Schritte zurück zum Hotel. Er spürte Lisas Blick in seinem Rücken und fürchtete, dass er dabei war, sich richtig zu verlieben, aber damit würde er sich erst später auseinandersetzen. Vorerst konnte er beruhigt seinen geschäftlichen Verpflichtungen nachgehen, ohne vor Eifersucht zu platzen. Er war erleichtert, dass Felix seine Chance kaum genutzt hatte. Andererseits wusste er, wieso sein Freund keine neue Beziehung haben wollte – er hatte das Ende der alten während seiner Studienzeit miterlebt.

***

Während Yannis auf dem Weg zurück in den Saal war, ging es am Tisch seiner Freunde hoch her.

»Strike. Der hast du es ganz schön gegeben. Möchtest du nicht nach deiner Freundin sehen?«, foppte Carlotta Felix.

Er schüttelte den Kopf. »Nein. Ich will die beiden nicht in Verlegenheit bringen.«

Außerdem befürchtete er, dass ihn die Eifersucht übermannen würde, wenn er Zeuge ihres Kusses wurde. Er hatte ihren Duft noch in ihrer Nase und die Erinnerung daran, wie sie sich in seinen Armen angefühlt hatte, ließ sein Herz höherschlagen. Lisa ließ ihn absolut nicht kalt, aber für die verbleibenden Tage war sie ihm zu schade, und daheim wollte er ihnen ersparen, dass dieses Besondere irgendwann verlorenging und sie sich nichts mehr zu sagen hätten. Das war auch der Grund, wieso er keine Beziehung wollte. Denn genau so war es ihm mit seiner Ex ergangen – sie mussten eines Tages feststellen, dass sie sich auseinandergelebt hatten, obwohl sie in ihrem Umfeld als das Vorzeigepaar schlechthin galten und sie obendrein seine absolute Traumfrau war.

Natürlich war ihm klar, dass auch Freundschaften zu Bruch gehen konnten, aber er war sich sicher, dass dies mit Lisa nicht der Fall sein würde. Er hatte nicht gelogen, als er den Wunsch äußerte, Lisa wie ein großer Bruder sein zu dürfen. Damit wäre er ihr nahe und würde nicht in Gefahr laufen, sein Herz vollkommen zu verlieren.

»Da bin ich wieder«, hörte er in dem Moment Lisas Stimme neben sich.

Bevor er etwas sagen konnte, war Carli ihr schon um den Hals gefallen und hatte sie an sich gedrückt. »Ich freu mich so für dich!«

Felix lächelte ihr entgegen. »Ich hab's dir doch gesagt.«

»Gott sei Dank«, war Leons Kommentar.

Verwirrt blickte Lisa in die Runde. »Was ist denn mit euch los?«

Carli lachte. »Selbst wenn eine gewisse beste Freundin eben nicht versucht hätte, einen Keil zwischen Felix und Yannis zu treiben, und sie uns verraten hat, dass ihr knutschend am Pool steht, würde man es an deinen leuchtenden Augen erkennen.«

Lisa wurde rot. »Wie meinst du das?«

Carli erzählte von Xenias Auftritt und Lisa bedauerte, dass diese Zeuge des Kusses geworden war. Sie wollte nicht wissen, wie sich ihre Widersacherin jetzt fühlen musste.

»Au Backe. Sie hält mich anscheinend für ein leichtes Mädchen. Yannis weiß hoffentlich, dass es nicht so ist.« Aber Lisa fragte sich insgeheim, was passieren würde, wenn er von Felix' Kuss erfuhr.

***

Getrennt voneinander kamen sie mit kurzem zeitlichem Abstand zurück in den Saal. Xenia beobachtete es genau. Damit mochten sie den anderen etwas vormachen, ihr nicht. Schließlich wusste sie, was sie gesehen hatte.

Deswegen entgingen ihr auch die feurigen Blicke nicht, die die beiden sich verstohlen zuwarfen. Ein einziges Mal forderte er diese Frau zum Tanz auf, wobei sie kein Wort miteinander wechselten, soweit sie das beurteilen konnte. Dafür hätte keine Briefmarke mehr zwischen die beiden gepasst.

Xenia verfolgte jeden ihrer Schritte mit Argusaugen, hatte sich aber inzwischen wieder gefangen. Sollte er doch seinen Spaß haben, auf die paar Tage kam es auch nicht mehr an. Lisa würde ihr niemals das Wasser reichen können, da brauchte sie die blondhaarige Frau nur anzusehen, um das zu wissen. Felix musste ein ganz schönes Weichei sein, wenn ihm das reichte. Gegen ihre südländische Leidenschaft, diese angeborene Glut, würde Lisa niemals ankommen. Xenia war sich sicher, dass Yannis sich rasch langweilen würde. Sie hingegen wusste, wie man einen Vollbluthengst zu reiten hatte – was Yannis definitiv war –, Lisas Können würde wohl kaum über die sanften Bewegungen eines Schaukelpferdes hinausgehen. Er würde schon sehen, was es ihm brachte, etwas mit der kühlen Blondine anzufangen.

»Xenia, trink aus. Wir gehen langsam«, mahnte ihr Vater Dimitri sie. »Sonst kommt Yannis nie hier raus, wenn keiner den Anfang macht. Der Junge braucht seinen Schlaf.«

Das stimmte nicht, die Party war bereits am Auslaufen. Die älteren Herrschaften hatten sich inzwischen in der Anlage verstreut, spielten Schach oder Karten, rauchten eine Zigarre oder waren schon auf ihre Zimmer gegangen. Aber die jüngeren Gäste tanzten ausgelassen Sirtaki, darunter auch Yannis' Freunde, die sich köstlich amüsierten. Lisa und Carlotta hatten ihre High Heels ausgezogen und hüpften barfuß herum, wobei sie sich mehrmals in die Quere kamen.

Xenia schob ihre Unterlippe schmollend vor. »Aber Papa! Es ist grade noch so lustig.«

»Keine Widerrede, junge Dame. Wir gehen. Du hast fünf Minuten.«

Es wurmte sie gewaltig, aber gegen das Machtwort ihres Vaters konnte sie nichts ausrichten.

***

Yannis umarmte Xenia freundschaftlich und verabschiedete sie mit Küsschen auf die Wange.

»Danke für euren Besuch, Onkel Dimitri. Wir hören uns. Bye Xenia, auf bald.«

Sie lächelte ihn strahlend an. »Du solltest aufpassen, dass du genügend Schlaf bekommst, also mach nicht mehr zu lange. Kalinichta, Darling.«

Er blickte ihr nach und als die Tür hinter ihr zuging, war es, als wäre eine zentnerschwere Last von seinen Schultern gefallen. Sie hatte ihm zeitweise die Luft zum Atmen genommen, zumindest hatte es sich für ihn so angefühlt. Er hatte keine Ahnung, ob das daran lag, weil er dabei war, sich in Lisa zu verlieben, oder ob Xenia schon immer so besitzergreifend war und er es bisher nur nie bemerkt hatte.

Schließlich hatte sich auch der letzte Gast verabschiedet, von dem der Anstand verlangte, dass er sich persönlich darum kümmerte. Er schnappte sich ein Glas Wein, holte sich vom Nachbartisch einen freien Stuhl und setzte sich zu seinen Freunden, wobei er Lisa einen innigen Blick und ein zärtliches Lächeln schenkte.

Felix grinste ihn an. »Ich muss mich noch bei dir bedanken, Yannis. Ohne deine Vorlage hätte ich nie so schamlos mit Lisa flirten können. Es hat Spaß gemacht, ihr Freund zu sein. Schade, dass es jetzt damit vorbei ist«, meinte er.

»Ich stand kurz davor, mich mit dir zu prügeln«, bekannte Yannis. »Mach das ja nicht noch mal.«

»Keine Sorge. Ich werde mich jetzt auch ausklinken, damit ihr eure Zweisamkeit genießen könnt. Habt noch einen schönen Abend, bis morgen dann.«

Täuschte er sich oder hörte er eine leise Bitterkeit in Felix' Stimme?

»Gute Nacht, Felix«, antwortete Lisa und gab ihm einen Kuss auf die Wange. »Träum was Schönes.«

»Das dürfte mir heute nicht allzu schwerfallen«, raunte er ihr zu und grinste. So sehr er ihr das Glück gönnte, beneidete er seinen Freund dennoch.

Leon blickte Carli lüstern an. »Bleibst du heute Nacht bei mir?«

Sie nickte. »Wehe, du kennst mich morgen nicht mehr.«

»Das wird garantiert nicht passieren.« Dann wandte er sich an Lisa und Yannis. »Ich hoffe, ihr seid nicht böse, wenn wir euch jetzt auch alleinlassen?«

»Sicher nicht«, antwortete Lisa. »Viel Spaß euch beiden, treibt es nicht zu bunt.«

Carli streckte ihr die Zunge raus. »Nicht frech werden. Wer im Glashaus sitzt ...«

»Soll nicht mit Steinen werfen, ich weiß. Gute Nacht, ihr zwei, wir sehen uns beim Frühstück. Neun Uhr?«

»Ist gebongt.« Die beiden winkten kurz, bevor sie Hand in Hand verschwanden.

Lisa und Yannis blickten dem Paar hinterher.

»Wollen wir auch langsam? Ich hoffe ja, dass du bei mir schlafen wirst?« In seiner Stimme klang die Vorfreude mit, endlich mit ihr allein zu sein.

»Wie weit ist es denn?«, fragte sie neugierig. »Ich bin schon gespannt auf dein Zuhause.«

»Nicht allzu weit, es ist die Suite am anderen Ende des Flurs auf deiner Etage.« Er schmunzelte.

»Das beruhigt mich. Ich benötige nur noch mein Kosmetiktäschchen, dann können wir.« Lisa stand auf.

»Ich hole dich in fünf Minuten von deinem Zimmer ab. Jacke brauchst du keine, nimm dir einfach nur etwas Bequemes zum Anziehen mit. Ich besorge uns noch eine Flasche Wein, in Ordnung?«

Lisa drückte kurz seine Hand, bevor sie ihr Zimmer aufsuchte.

In Sekundenschnelle hatte sie ihre Zahnbürste und Kosmetikartikel in den Beutel geworfen und aus ihrer Strandtasche Nachthemd, Leggins und ein Top genommen. Sie blickte auf ihre Schuhe. Sollte sie nicht besser in flache Sandalen schlüpfen? Bevor sie jedoch eine

Entscheidung fällen konnte, klopfte es und Yannis stand vor ihrer Tür.

»Endlich allein«, sagte er leise. »Bist du fertig?«

»Natürlich.«

Keine zwei Minuten später öffnete er die Tür zu seiner Wohnung und schaltete das Licht im Flur an, wo eine kleine Garderobe mit Spiegel und Schuhregal angebracht war. Auf der rechten Seite verriet das Schild an der Tür das WC. Durch einen Wanddurchbruch gelangte man rechter Hand ins Wohnzimmer. Geradeaus konnte Lisa durch eine große Fensterfront, die über die gesamte Breite des Hotels ging, die Schatten der kleinen Olivenstämmchen auf der Dachterrasse erkennen.

Lisa blickte zu Yannis, der aus einer Küchenzeile zwei Weingläser holte. »Schön hast du es hier. Hast du die Gästezimmer nach deiner Wohnung eingerichtet oder umgekehrt?«

Er lächelte. »Ich habe das Interieur des Hotels übernommen und der Innenarchitektin bei der Küche freie Hand gelassen, denn gelinde gesagt, hatte ich die Schnauze voll von der Aussucherei. Möchtest du auf der Terrasse oder im Wohnzimmer sitzen?«

»Wir können gerne rausgehen. Es ist eine herrliche Nacht.«

Yannis öffnete den Wein, klemmte ihn sich unter den Arm und nahm die Gläser mit. »Kannst du bitte die Tüte Chips und eine Schale mitnehmen? Die findest du im Schrank neben dem Dunstabzug.«

Sie machten es sich auf seiner Terrasse bequem. Yannis schenkte den Wein ein, während Lisa das Salzgebäck in die Schüssel füllte und auf den Tisch stellte. Er streckte seine Beine auf der Loungegarnitur aus Rattan aus und zog Lisa zwischen sich, sodass sie mit ihrem Rücken an seinem Oberkörper lehnte. Sein rechter Daumen massierte sanft ihren Nacken und strich über die zarte Haut unterhalb des Ohrläppchens, was sie wohlig erschauern ließ.

»Ich kann es kaum fassen, dass du hier bei mir bist«, sagte er und wanderte über ihre Schulter zu ihren Oberarmen, wo er seine Streicheleinheiten fortsetzte. »Schau mal nach oben«, forderte er sie auf. »Sind die Sterne nicht wunderschön?«

»Ja, sie leuchten viel heller als bei uns zu Hause.«

Ihre Finger strichen selbstvergessen über seinen Oberschenkel. Seine Körperwärme, sein Duft, seine Zärtlichkeiten und nicht zuletzt seine Stimme erregten sie ungemein.

Yannis hatte sein Kinn auf ihre Schulter gelegt und sie spürte seinen Atem an ihrer Wange. »Sie sind nichts gegen dich.«

War jetzt der richtige Augenblick, um ihm Felix' Kuss zu gestehen? Ihr wurde mulmig zumute, als sie an seine Reaktion dachte. Was, wenn er sie dann nicht mehr wollte? Nein, dieses Risiko konnte sie nicht eingehen. Es würde sich bestimmt noch eine andere Gelegenheit ergeben, um ihm den Ausrutscher zu beichten. *Außerdem war es nur ein Kuss*, versuchte sie sich zu beruhigen. Dieser Moment hier war alles, was sie sich wünschte, seit sie Yannis zum ersten Mal gesehen hatte. Natürlich hatte sie ein schlechtes Gewissen, aber diese Nacht würde sie sich davon nicht verderben lassen. Lisas Gedanken wurden unterbrochen, als Yannis' Lippen an ihrem Ohrläppchen knabberten und ihr heiße Schauer durch den Körper jagten, während ihr eine Gänsehaut über den Rücken lief. Sie schnappte leise nach Luft, weil es sich so verdammt gut anfühlte. Ihr Unterleib reagierte prompt und ihre Brüste begannen zu kribbeln.

»Wollen wir reingehen? Ich glaube nämlich nicht, dass ich es noch viel länger aushalte«, raunte er ins Ohr.

Seine Worte ließen ihre Knie weichwerden. Gleich würde sie etwas machen, was ihr normalerweise nicht mal im Traum einfiel. Aber wie Carli richtig erkannt hatte: Die Zeit verging viel zu schnell, und sie, Lisa, würde es wohl eher bereuen, diese Gelegenheit verstreichen zu lassen, statt sie zu nutzen. Es war das erste Mal in ihrem Leben, dass sie über ihren Schatten sprang, und das Adrenalin pumpte durch ihre Adern, als würde sie etwas Verbotenes tun.

»Das hört sich sehr vielversprechend an«, hauchte sie. Auch ihre Stimme gehorchte ihr mehr schlecht als recht.

Kaum waren sie aufgestanden, riss er sie an sich. »Du bringst mich wirklich völlig um den Verstand.«

Und dann küsste er sie, als gäbe es kein Morgen.

8.

Eine unvergessliche Nacht

Lisa gaben die Knie nach, sein Kuss ging ihr durch und durch. Sie stöhnte auf und vergrub ihre Hände in seinem Haar. Während er sie küssend und streichelnd Richtung Schlafzimmer bugsierte, nestelte sie ungeduldig an den Knöpfen seines Hemdes. Inzwischen hatten sie das Bett erreicht, auf das er sie legte, während er aus seinem Hemd schlüpfte und es achtlos zu Boden warf. Lisas Kleid war nach oben gerutscht und sie richtete sich auf, um es sich endgültig über den Kopf zu ziehen. Nun saß sie vor ihm, lediglich bekleidet mit einem BH und einem Stringtanga aus zarter, cremefarbiger Spitze, welche ihre leichte Bräune zur Geltung brachte.

»Du bist so wunderschön«, flüsterte er andächtig.

»Du aber auch«, entgegnete sie und versank im Anblick seines schlanken Oberkörpers. »Lass mich dir helfen«, bat sie leise und streckte die Hand aus, um die Gürtelschnalle zu öffnen.

Kurz danach hatte sich seine Hose zum Hemd gesellt. Boxershorts verdeckten seine Erektion, was Lisa nur noch mehr erregte. Sehnsüchtig griff sie nach dem Bund und wollte ihre Hand hineingleiten lassen, aber er hielt sie fest.

»Nicht so schnell, Honey. Wir wollen es auskosten, ja?«

Er beugte sich über sie, um sie zu küssen. Seine Zunge glitt an ihrem Hals vorbei, bewegte sich mit kreisenden und leicht saugenden Bewegungen zu ihrem Dekolleté. Seine Hand strich über ihre harte Brustwarze und Lisa stöhnte auf. Sie hielt dieses köstliche Ziehen kaum aus, welches sich über ihren Körper auszudehnen schien, auch ihr Unterleib pochte verlangend.

Er holte ihre linke Brust aus dem Körbchen, nahm den steifen Nippel zwischen Daumen und Zeigefinger und zwirbelte ihn besonnen.

»Ahhh«, entfuhr es Lisa. »Oh, bitte! Mach weiter, hör bloß nicht auf!«

»Das gefällt dir also? Schön zu wissen.«

Seine Stimme war kaum mehr als ein heiseres Flüstern, während in seinen Augen die Leidenschaft brannte. Sein Mund löste seine Finger ab und als seine Zunge die empfindsame Stelle liebkoste, drückte Lisa den Rücken durch, um ihm zu signalisieren, dass es ruhig stärker sein durfte. Er wiederholte das Ganze mit der anderen Brust, öffnete ihren Büstenhalter und streifte ihn über die Schultern. Sein Mund ging abermals auf Erkundungstour. Zärtlich knabberte er über ihren Bauch, umkreiste ihren Nabel und hinterließ eine feuchte Spur mit seiner Zunge, während er weiter zu ihrer Leiste wanderte.

Lisa bewegte ihre Hüften, sie konnte es kaum erwarten, ihn zu spüren, aber er tat ihr diesen Gefallen nicht. Er stützte sich seitlich auf dem Ellbogen ab, sodass er sie anschauen konnte, und ließ seinen Daumen den Weg weiter nach unten verfolgen, bis er damit auf ihrem Lusthügel landete. Er spürte die feuchte Hitze durch ihren Slip und hielt kurzzeitig die Luft an, während Lisa aufkeuchend den Kopf in den Nacken warf, die Fersen in die Matratze stemmte und ihm ihr Becken entgegen hob. Er beobachtete, wie sie voller Verlangen ihre Unterlippe zwischen die Zähne zog, die Augen geschlossen hatte und leise stöhnte. Ein zufriedenes Lächeln umspielte seinen Mund, es gefiel ihm, sie so zu sehen, zu wissen, dass er für diese Erregung zuständig war. Zart kreiste sein Daumen auf ihrer Perle, hielt jedoch kurz inne, um ihr den Slip auszuziehen. Bereitwillig hob sie ihr Bein, um das störende Kleidungsstück loszuwerden. Sie seufzte lustvoll auf, als sie seine Zunge auf der Innenseite ihrer Oberschenkel spürte, und schnappte nach Luft, während seine Lippen sich um ihr Lustzentrum schlossen. Ihr Körper war von einer Gänsehaut überzogen, ihre Brustwarzen zogen sich noch stärker zusammen, sodass es beinahe schon schmerzte. Für eine Sekunde zog die Erinnerung an Anton durch ihren Kopf. Dieser hatte sie nie so verwöhnt. Aber schnell verbannte sie den Gedanken und konzentrierte sich auf das, was Yannis' Zunge mit ihr anstellte.

Sie glaubte, vergehen zu müssen, als er auch noch mit einem Finger in sie glitt, während er seine Zunge weiter tanzen ließ. Rhythmisch bewegte er Mund und Finger im Einklang, zärtlich streichelnd, vorsichtig erkundend. Als sie ihre Beine noch weiter spreizte und sie mit ihrer Hand seinen Kopf ein wenig mehr an sich presste, glitt er tiefer, massierte ihren versteckten Punkt, und sie spürte, wie sich ihre Muskeln zusammenzogen.

Ihr Puls raste, sie befürchtete, bald keine Luft mehr zu bekommen, so intensiv baute sich ihr Orgasmus auf.

»Wenn du so weitermachst, komme ich«, warnte sie ihn keuchend.

»Mach ruhig, Honey. Lass es zu!«

Ein zweiter Finger gesellte sich dazu, beide drückten gegen diesen mittlerweile geschwollenen Bereich in ihr. Seine andere Hand wanderte zu ihren Brüsten, sein Mund bezog wieder dort Position, wo er zuvor war. Er spielte mit ihrem Nippel und völlig unerwartet kniff er ganz zart in diese empfindliche Spitze, gleichzeitig biss er vorsichtig zu. Ein unartikulierter Laut löste sich aus ihrer Kehle, denn dieser leicht schmerzhafte Impuls ließ sie explodieren. Sie griff reflexartig nach seinem Kopfkissen, aber der folgende Aufschrei wurde dadurch kaum gedämpft. Er saugte sich an ihr fest, während die Wellen der Erlösung durch ihren Unterleib jagten, und ließ erst los, als ihre Muskulatur sich lockerte und seine Finger wieder freigab.

Ihre Oberschenkel zitterten, sie rang nach Atem, das Blut pulsierte durch ihre Adern. Sie konnte sich nicht erinnern, jemals so heftig gekommen zu sein. Das Schlimmste daran war, dass sie trotzdem noch mehr wollte. Sie sehnte sich danach, ihn in sich haben, seine Härte zu spüren und mitzubekommen, wenn auch er seine Erfüllung fand. Erst das würde ihr Befriedigung verschaffen. Sie zuckte überreizt zusammen, als er seine Finger aus ihr zog und sie genussvoll ableckte, während er ihr dabei in die Augen blickte.

»Schön?«, erkundigte er sich leise und blickte ihr liebevoll in die Augen.

Sie nickte nur, denn sie brachte noch keinen Ton heraus.

»Durst?«

Lisa räusperte sich und schluckte probehalber. »Ein wenig.«

Er küsste sie leidenschaftlich und sie nahm diese Flüssigkeit dankend an. Er schmeckte nach ihr, aber das störte sie im Moment überhaupt nicht. Ihr Kuss wurde fordernder, intensiver.

Er unterbrach das Spiel ihrer Zungen. »Kann es sein, dass du noch nicht genug hast?«

»Richtig geraten. Aber zuerst revanchiere ich mich.«

Er keuchte auf, als ihre Lippen seine Brustwarze berührten, während sie den Hosenbund über sein steifes Glied schob. Seine Eichel war hart und prall und sie fuhr mit der Fingerspitze darüber. Er zuckte zusammen, denn diese Berührung ließ ihn nur noch härter werden.

Endlich konnte sie ihn ansehen, wie Gott ihn erschaffen hatte. Vorsichtig zeichnete sie die Konturen einer Tätowierung nach, die sich auf seinem linken Unterleib befand. Der giftige Stachel des Tieres zeigte auf seinen Bauchnabel und endete knapp darunter. Yannis beobachtete sie dabei durch halb geschlossene Lider.

»Ein Skorpion? Außergewöhnlich. Wie bist du denn auf dieses Motiv gekommen?«

»Weil es mein Sternzeichen ist. Ich bin im November geboren.«

»Es ist ein sehr schönes Tattoo«, stellte sie bewundernd fest. »Du hast einen wunderschönen Körper, mein Engel.«

Dann konnte er an nichts mehr denken, denn ihre zierliche Hand umfasste seinen Schaft und massierte ihn sanft. Und er musste gewaltig an sich halten, dass er nicht sofort kam, als sie auch noch ihren Mund zu Hilfe nahm. Als sie spürte, dass er kurz davor war, hörte sie auf.

»Ich möchte dich jetzt in mir spüren, Yannis.«

Er stöhnte auf. »Ich weiß nicht, wie lange ich mich dann beherrschen kann«, meinte er, sehnte sich aber genauso danach.

»Lass mich machen«, bat sie ihn.

Ihre Lippen wanderten wieder nach oben, knabberten an seinem Hals, während sie sich auf seinen Oberschenkel setzte und daran rieb.

»Wahnsinn, wie nass du bist«, stöhnte er.

»Hammer, wie hart du bist«, antwortete sie erregt.

Beinahe im Zeitlupentempo ließ sie sich auf ihm nieder, nahm ihn in sich auf, jeden Zentimeter auskostend, den er tiefer in sie drang und sie ausfüllte, bis sie sich auf die Lippen biss, weil es sich einfach zu gut anfühlte, ihn so zu spüren.

Auch Yannis schnappte nach Luft, denn das, was er momentan empfand, übertraf seine kühnsten Träume und kam einem Erdbeben gleich. Er winkelte die Beine an, sodass sie sich dagegen lehnen konnte, und massierte den Punkt außerhalb ihrer Vereinigung, an den er dadurch wunderbar herankam. Er bewegte sich behutsam, stieß ein wenig tiefer, was sie leise aufschreien ließ. Ihr Atem ging stoßweise, sie nahm ihn bei den Handgelenken und beugte sich über ihn, während sie seine Arme über seinem Kopf festhielt. Dann ließ sie ihr Becken kreisen und bestimmte Tempo und

Intensität, bis sie selbst beinahe wieder so weit war und sich schweratmend aufrichtete. Er zog sie mit sich, um sich am Kopfteil anzulehnen, wobei ihre Verbindung tiefer wurde, und blickte ihr in die Augen, in denen das gleiche Feuer loderte wie in seinen.

»Bereit?«, erkundigte er sich.

»Ich halt's kaum noch aus«, bekannte sie keuchend.

Und dann gaben sie sich ihrer Leidenschaft hin, ließen ihren Instinkten freien Lauf, ihre Körper zueinander sprechen. Er spielte mit ihren Brustwarzen, küsste sie leidenschaftlich und verharrte tief in ihr, als er merkte, dass sie gleich kommen würde. Die erste Kontraktion, die er verspürte, war das Zeichen, auf das er gewartet hatte. Sie schrien in der gleichen Sekunde auf, in der sie ihre Erfüllung fanden, zitternd und bebend, einem Vulkanausbruch ähnlich.

Völlig atemlos legte Lisa ihren Kopf gegen seine Wange, denn sie hatte das Gefühl, jeden Moment in ihre ureigensten Bestandteile aufgelöst zu werden.

Auch er hatte die Augen geschlossen und sog die Luft heftig in seine Lungen, während er liebevoll über Lisas Rücken strich, um diesen besonderen Augenblick noch auszukosten, solange es möglich war. Er zuckte zusammen, als sie unbewusst ihre Liebesmuskeln anspannte, um ihn ein wenig länger in sich zu spüren, und erst nach einer kleinen Ewigkeit lösten sie sich voneinander.

»Wow«, krächzte Lisa. »Mir fehlen die Worte.«

»Das darfst du laut sagen, Honey. Das war heftig.« Yannis nahm Lisa bei der Hand und legte seinen Arm um sie, während sie sich an ihn kuschelte.

***

»Guten Morgen, Sonnenschein«, weckte Yannis Lisa leise. Dabei sparte er nicht mit zärtlichen Küssen, welche er großzügig auf ihrem Dekolleté verteilte.

Lisa gähnte verschlafen und streckte sich. »Wie spät?«, murmelte sie und genoss seine Lippen auf ihrer Haut.

»Beinahe halb neun. Wolltet ihr nicht um neun frühstücken?«

»Au, Mist.« Sie gähnte ein weiteres Mal, rieb sich den Schlaf aus den Augen und blinzelte Yannis entgegen. »Hm«, machte sie. »Daran könnte ich mich gewöhnen. Es ist schön, so geweckt zu werden.« Allerdings weckten seine Küsse auch ihre Lust. »Du solltest damit aufhören, sonst versäumen wir das Frühstück garantiert«, drohte sie ihm lächelnd.

»Das wäre es mir absolut wert«, erwiderte er. »Aber ich schätze, dann würden unsere Freunde eine Vermisstenanzeige aufgeben. Das möchte ich dann doch nicht riskieren. Na komm, raus aus den Federn.«

Yannis hauchte ihr einen letzten Kuss aufs Schulterblatt und schwang sich dann elegant aus dem Bett. Fröhlich vor sich hinsummend hüpfte er unter die Dusche und trällerte ein Lied.

Lisa lächelte verträumt. Diese Nacht hatte ihr so viel mehr gegeben, als sie sich jemals hätte vorstellen können. Im Nachhinein betrachtet verstand sie nicht mehr, wieso sie überhaupt mit Anton zusammen gewesen war. Wieder einmal hatte ihr Yannis aufgezeigt, welch Egoist ihr Ex eigentlich war. Wahrscheinlich hatte sie es nur deswegen so lange mit Anton ausgehalten, weil er zu den begehrtesten Junggesellen Wiens zählte und sie stolz darauf gewesen war, dass er ausgerechnet ihr seine Zuwendung geschenkt hatte. Anders als Yannis hatte er jedoch beim Sex nie Rücksicht darauf genommen, ob auch sie ihre Erfüllung fand. Schnell schüttelte sie die Gedanken an ihren Ex-Freund ab.

Sie schälte sich aus der Bettdecke und tappte ins Badezimmer, wobei sie Yannis' knackigen Hintern bewunderte, während sie ihre Zähne putzte. Sie konnte kaum glauben, dass dieser Adonis sie nach allen Regeln der Kunst verführt, geliebt und verwöhnt hatte. Er hatte sämtliche Barrieren durchbrochen und die ungezügelte, beinahe animalische Wollust in ihr zum Vorschein gebracht. Sie hatte geschrien, gebettelt und gekratzt und nicht genug von ihm kriegen können. Ihr Blick fiel auf seinen Rücken.

»Aua«, schimpfte Yannis und drehte das Wasser kälter. »Das brennt vielleicht. Honey, was hast du da angestellt?«

»Äh«, stammelte sie verlegen. »Ich denke, du solltest dich besser nicht mit nacktem Oberkörper sehenlassen.«

Yannis stellte den Wasserhahn ab und stieg aus der Dusche, wobei er sich den Hals verrenkte, um einen Blick auf seine Kehrseite zu erhaschen.

»Huch! Ich seh' ja aus, als hätte ich mit einem Raubtier gekämpft. Kein Wunder, dass das heiße Wasser brennt, bei diesen Furchen.«

»Es tut mir leid, mein Engel.« Lisa hauchte zarte Küsse auf die Kratzer. »Andererseits bist du selbst daran schuld. Du hast das Wildtier in mir geweckt.«

»Stets zu Diensten, Mylady«, spottete er gutmütig und gab ihr einen Kuss, bevor er seine Figur in Jeans und T-Shirt versteckte. »Findest du allein zurück in den Frühstücksraum? Ich muss in der Küche nach dem Rechten sehen. Ich komme zu euch, so schnell ich kann.«

Er schickte ihr einen Luftkuss und schloss die Tür hinter sich. Sie hörte ihn noch pfeifen, als er auf den Lift wartete.

Lisa schlüpfte nach der Dusche in Yannis' Morgenmantel, schnappte sich die Magnetkarte und ging in ihr eigenes Zimmer zurück. Dort zog sie sich frische Unterwäsche, einen Rock und ein Trägertop an. Soweit sie sehen konnte, hatte auch Carlotta Sachen aus dem Zimmer geholt. Sie war schon gespannt, wie es ihrer Freundin ging.

»Guten Morgen«, grüßte sie kurze Zeit später Felix in dem nur noch mit wenigen Gästen besetzten Frühstücksraum und setzte sich neben ihn. Der Duft von Croissants und frisch aufgebrühtem Kaffee wehte ihr in die Nase und ließ sie spüren, wie hungrig sie war. Ihr Blick wanderte suchend durch den Raum und blieb an dem noch üppigen Frühstücksbüfett hängen. Der große Saal, in dem sie gestern gefeiert hatten, war durch Schiebetüren abgetrennt worden. Lediglich die Deko an den Wänden erinnerte noch an die Party. »Carlotta und Leon sind noch nicht hier?«

Felix schluckte den Bissen hinunter, den er gerade im Mund hatte. »Sie müssten eigentlich gleich da sein. Ich hab sie vor einer halben Stunde kommen gehört, danach sind sie ins Bad.«

»Wie bitte?« Hatte er wirklich *kommen gehört* gesagt?

»Na, es wundert mich, dass sie überhaupt aufstehen und zum Frühstück gehen? Ich glaube, sie haben die Nacht durchgemacht, und ich habe ihr letztes Mal live miterlebt, sorry. Weder die Tür noch die Wand zu Leons Schlafzimmer sind schalldicht.«

»Felix!«, echauffierte sich Lisa. Über solche Themen zu sprechen, machte sie verlegen, zumal sie Felix erst kurz kannte.

Er zwinkerte ihr zu und ließ anschließend seinen Blick eingehend über sie gleiten. »Ganz ruhig, Sweetheart. Du siehst auch wie ein frischgebügeltes Eichhörnchen aus. Da werde ich glatt neidisch. Yannis ist schon ein Glückspilz.«

»Felix!«, wiederholte sie und wurde puterrot.

Er lachte und köpfte sein Frühstücksei. »War er wenigstens gut? Vergiss die Frage, du grinst ja wie ein Honigkuchenpferd ... Reichst du mir bitte das Salz?«

Lisa beschloss, nicht weiter darauf einzugehen, und gab ihm den Streuer.

Zwei Minuten später betraten Carli und Leon den Raum, händchenhaltend und übers ganze Gesicht strahlend.

»Na ihr?«, fragte Lisa und freute sich für Carli. »Habt ihr euch schon Gedanken gemacht, was wir die nächsten Tage anstellen, bevor euer Flug nach Hause geht?«

Felix hob abwehrend die Hände. »Mir egal, solange ihr mich mit eurem rosaroten Gesülze verschont. Ich habe kein Problem damit, allein am Strand zu liegen oder surfen zu gehen.«

»Wolltest du nicht das Schiffswrack ansehen?«, fragte Carli Lisa und wandte sich anschließend an die Brüder, während sie in ihrer Kaffeetasse rührte. »Oder wart ihr schon dort?«

Leon schüttelte den Kopf. »Um ehrlich zu sein, haben wir hauptsächlich gefaulenzt. Aber das hört sich gut an. Wir können Yannis fragen, wie man da am besten hinkommt.« Er griff nach einer Semmel und schnitt sie auf.

»Mit dem Schiff«, antwortete Lisa und verteilte großzügig Honig über ihren Naturjoghurt. »Man kann es zwar auch von der Klippe aus angucken, aber an den Strand kommt man nur mit dem Boot. Ich bin mir nicht sicher, ob wir für heute nicht schon zu spät dran sind.«

Yannis kam an ihren Tisch und begrüßte seine Freunde. Er umarmte Lisa von hinten, wobei er ihr einen Kuss in den Nacken hauchte, und nahm dann ihr gegenüber Platz. »Was habt ihr vor?«

»Lisa möchte zum Navagio Beach«, klärte Felix seinen Freund auf.

»Um diese Zeit ist es da schon überlaufen. Wenn ihr wollt, besorge ich uns für morgen in aller Frühe eine Tour dorthin. Mein Cousin hat einen Bootsverleih«, schlug Yannis vor.

»Du würdest mitkommen?«, fragte Lisa erstaunt und kleckerte den Honig auf den Tellerrand. »Kannst du denn von hier weg?«

Yannis zeigte mit dem Finger auf ihr Gedeck. »Du tropfst«, klärte er sie auf, bevor er antwortete. »Wenn wir gleich bei Sonnenaufgang aufbrechen, sollte das kein Problem sein. Ein paar Stunden schafft das Personal auch ohne mich. Und zu Mittag sind wir wieder hier.«

»Dann wäre das ausgemacht. Und was machen wir heute?« Lisa hob mit der Fingerspitze den Honigklecks auf und leckte ihn ab.

Yannis' Blick folgte dem Weg ihres Fingers, und seine Stimme wurde eine Spur heiserer. »Wolltest du nicht dein restliches Zeug holen und im Hotel Bescheid geben, dass sie dein Zimmer vergeben können?«

»Stimmt. Das sollte ich wohl machen.«

»Ich begleite dich«, bot Yannis an.

»Das musst du nicht, das schaffe ich sicher auch auf Englisch.«

»Daran zweifle ich nicht, Honey. Aber möglicherweise ist der Manager einsichtiger, wenn er von mir hört, wieso du plötzlich wegwillst.« Er zwinkerte ihr zu.

»Macht ihr ruhig«, antwortete Felix. »Ich habe ein heißes Date mit dem Surfbrett.«

»Wir werden ein paar Stunden Schlaf nachholen und uns entweder an den Pool oder an den Strand legen«, gab Leon ihre Tagesplanung preis und biss gierig in sein belegtes Brötchen.

Lisa konnte die beiden verstehen, denn auch Yannis und sie hatten zu wenig Schlaf abgekriegt, aber sie hätte um nichts in der Welt auf diese Stunden verzichten wollen. Ein Blick auf ihn reichte, um die Erinnerung an die gestrige Nacht aufleben zu lassen. Sie lächelte glücklich, bis ihr Blick auf Felix fiel und sie daran erinnerte, dass sie Yannis noch etwas beichten musste. Schnell wandte sie sich ab und schaute stattdessen zu Carli.

»Du siehst ein bisschen fertig aus«, stellte sie fest.

Carli grinste und streckte ihr die Zunge raus. »Hast wohl selbst noch nicht in den Spiegel geguckt, hm?«, konterte sie frech.

Yannis blickte auf die Uhr. »Honey, ich muss noch ein paar Dinge erledigen. Wenn du mit dem Frühstück fertig bist, findest du mich an der Rezeption.« Er stand auf und klopfte Felix auf die Schulter. »Viel Spaß am Strand.«

»Okay. Ich brauch aber noch ein bisschen«, rief sie ihm hinterher.

Yannis schenkte ihr ein strahlendes Lächeln. »Kein Problem«, sagte er und verschwand.

Lisa nippte an ihrem Kaffee. Plötzlich schoss ihr der Gedanke durch den Kopf, dass sie Yannis von dem Kuss mit Felix berichten musste, bevor sie ihre Sachen holten und sie ihr gebuchtes Hotelzimmer aufgab. Es war immerhin möglich, dass er sie dann nicht mehr sehen wollte. Langsam stellte sie ihre Tasse ab. Denn im gleichen Augenblick wurde ihr bewusst, welchen Rattenschwanz das nach sich ziehen konnte, sollte er sich tatsächlich von ihr abwenden. Ihr wurde übel und sie sackte leicht in sich zusammen. Du heiliges Kanonenrohr, in was hatte sie sich hier nur hineingeritten? Sie konnte Yannis nichts davon erzählen! Völlig ausgeschlossen! Nicht nach dieser berauschenden und wunderschönen Nacht.

Es stand einfach zu viel auf dem Spiel.

9.

Der letzte gemeinsame Tag

Der Sonntag verlief für alle ruhig. Yannis fuhr mit Lisa nach Vasilikos, Felix tobte sich auf dem Surfbrett aus und Leon und Carli waren abwechselnd auf ihrem Zimmer, um sich der erotischen Seite ihrer Liebe hinzugeben, am Pool, um sich zu erholen, oder im Meer, um sich zu erfrischen.

Am Montag scheuchte Yannis die Partie zu nachtschlafender Zeit aus den Federn, um den versprochenen Ausflug zu machen. Er meinte, nur so könne man etwas vom Strand sehen, nicht nur Menschenmassen.

Es war empfindlich kühl, als sie an Bord des kleinen Schiffes gingen. Yannis hielt Lisa im Arm, nicht nur um sie zu wärmen, sondern weil er jede Sekunde mit ihr auskosten wollte. Auch Leon hatte Carli fest umschlungen. Felix unterhielt sich mit Costa, dem Steuermann. Es war ein einmaliges Schauspiel, den Sonnenaufgang auf dem Meer mitzuerleben und das magische Blau des Wassers in den Blue Caves zu sehen. Gemütlich gondelten sie am nördlichsten Zipfel der Insel vorbei – dem

Cape Skinari mit seinem Leuchtturm –, bis Costa sie darauf hinwies, dass sie gleich das Wrack sehen müssten und sie früh genug dran waren, um kaum auf andere Touristen zu treffen.

»Das macht sonst keinen Spaß«, meinte Yannis' Cousin. »Andererseits verdiene ich damit mein Geld, also will ich nicht klagen, wenn alle hinwollen. Aber kleine, private Ausflüge sind viel schöner.«

»Woher kommen dann diese Postkarten-Motive?«, erkundigte sich Carlotta. »Da ist der Strand ja auch menschenleer?«

Yannis klärte sie auf. »Stimmt. Diese Bilder werden im Winter geschossen, wenn keine Urlauber auf der Insel sind. Sonst hat man da kaum Möglichkeit.«

Sie waren viel früher wieder zurück im Hotel, als Lisa ursprünglich angenommen hatte, und unter den Ersten, die ihr Frühstück genossen. Der Ausflug hatte hungrig gemacht und sie griffen beherzt zu. Auch Yannis saß wieder bei ihnen, und wenn er eine Hand freihatte, wanderte diese zu Lisa, um sie zu streicheln, wo er sie gerade erreichte, und sie genoss diese Zärtlichkeiten. Viel zu schnell verließ er den Tisch, um seiner Arbeit nachzugehen.

Als er außer Sicht- und Hörweite war, fragte Lisa: »Felix, Carli? Habt ihr eine Minute für mich? Ich muss mit euch reden.«

Felix, der schon den ganzen Morgen für seine Verhältnisse ungewöhnlich ruhig war, hob interessiert den Kopf. »Was gibt's denn?«

Auch Carli sah sie fragend an.

»Äh, ich weiß nicht so recht, ob Leon ...«, begann sie, wurde aber von diesem unterbrochen.

»Ich bin schon weg. Wenn es mich nichts angeht, muss ich es auch nicht hören.« Er beendete sein Frühstück, beugte sich zu Carli und gab ihr einen Kuss. »Wir sehen uns oben.«

»Jetzt bin ich aber gespannt«, murmelte ihre Freundin. »Was ist so schlimm, dass Leon es nicht hören darf?«

Lisa schluckte und blickte verlegen auf den Tisch. »Ich ... ach Mist, wenn ich nur wüsste, wie ich euch das sagen soll.«

»Was denn? Spuck's schon aus.«

Sie holte Luft und schob ihre Tasse zur Seite. »Felix, kann ich davon ausgehen, dass du Yannis nichts von unserem Kuss sagen wirst?«

»Ich hatte es nicht vor, nein.« Er schüttelte den Kopf, um seine Worte zu bestätigen.

Lisa seufzte erleichtert auf. »Gott sei Dank. Ich habe es ihm nämlich auch nicht gesagt.«

Carli blickte verdutzt. »Und wieso nicht?«

»Weil ich keine Ahnung habe, wie er darauf reagiert. Unabhängig davon, dass er sich vielleicht von mir abwenden würde, will ich nicht, dass die Freundschaft zwischen den Jungs leidet.«

»Sehr nobel von dir«, fiel ihr Felix ins Wort. »Wieso glaubst du wohl, dass ich meinen Mund halte? Er wollte sich mit mir prügeln, nur weil ich deinen Freund gespielt habe. Darauf kann ich getrost verzichten. War's das? Dann geh ich jetzt, der Strand ruft.« Er tupfte sich mit der Serviette den Mund ab und stand so ruckartig auf, dass sein Stuhl beinahe umkippte.

»Was ist denn in ihn gefahren?«, frage Lisa irritiert und starrte ihm hinterher, wie er mit großen Schritten aus dem Raum stapfte.

Carli grinste. »Wenn du mich fragst, hätte er gern mehr als diesen einen Kuss. Und vielleicht ist er sauer, weil du glaubst, dass er seine Klappe nicht halten kann. Aber um darauf zurückzukommen: Theoretisch kann es dir egal sein, wenn die beiden sich zerstreiten.«

»Das ist es mir aber nicht, dafür mag ich Felix zu gern. Versteh doch, Carli! Was, wenn Yannis dann nichts mehr von mir wissen will?«

»Wenn dir das zu schaffen macht, hat's dich stärker erwischt, als ich dachte.«

»Das ist nicht der einzige Grund. Denk doch mal weiter! Er könnte uns vor die Tür setzen, und Felix gleich mit. Und was dann?«

Carli prustete verächtlich durch die Nase. »Das fällt dir ja früh ein. Du hattest genug Zeit, reinen Tisch zu machen. Wieso hast du es nicht getan, bevor du das andere Zimmer storniert hast?«

»Weil es auch dich betrifft. Und was würde aus dir und Leon? Du hättest mich gelyncht, weil damit eure gemeinsame Zeit vorbei wäre.«

Ihre Freundin starrte sie für Sekunden sprachlos an. »Verdammt. Du hast recht. Mensch, Lisa, daran hab ich überhaupt nicht gedacht. Halt bloß den Schnabel! Ich bin nicht gerade scharf drauf, aus dem Hotel zu fliegen und eine andere Unterkunft suchen zu müssen.«

»Verstehst du nun?« Lisa blickte sie beschwörend an. »Aber mich zerreißt es. Ich kann einerseits nicht mit dieser Lüge leben, andererseits sind die Folgen bei Weitem schlimmer.«

Carli legte tröstend ihre Hand auf Lisas Unterarm. »Da musst du durch, Süße. Mach dir nicht so viele Gedanken. Vergiss nicht, dieses Verhältnis hat ein Ablaufdatum. Yannis ist ein Urlaubsflirt, ein Kerl, der dein Selbstbewusstsein wieder aufpoliert und mit dem du Spaß hast. Nichts weiter. Er muss nicht wissen, was zwischen Felix und dir gelaufen ist.«

»Ich weiß«, antwortete Lisa verzagt. »Das Problem ist nur, dass ich dabei bin, mich richtig in ihn zu verlieben.«

»Oje.« Carli seufzte. »Du bist hierhergeflogen, um über Anton hinwegzukommen, und nicht, um dir neuen Liebeskummer einzuhandeln. Aber ich weiß, dass man dem Herz schlecht befehlen kann, was es tun soll. Mir geht es ja nicht anders.« Carli unterbrach ihre Ausführung und wartete, bis der Kellner am Nachbartisch das benutzte Geschirr abgeräumt hatte. »Trotzdem – sollte das mit Yannis was Ernstes werden, kannst du es ihm immer noch beichten. Belaste nicht diesen Urlaub damit. Das bringt nichts. Felix und ich werden schweigen wie ein Grab, also ist alles gut, solange du auch nichts sagst. Ich weiß, dass dir das gegen den Strich geht, weil du ein ehrlicher Mensch bist.«

»So ist es. Aber wenn ich bedenke, wie viel auf dem Spiel steht, bleibt mir wohl nichts anderes übrig.«

Carli stand auf und half ihr hoch, um sie gleich darauf in die Arme zu nehmen. »Du schaffst das. Und jetzt komm mit, am Strand sieht die Welt gleich wieder viel sonniger aus.«

***

Am letzten Tag fuhren Leon, Carli, Felix und Lisa kreuz und quer über die Insel, bepackt mit Badesachen, für den Fall, dass man einen einladenden Strand fand, wo das Meer lockte. Yannis hatte es sich nicht nehmen lassen, ihnen aus der Küche einen großen Picknickkorb mitzugeben. Er wäre selbst gerne mit dabei gewesen, aber er konnte sich nicht den ganzen Tag loseisen, und mit fünf Personen wäre es im Auto auch zu eng geworden. Lisa fand das okay, denn sie hatte ein schlechtes Gewissen, dass Felix das fünfte Rad am Wagen war. Heute hatten sie endlich genug Zeit, ihre Freundschaft zu vertiefen.

Die meisten Straßen waren in gutem Zustand und so kamen sie zügig voran. Leon und Carli saßen händchenhaltend auf dem Rücksitz, Felix hatte auf dem Beifahrersitz Platz genommen und war für die Navigation zuständig. Zuerst fuhren sie auf die Halbinsel, jedoch weiter in den Süden, als sich Lisas ursprüngliches Hotel am Banana Beach befand. Sie wollten den Strand besuchen, der dafür bekannt war, dass dort die Riesenschildkröten Caretta Caretta nisteten. Angeblich sollte die Bucht von Gerakas ein paradiesisches Panorama bilden.

Auf dem großen Parkplatz standen kaum Fahrzeuge. Die Freunde nahmen ihre Taschen und machten sich auf den Weg zum Strand, zu dem man über einige Stufen gelangte.

Der breite Strand fing mit einer langen Sandzunge an und endete mit einem kleinen Hügel, der bis ins Meer reichte. Die Bucht war windgeschützt und die umliegenden Tonfelsen bildeten eine wunderschöne Kulisse. Teile des Sandes waren mit Absperrband gesichert, um die Brutstätten der Schildkröten zu schützen. »Holla, klein ist anders«, sagte Carlotta und bestaunte die Ausmaße der Bucht.

Am Rand waren Informations- und Hinweistafeln aufgestellt, wie man sich in der Nähe der Gelege zu verhalten hatte, sowie Wissenswertes über das Brutverhalten der Caretta Carettas. So erfuhren sie, dass diese Schildkröten ihre Eier immer dort legten, wo sie selbst geboren wurden. In der Nistzeit von Juni bis August krochen die Schildkrötenweibchen den Strand hinauf, um Eier zu legen. Nach rund fünfzig Tagen schlüpften die Jungtiere, die es dann hoffentlich zurück ins Meer schafften.

»Der Banana Beach, wo ich anfangs war, ist auch riesig«, informierte Lisa. »Felix, dort hätte es dir sicher gefallen. Gleich in der Nähe ist der Sankt Nicholas Beach, da gibt's ein Wassersportzentrum mit Jetski, Parasailing oder Flyboard und frag mich nicht was noch für komische Sachen, ein Bananaboot zum Beispiel.«

»Was? Und wieso sind wir hier auf diesem langweiligen Teil?« Er boxte sie leicht auf den Oberarm.

Lisa lachte. »Weil wir dich sonst von dort wohl nicht mehr wegkriegen. Oder sollen wir dich am Abend wieder abholen?«

»Nein, nein, passt schon«, lenkte er ein. »Nur schade, dass ich das nicht vorher wusste. Merke ich mir für das nächste Mal.«

»Lange bleiben wir ohnehin nicht, wir haben noch ein bisschen Programm vor uns. Wollt ihr ins Wasser?«

Leon schüttelte den Kopf. »Ich nicht, von mir aus können wir gleich weiter.«

Carlotta stimmte ihrem Liebsten zu und auch Felix meinte, es sei wohl besser, gleich weiterzufahren.

»Dann los, nächster Stopp ist Limni Keri.»

Lisa hatte bei ihrem Ausflug am ersten Tag gesehen, dass es dort kleine Boote ohne Führerschein zu mieten gab. Die Freunde waren hin und weg, als sie davon hörten, und so fiel die Wahl schnell auf diesen Ort.

Sie charterten ein kleines Motorboot. Felix übernahm das Steuer und tuckerte langsam aus der Bucht. Kaum war er auf dem offenen Meer, gab er Gas, dass die kleine Nussschale nur so über die Wellen hüpfte.

»Bitte, fahr etwas langsamer!«, rief Lisa. »Mir wird schlecht!«

Er drosselte die Geschwindigkeit. »Besser? Schaut mal, da vorne diese Höhlen. Wollen wir durchfahren?«

Lisa war ein wenig käsig um die Nase, ihr war alles recht. Carlotta war Feuer und Flamme, während Leon nickte.

»Klar, mach mal. Sieht bestimmt cool aus.«

Dafür musste Felix das Tempo weiter herabsetzen, es waren auch andere Boote unterwegs. Aber er hatte das richtige Gespür für die Wellen. Das Farbspiel des Wassers war einfach unglaublich – von einem kräftigen türkisgrün bis zu mitternachtsblau, wo das Sonnenlicht die Wasseroberfläche in den Höhlen nicht erreichte, und dennoch so klar, dass man bis auf den Grund sehen konnte. Ähnlich, wie sie es in den Blue Caves gesehen hatten, nur jetzt stand die Sonne höher und glitzerte auf den Wellen.

»Wie tief wird das wohl sein?«, fragte Carlotta.

»Keine Ahnung, möchtest du es testen? Wir haben eine kleine Leiter am Heck. Wenn du ins Wasser und tauchen möchtest, tu dir keinen Zwang an.« Felix deutete auf die Badeleiter.

»Nein, danke. So genau will ich es gar nicht wissen«, zog sie ihre Frage zurück. Es waren zu viele andere Boote in der Gegend und wenn sie schon ins Wasser hüpfte, dann wollte sie das tun können, ohne Angst haben zu müssen, in eine Motorschraube zu geraten.

»Auch gut. Ich dreh mal um und steuere diese kleine Insel da drüben an.«

Dabei handelte es sich um Marathonissi, ein weiteres, bedeutendes Nistgebiet der Schildkröten. Eine Seite der Insel war steinig, die andere mit einem wunderschönen Sandstrand und kristallklarem Wasser. Guards waren vor Ort und halfen dabei, die ankommenden Boote ans Land zu ziehen.

»Wollen wir eine kleine Pause machen und hier ins Wasser gehen?«, wollte Felix wissen. »Hier sieht's ja fast aus wie in der Karibik!«

Davon waren alle begeistert.

Sie suchten sich ein Plätzchen, wo sie ihre Handtücher ausbreiten konnten. Die Zwillinge stürzten ins Meer und lieferten sich eine Wasserschlacht, während Lisa und Carli sich auf ihren Handtüchern von der Sonne wärmen ließen.

»Ist es nicht herrlich hier?«, fragte Lisa versonnen.

»Hmhm«, brummte Carli. »Aber der Abschied liegt mir im Magen.«

Lisa drehte sich zu ihrer Freundin und musterte diese. »Dich hat's ordentlich erwischt, oder?«

»Es war Liebe auf den ersten Blick. Und du sag was – ich bin gespannt, wie es dir geht, wenn du wieder heimwärts musst.«

»Wenn ich ehrlich sein soll, graut mir davor, nicht nur wegen Yannis.« Sie wollte nicht an die Probleme denken, welche zu Hause auf sie warteten: Job- und Wohnungssuche. Liebeskummer war vielleicht das geringere Übel.

»Wenn ich nur daran denke, dass Leon morgen um diese Zeit im Flieger sitzt, könnte ich heulen.« Carlotta ballte die Hand zur Faust.

»Habt ihr darüber gesprochen, wie es mit eurer Beziehung weitergehen soll?«

»Noch nicht, das ist ja das Problem.« Carli richtete sich auf und blickte Lisa in die Augen.

»Es wird sich schon alles finden.« Lisa versuchte, ihre Freundin zu trösten.

»Dein Wort in Gottes Ohr. Aber lass uns jetzt nicht darüber sprechen. Wollen wir auch?«, wechselte sie das Thema und nickte mit dem Kopf zum Wasser.

»Klar doch.«

Gemeinsam stiegen sie in das kühle Nass. Zum Glück war der Strand flach abfallend, sodass sie sich langsam an die Temperatur gewöhnen konnten.

Im Wasser umfing Leon Carlotta mit seinen Armen und küsste sie zärtlich, während sein Daumen eine Haarsträhne hinter ihr Ohr strich.

Felix sah Lisa auf sich zukommen und lachte. »Wer als Erster bei dem Felsvorsprung dort ist?«

»Kindskopf. Wenn du meinst, dann los!«

Felix begann zu kraulen, als wäre ein Haifisch hinter ihm her, Lisa nahm die Wette nicht ernst und schwamm gemütlich hinterher.

»Hey, das gilt aber nicht«, meinte er, als sie ihn sehr viel später erreicht hatte.

»Und wieso nicht?«, fragte sie und streckte vorsichtig die Füße aus, um zu testen, ob sie hier stehen konnte.

»Du hast dich nicht angestrengt.«

»Und doch bin ich hier.« Erleichtert stellte sie sich hin. Der Boden war weich und sandig. Seegras war keines zu sehen, dafür jede Menge kleiner Fische, die neugierig an ihren Zehen knabberten, als sie völlig stillhielt.

»Hm. Das stimmt allerdings.«

»Na siehst du. Sag mal, weißt du, was Leon mit Carli vorhat?«

»Nein, und offen gesagt, es interessiert mich nicht. Darüber mache ich mir höchstens Gedanken, wenn er daheim wieder in alte Muster fällt.«

Er schnippte an der Wasseroberfläche mit den Fingern, dass es nur so spritzte. Lisa kicherte und wich den Wassersalven aus, dann fragte sie: »Du meinst, dass es für ihn nur eine Urlaubsliebe ist?«

»Ich weiß es nicht, Lisa.« Felix beendete die Blödelei und blickte sie an. »Normalerweise ist er nicht so aufmerksam, liebevoll und zärtlich, wenn er eine Affäre hat, sondern zählt eher unter die Spezies egoistischer Schweinehund. Somit stehen die Chancen für Carli gar nicht mal so schlecht.«

Sie schmunzelte über die Namensgebung, wurde aber gleich wieder ernst. »Ich hoffe nur, er bricht ihr nicht das Herz.«

»Tja, Sweetheart. Und was wird aus dir, wenn dein Urlaub vorüber ist?«

In seinen Augen lag etwas, was sie nicht deuten konnte.

»Das weiß ich noch nicht. Ich weiß nur, dass ich eine neue Arbeit, eine neue Wohnung und irgendwann wahrscheinlich einen neuen Lover brauchen werde.«

Felix grinste und deutete mit dem Daumen auf sich. »Zumindest hast du einen neuen Freund gefunden. Egal, was ist, du kannst mich immer anrufen, okay? Käme ein Umzug in eine andere Stadt für dich infrage? Ich könnte bei meinem Vater in der Firma oder seinen Geschäftspartnern nachfragen, ob jemand deine Fähigkeiten braucht.«

»Das würdest du tun?«, jubelte Lisa und drückte ihm einen Kuss auf die Wange. »Dankeschön, Felix. Das ist furchtbar lieb von dir.«

»Keine Ursache. Wir sollten langsam wieder raus, schätze ich.« *Vor allem, bevor ich noch auf dumme Gedanken komme,* fügte er im Stillen hinzu. Seine Gefühle für Lisa hatten sich nicht verändert, im Gegenteil. Aber er hatte sie in eine Schublade gesteckt, den Schlüssel umgedreht und in den hintersten Winkel seines Herzens verbannt. Dort hatten sie zu bleiben, solange Lisa mit Yannis glücklich war.

Dieses Mal schwammen sie nebeneinander und kamen gleichzeitig bei ihren Handtüchern an.

Die vier ließen sich von der Sonne trocknen und schipperten anschließend mit dem kleinen Boot wieder zurück ans Festland, denn sie wollten noch einen Teil der Westküste sehen.

Langsam fuhren sie die Küstenstraße entlang. Der Westen von Zakynthos bestand aus hohen Felsen, die steil ins Meer fielen. Nach jeder Kurve bot sich ihnen ein neuer, spektakulärer Ausblick, auch hier waren die Farben von einer frappierenden Intensität. Bei Agios

Leon bogen sie ab und machten einen Abstecher hinunter nach Porto Limnionas und Porto Roxa.

»Wer geht denn hier freiwillig ins Wasser?«

Lisa war überrascht. Der Einstieg war mehr als beschwerlich, auch wenn Steinstufen zu einem Plateau führten, von dem man ins Wasser springen konnte. Das türkisgrün schimmernde Wasser in den beiden Meeresarmen bildete einen faszinierenden Kontrast zur steilen Felswand gegenüber. Es gab einige Liegeplätze, die mit Sonnenschirmen aus Stroh geschützt waren. Die Bereiche waren terrassenförmig unter schattenspendenden Nadelbäumen zum Fjord angelegt. Ein glatter, ausgebleichter Baumstamm zierte den Wegesrand.

»Man kann dort in den Höhlen sicher toll schnorcheln«, mutmaßte Felix. »Aber du hast recht, wer ins Meer will, kann es einfacher haben.«

»Na schön, weiter nach Porto Roxa. Los geht's.«

Dort angekommen staunten sie nicht schlecht über das, was sie zu sehen bekamen. Das Meerwasser schwappte über schroffe Felsformationen und landete in ausgehöhlten Gesteinen, die aussahen wie kleine Teiche. Gischt spritzte hoch, wo die Wellenbrecher waren. Ein schmaler Steg führte über Felsbrocken hinaus ins Meer, welcher durch die Brandung gefährlich schaukelte.

»Also nicht böse sein«, meinte Carli. »Da würden mich keine zwanzig Pferde hineinkriegen. Das ist doch lebensgefährlich.«

»Bei dem starken Wellengang mag das stimmen.« Leon hielt sie fest, als befürchtete er, dass sie am Ende noch abrutschte und in einem dieser Natursteinbecken landete.

»Bin ich froh, dass Yannis sein Hotel auf der anderen Seite der Insel hat, egal, wie wildromantisch es hier sein mag.« Felix blickte auf die Uhr. »Wenn wir pünktlich zum Abendessen zurück sein wollen, müssen wir jetzt übrigens los.«

***

Yannis hatte für den letzten Abend ein Barbecue organisiert und Anweisungen gegeben, dass nichts und niemand ihn zu stören hatte. Diese Stunden wollte er ohne Unterbrechungen für seine Freunde da sein.

Kurz vor neunzehn Uhr waren die Ausflügler zurück, machten sich frisch und trafen sich eine Stunde später auf der Terrasse des Hotels. In der Luft hing der leckere Geruch nach Holzkohle, frischen Kräutern und Gegrilltem, sodass ihnen das Wasser im Mund zusammenlief, obwohl sie unterwegs den Inhalt des Picknickkorbs bis auf den letzten Krümel verputzt hatten.

Eine ganz eigene Stimmung legte sich über ihren Tisch und Yannis ergriff das Wort.

»Es ist schön, dass wir den letzten Abend, an dem Felix und Leon hier sind, miteinander verbringen können. Setzt euch und greift zu, lasst uns die wenigen Stunden noch feiern, denn die Zeit verging ohnehin viel zu schnell. Ich möchte euch an dieser Stelle sagen, dass ihr jederzeit wieder herzlich eingeladen seid und ich verspreche, das nächste Mal habe ich mehr Zeit für euch.«

»Mach dir keinen Kopf, Yannis. Es war schon klar, dass du nicht für uns Babysitter spielen konntest, so viel wie du um die Ohren hast. Außerdem haben wir genug erlebt, denke ich.« Felix grinste Lisa verschwörerisch zu.

»Ja, du und dein Koffer. Wirst du wenigstens beim Rückflug ein Namensschild anbringen?« Sie griff nach der Serviette und legte diese quer über ihre Oberschenkel.

»Gut, dass du es erwähnst, Lisa. Das hätte ich glatt wieder vergessen.«

Leon verdrehte in gespielter Verzweiflung die Augen. »Weißt du, nur um an eine Frau zu kommen, musst du nicht so nervenaufreibende Sachen aufführen. Ein Mädchen, welches dir gefällt, einfach anzusprechen, kann manchmal auch helfen.« Er bemerkte nicht, dass er sich damit fast verplappert hätte. Carlis mahnender Händedruck unter dem Tisch erinnerte ihn jedoch daran, dass Yannis nichts von dem Kuss wusste. Und er theoretisch auch nicht, hätte Carli es ihm nicht gestern nach dem Frühstück erzählt, als sie nach dem Gespräch mit Lisa aufs Zimmer gekommen war.

»Als ob ich das je vorgehabt hätte!«, milderte Felix die Worte seines Bruders ab und warf ihm einen kurzen, aber aussagekräftigen Blick zu.

»Erzählt, wo wart ihr heute? Wie war es? Hat euch die Insel gefallen?«

Es schien, als hätte Yannis den Worten kein Gewicht beigemessen, denn er lenkte das Gespräch gekonnt in eine andere Richtung, bevor sich die Brüder noch an die Gurgel gingen. Währenddessen reichte er die appetitlich angerichteten Platten: Gefüllte Bifteki, saftige

Spießchen, Calamari, Würstchen – von allem reichlich, auch genug gegrilltes Gemüse. Als Beilage hatten sie Tsatsiki, knusprige, hausgemachte Pommes und Reis, außerdem Krautsalat in großen Schüsseln und einen noch größeren griechischen Salat mit Tomaten, Zwiebel, Gurken, Oliven und Feta. Sie langten ordentlich zu und berichteten von ihrem Ausflug.

Die Stunden vergingen schneller, als ihnen lieb war, aber je später es wurde, umso mehr merkte man die Ungeduld von Carli und Leon, die ihre letzten Minuten in trauter Zweisamkeit verbringen wollten. Yannis konnte gut nachempfinden, wie sich die beiden fühlten, denn ihm würde es in einer Woche ähnlich gehen.

Daher löste er die Tafel auf.

***

Als sie in Leons Schlafzimmer ankamen, war sein Kuss zärtlich und sanft, während er Carlotta an sich drückte. »Unsere letzte Nacht«, flüsterte er und strich liebevoll durch ihr Haar.

Carlotta biss sich auf die Unterlippe. Es interessierte sie brennend, wie es mit ihnen weiterging, ob es überhaupt ein *wir* geben würde, sobald er wieder daheim war, hatte aber furchtbare Angst vor seiner Antwort. In ihrem Hals bildete sich ein Kloß und sie konnte nicht vermeiden, dass sich eine Träne aus ihren Augen löste und über ihre Wange rollte, welche auf seinem Hals landete.

Irritiert von dem nassen Tropfen schob er sie so weit von sich, dass er ihr in die Augen blicken konnte. Als er die Tränen darin entdeckte, nahm er tröstend ihre

Hände in seine. »Nicht weinen, mein Liebling. Du fliegst doch auch am Wochenende zurück.«

»Ja, aber …« Sie überwand ihren inneren Schweinehund, schließlich ging es hier um ihr Glück. »Wenn du es noch nicht bemerkt haben solltest: Leon Liebl, ich liebe dich, und zwar von der ersten Sekunde an. Und ich weiß nicht, was sein wird, wenn wir wieder zu Hause sind.«

»Und deswegen weinst du?« Er schüttelte ungläubig den Kopf. »Baby, mir geht es doch genauso. Ich weiß kaum, wie ich die nächsten Tage ohne dich aushalten soll. Aber wenn du glaubst, ich hätte mir keine Gedanken gemacht, so irrst du dich gewaltig.«

Sie blickte ihn hoffnungsvoll an. »Wirklich?«

Leon erwiderte ihren Blick. »Wirklich. Weißt du, in einer Zeit, wo Homeoffice kein Fremdwort mehr ist, kann ich meine Arbeit von überall erledigen. Ich muss nur mit meinem Vater sprechen, ob das okay ist.«

»Du meinst …« Sie traute sich nicht, auszusprechen, was sie dachte.

Jetzt lächelte er breit, da er die Fragezeichen direkt hören konnte. »Ich meine, dass ich zu dir ziehen werde, so schnell es nur geht. Ich weiß ja, dass du nicht aus Wien wegkannst oder willst, und ich bin flexibel. Außerdem ist es besser, wenn ich daheim vorerst von der Bildfläche verschwinde, bevor ich mich mit meiner Lebensgefährtin blickenlasse. Mein Ruf ist nicht gerade der Beste, wie du dir sicher denken kannst. So kann ich dir beweisen, wie sehr ich dich liebe, und muss keine Angst haben, dass dir irgendwer etwas anderes weismachen will.«

»Oh Leon!« Carli heulte jetzt, aber diesmal waren es Tränen der Freude. »Das hätte ich nie zu hoffen gewagt!«

»Tsss«, machte er und wischte ihre Tränen mit seinem Daumen zur Seite. »Du glaubst doch wohl nicht, dass du mir mein Herz stehlen und dich dann aus dem Staub machen kannst? Carli, ich habe nie für möglich gehalten, dass es je eine geben wird, die das schafft, denn ich mochte mein Single-Leben. Aber jetzt? Mir sind alle anderen Frauen völlig egal, denn nur du machst mich komplett. Und jetzt hör auf zu weinen, Baby, die Nacht ist kurz genug.« Er zog sie wieder an sich und hielt sie fest, bis auch ihre letzten Tränen versiegten.

Bisher hatte sie den Sex mit Leon genossen, aber das, was sie in dieser Nacht erlebte, übertraf alles. Sein Geständnis brachte ihre letzte Schutzmauer zum Einsturz, die sie davor bewahrt hatte, sich völlig fallenzulassen und das innerste ihrer Seele zu offenbaren. Sie gab sich ihm vertrauensvoll hin und riss ihn dadurch mit, bis ihm beinahe die Sinne schwanden, denn für ihn war das eine völlig neue Erfahrung. Er hatte bislang nicht gewusst, um wie viel schöner es sein konnte, wenn Liebe im Spiel war. Carlotta in seinen Armen zu halten, während er ihr beim Einschlafen zusehen konnte, gab ihm mehr als alle Affären zusammen, die er je gehabt hatte. Er hauchte einen Kuss auf ihr Haar und inhalierte ihren Duft. Ihr Kopf lag in seiner Schulterkuhle, den Arm hatte sie um seine Hüfte geschlungen. Gab es denn etwas Schöneres, als so in das Reich der Träume zu sinken? Er glaubte nicht. Zufrieden mit der Welt schloss er die Augen, um noch zwei oder drei Stunden Schlaf zu bekommen.

10.
Abschied

»Es hat mich gefreut, dass ihr hier wart«, verabschiedete Yannis sich von seinen Freunden. »Ist es ein Problem, wenn ich nicht mitkomme, sondern Lisa euch zum Flughafen bringt?«

Sie standen im Schatten des überdachten Eingangsbereichs, der rechts und links von großen Blumentrögen gesäumt war, in denen prächtige, pinkfarbige Bougainvilleen blühten.

»Alles gut, Yannis. Wir haben zu danken, immerhin haben wir keinen Cent für Kost und Logis bezahlt. Für mich ist es in Ordnung, wenn Lisa uns fährt.« Felix freute sich, noch ein paar Minuten mehr mit ihr verbringen zu können. »Und die beiden Turteltauben genießen auch jede Sekunde, die sie noch zusammensein können.«

Leon trat auf Yannis zu und klopfte ihm auf die Schulter, bevor er ihn kameradschaftlich drückte. »Danke, Yannis, für alles. Pass gut auf Lisa auf.«

»Und du auf Carlotta. Ich wünsche dir, dass du dein altes Leben hinter dir lassen kannst und mit ihr glücklich wirst.«

Wenn er den Blick richtig deutete, brauchte er sich jedoch keine Sorgen machen, dass sein Freund jemals wieder einem anderen Rockzipfel nachstellte. Die Liebe war darin so deutlich zu sehen, dass Leon es sich genauso gut hätte auf die Stirn tätowieren können.

Felix trat noch einmal auf ihn zu. Seine Worte waren so leise, dass nur Yannis sie hören konnte, sie waren auch nur für ihn bestimmt. »Ich hoffe, du weißt, was du an Lisa hast. So leicht, wie du glaubst, ist es mir nämlich nicht gefallen. Für sie wäre ich glatt ins kalte Wasser gesprungen und hätte den Versuch einer neuen Beziehung gewagt. Ich habe das nur deswegen nicht getan, weil ich weiß, was du für sie empfindest. Solltest du ihr wehtun, werde ich für sie da sein.«

Felix blickte ihm fest in die Augen.

Yannis nickte verstehend. »Mir war klar, dass bei euch die Chemie stimmt, allerdings ahnte ich nicht, wie schwer es dir gefallen ist. Es tut mir leid, Felix.« Aus dem Augenwinkel sah er, wie Leon das Gepäck in den Kofferraum verfrachtete.

»Es braucht dir nicht leidzutun. Ich habe euretwegen gerne darauf verzichtet. Wenn mich nicht alles täuscht, liebt sie dich, und zwar über einen Urlaubsflirt hinaus, mich mag sie nur.«

»Also hat sie die Wahrheit gesagt«, stellte Yannis fest.

Felix erschrak innerlich. Hatte Lisa ihr Geheimnis doch ausgeplaudert? Seine Stimme verriet nichts von der Unsicherheit, die ihn bei diesen Worten überfiel. »Bei was?«

»Als ich sie am Abend der Einweihungsfeier fragte, was sie für dich empfindet.«

»Halleluja. Dann muss ich ja wohl nicht mehr viel sagen.« Er verlagerte sein Gewicht aufs andere Bein. Gerade war ihm ein riesengroßer Stein vom Herzen gefallen.

»Nein. Danke, mein Freund. Das meine ich ehrlich. Ich hatte wirklich befürchtet, dass du sie mir wegschnappst.«

Dieses Mal nickte Felix. »Das kann trotzdem noch passieren, wenn du nicht auf sie achtgibst.« Er lächelte jedoch, als würde er diesen Satz nicht ernst meinen.

Yannis wusste, dass ein Funken Mahnung darin enthalten war, genauso wie in seinen folgenden Worten. »Darauf kannst du lange warten. Mir liegt viel zu viel an ihr.« Aber auch er grinste seinen Freund an. Vielleicht ein bisschen zu siegessicher.

»Dann verstehen wir uns.«

Yannis lächelte bis über beide Ohren. »Auf jeden Fall. Mach's gut.«

»Kommst du endlich?« Lisa stand vor der geöffneten Fahrertür des hoteleigenen Wagens und blickte ungeduldig zu den beiden Männern. »Auch wenn das ein kleiner Flughafen ist, so heißt das noch lange nicht, dass wir erst zum Boarding dort sein müssen!«

Yannis trat einen Schritt zurück. »Geh mal lieber, bevor ihr noch euren Flieger versäumt. Meldet euch, wenn ihr heil daheim angekommen seid, ja? Und grüß alle, die mich kennen.«

»Mach ich. Servus!«

Yannis winkte dem Wagen nach, drehte sich um und ging in sein Büro, Felix' Worte in seinem Ohr.

Während der Fahrt zum Flughafen ging es im Auto lebhaft zu. Felix quasselte wie ein Wasserfall, deutete auf Sehenswürdigkeiten, bis Lisa ihn lachend darauf hinwies, dass sie auf die Straße achten musste und keine Zeit hatte, sich die Landschaft anzusehen. Leon hielt Carli in seinen Armen. Sie schimpften abwechselnd, wenn Lisa eine Kurve zu schnell nahm oder unabsichtlich ein Schlagloch in der Straße erwischte, denn so wurden sie ordentlich durchgeschüttelt. Küssen konnten sie sich nicht, wenn sie nicht versehentlich ihre Zähne verlieren wollten.

Schließlich war es geschafft und Lisa bog in den Parkplatz des Flughafens ein. Sie wusste, dass Carli so lange wie möglich bei Leon bleiben, und sich nicht einfach vorm Eingang verabschieden und ihnen die Koffer in die Hand drücken wollte.

Die Frauen begleiteten die Zwillinge, stellten sich mit am Schalter an und genossen die letzten Minuten. Trotz allem mussten die Männer bald durch den Sicherheitscheck und auf der anderen Seite auf ihren Abflug warten. Und es standen viele Leute an.

»Wo wollen die alle hin?« Felix blickte mit großen Augen auf die Menschenmenge.

»Ja, ihr solltet nicht zu lange trödeln. Somit also ...« Lisa holte Luft, um sich zu verabschieden. »Felix, schön war's. Du meldest dich?«

»Zuverlässig, Sweetheart. Meine Nummer hast du?«

Lisa lächelte. »Logisch. Jetzt weiß ich ja, dass das keine Marktumfrage war. Ich hab die Nummern gleich mit euren Namen gespeichert.«

Er seufzte und zuckte mit den Schultern. »Tja, dann ...«

Sie trat auf ihn zu. »Guten Flug, Felix. Danke dir für alles.«

»Gern geschehen, Lisa. Du hörst von mir.«

Er nahm sie in seine Arme, drückte sie fest und gab ihr einen Kuss auf die Stirn. Am liebsten hätte er sie nie wieder losgelassen oder einfach mit nach Hause genommen. »Ich bin immer für dich da, vergiss das nicht.«

Sie nickte. »Jetzt sieh zu, dass ihr da durchkommt.« Der Abschied fiel ihr schwerer, als sie gedacht hatte, weil sie nicht wusste, wann sie sich das nächste Mal wiedersehen würden. Aber dass sie sich wiedersehen würden, war klar.

Carli liefen inzwischen die Tränen über die Wangen, während sie leidenschaftlich von Leon geküsst wurde.

Felix tippte seinem Bruder auf die Schulter. »Ich will ja kein Spielverderber sein, aber wenn ihr nicht bald aufhört, verpassen wir noch unseren Flug.«

Leon löste sich von Carli. »Ich liebe dich, Carlotta. Ich ruf dich an, sobald ich gelandet bin.« Dann wandte er sich an Lisa und umarmte sie flüchtig. »Lisa, es war schön, dich kennenzulernen. Pass auf dich auf und tröste Carli ein bisschen, ja?«

»Mach ich, Leon. Wehe du brichst ihr das Herz!« Drohend hob sie den Zeigefinger, lächelte aber dabei.

»Keine Sorge, das wird nicht passieren.«

Sie glaubte ihm. Er folgte seinem Bruder, ohne sich noch mal umzudrehen, als befürchtete er, dass er sonst umkehren und erst gar nicht in das Flugzeug steigen würde.

Lisa drückte ihrer Freundin ein Taschentuch in die Hand. »Komm, Süße. Oder möchtest du auch noch der Maschine nachwinken?«

»Natürlich nicht«, erwiderte sie unter Tränen und schnäuzte sich. »Es ist nur so ...« Ihr fehlten die Worte.

»Ich weiß. Möchtest du in der Hauptstadt einen Bummel machen oder ein Eis essen?« Lisa hakte sich bei Carli unter und wandte sich dem Ausgang zu.

»Eigentlich will ich zurück ins Hotel. Können wir an den Strand?«

»Klar, wieso nicht.«

»Danke, Lisa.«

Während der Rückfahrt beruhigte Carlotta sich und erzählte von Leons Vorhaben, zu ihr zu ziehen.

»Wow. Das geht aber flott! Ich würde mir das nicht zutrauen.« Lisa warf einen Blick auf die Verkehrsschilder, um die Abzweigung nicht zu verfehlen.

»Ich weiß. Aber wieso nicht? Entweder es klappt, oder es klappt nicht. Meine Wohnung ist groß genug, dass wir zu zweit darin Platz haben.« Sie trommelte mit den Fingern gegen ihren Oberschenkel.

»Das freut mich für dich, Carli. Bis du zurückfliegst, bleibe ich bei dir im Hotelzimmer, wenn du nachts nicht allein sein willst.«

»Das kommt aber so was von gar nicht infrage.« Carlotta schüttelte energisch den Kopf. »Ihr geht ohnehin immer spät schlafen und im Gegensatz zu mir weißt du nicht, ob oder wann du Yannis wiedersehen wirst.«

Lisa blickte in den Rückspiegel, wechselte die Spur und bremste, weil die Ampel auf Rot sprang. »Das ist wahr. Wir haben noch nicht darüber gesprochen.«

»Über eure Gefühle?«

»Nicht so richtig.«

»Wie soll ich das denn verstehen?«

Lisa seufzte. »Ich glaube, wir gehen beide davon aus, dass es nach meinem Urlaub vorbei sein wird. Und deswegen sagen wir uns nicht, was wir fühlen.«

»Es wird grün.« Carli zeigte auf die Ampel, bevor sie sich wieder dem Thema zuwandte. »Und wie sieht das bei dir aus?«

»Ich bremse mich, nachdem ich weiß, dass es eine Deadline gibt. Ich betreibe sozusagen Schadensbegrenzung, dass ich nicht mit einem gebrochenen Herz nach Hause muss.«

Carlotta blickte sie verständnisvoll an. »So war es bis gestern auch bei mir. Ich kann dir nur raten, mit Yannis zu reden. Macht reinen Tisch, was eure Zukunft betrifft.«

»Das ist ja genau das Problem, Carli. Ich weiß, dass ich eine neue Bleibe und eine neue Stelle daheim suchen muss. Eine Fernbeziehung würde mich nur ablenken.« Endlich bog sie in die Schnellstraße ein, die Richtung Norden führte, und gab Gas.

»Und hierbleiben?«

»Wie bitte?« Lisa verriss beinahe das Lenkrad, was dank der breiten Straße zum Glück keine Folgen hatte.

»Wie du schon sagst, du brauchst eine neue Wohnung und einen neuen Job. Was spricht dagegen, wenn du hier auf Zakynthos danach suchst?«

»Weil ich kein Wort Griechisch spreche, Carli. Ich glaube nicht, dass das eine gute Idee ist.«

Diese hob gleichgültig die Schultern. »War nur ein Vorschlag.«

»Ich weiß. Felix wollte zudem bei seinem Vater nach einem Job fragen.«

»Das ist natürlich eine Option. Aber trotzdem solltest du mit Yannis über deine Gefühle reden.« Carli blickte auf die vorbeiziehende Landschaft. »Ich weiß nicht, was du hast. An deiner Stelle würde ich sofort hierbleiben, und das nicht nur, weil die Insel wunderschön ist.«

Ihre Freundin hatte recht, das wusste Lisa. Trotzdem antwortete sie: »Ich bin nicht wie du, Carli.«

Noch hatte sie Zeit.

Eine volle Woche blieb ihr noch.

11.

Halbzeit

»Da bist du ja wieder«, begrüßte Yannis Lisa erfreut und stand auf, um sie in seine Arme zu ziehen. »Ist alles gutgegangen?«

»Ja, ohne Probleme. Hier, der Autoschlüssel.«

Yannis atmete ihren Duft ein und kostete diesen Augenblick aus. »Was macht ihr heute noch?«

»Carli will an den Strand.« Lisa lehnte ihre Stirn gegen seine Wange.

Yannis lächelte. »Hol dir keinen Sonnenbrand, Honey. Viel Spaß euch beiden.« Er gab ihr einen zärtlichen Kuss, bevor er sie aus der Umarmung entließ.

»Wann sehen wir uns heute Abend?«

»Ich weiß es noch nicht. Wahrscheinlich erst nach dem Abendessen«, antwortete er, während er den massiven Schreibtisch aus Olivenholz umrundete. Der lederne Bürostuhl seines Vaters dahinter wirkte majestätisch und war auf jeden Fall eines Chefs würdig.

Inzwischen hatte Lisa die Türklinke in der Hand. »Wir sind an der Bar, oder wenn es zu spät wird, kannst du ja anklopfen.«

»So spät wird es dann hoffentlich doch nicht.« Er grinste schief.

Lisa strahlte ihn an. »Bis später, Yannis.«

»Bis dann, Lisa.«

Yannis blickte ihr versonnen hinterher, dann drehte er sich um und starrte aus dem Fenster, in der Hoffnung, noch einen Blick auf sie zu erhaschen, während er die Hände in seine Hosentaschen vergrub und seine Stirn gegen das Glas lehnte. Je besser er sie kennenlernte, umso tiefer gingen seine Gefühle. Ihr Anblick reichte, um ihm ein Lächeln ins Gesicht zu zaubern. Er seufzte leise. Derzeit war alles auf eine zeitlich begrenzte Romanze ausgerichtet, die er natürlich aus vollen Zügen genoss, aber er spürte, dass ihm das nicht reichte. Wenn er Felix Glauben schenken durfte, dann sollte er schleunigst das Gespräch mit ihr suchen, wie es mit ihnen weitergehen konnte. Da war er sich allerdings selbst nicht so sicher.

Er wusste um Lisas Situation. Was spräche dagegen, wenn er sie einstellen würde? Zu viel, wie ihm im gleichen Augenblick bewusst wurde. Es würde schnell die Runde machen, dass er ein Verhältnis mit einer Angestellten hatte. Er glaubte zwar nicht, dass es Probleme mit den Beschäftigten geben und diese Lisa nicht akzeptieren würden, aber seine Familie würde sie innerhalb kürzester Zeit auseinandernehmen und es wahrscheinlich nicht gutheißen, wenn er mit einer Österreicherin zusammen war. Xenias Reaktion wollte er sich nicht einmal vorstellen.

Die Saison begann gerade erst, sie würden kaum freie Tage miteinander verbringen können. Nur die Nächte, die würden ihnen gehören. Er würde damit klarkommen, er wusste, wie das Leben im Hotelgewerbe während der Urlaubssaison war. Aber er war sich sicher, dass Lisa damit ein Problem hätte. Es lief wohl auf eine Fernbeziehung hinaus – oder auf das Ende, was ihm beides gegen den Strich ging.

»Ich sollte sie einfach fragen«, murmelte er vor sich hin.

»Das solltest du in der Tat«, hörte er seinen Vater antworten.

Der Schreck fuhr Yannis dermaßen durch die Glieder, dass er mit dem Kopf gegen die Kante des Fenstergriffs stieß, als er sich umdrehte. Er hatte nicht bemerkt, dass sein Vater Michalis das Büro betreten hatte, so sehr war er in seine Gedanken versunken gewesen. »Aua!« Er rieb mit der Hand über die schmerzende Stelle. Wenn das mal keine Beule gab. »Was machst du denn hier?«

Michalis Strakidis grinste breit. »Ich wollte sehen, wie es dir geht. Wie es scheint, hast du nicht viel zu tun.«

»Das täuscht. Ich war nur in Gedanken.« Er kehrte dem Fenster den Rücken zu, um seinem Vater in die Augen zu sehen.

»Die Arbeit kann nichts Wichtiges sein, sonst würdest du dich nicht ablenken lassen. Ich kann dir das Restaurant in Kambi empfehlen, es gibt dort einen fantastischen Sonnenuntergang und das Essen ist sehr lecker. Dort habe ich einst deiner Mutter den Heiratsantrag gemacht.«

»Hat wohl nicht viel geholfen«, rutschte es Yannis heraus.

»Diese Wunde wird nie ganz heilen«, meinte Michalis und setzte sich unaufgefordert in den Besucherstuhl vor dem Schreibtisch. »Ich finde deine Mutter noch immer attraktiv, ich ehre und schätze sie sehr.«

Auch Yannis nahm wieder Platz und griff nach dem Kugelschreiber auf seinem Schreibtisch. »Das weiß ich, Papa. Aber es wäre sinnvoller gewesen, du hättest ihr das auch so vermittelt. Vielleicht wäre dann alles anders gekommen.«

»Das liegt in Gottes Hand. Du hingegen solltest nicht mehr lange warten, ich habe gesehen, welch begehrliche Blicke Xenia auf dem Fest auf sich gezogen hat.«

»Xenia?« Er runzelte die Stirn. Nicht schon wieder! Konnte sein Vater nicht einfach akzeptieren, dass er nichts von ihr wollte? Unbewusst spielte er mit dem Druckknopf des Kulis.

»Natürlich. Junge, bist du denn blind? Manchmal verstehe ich dich nicht. Dimitri und ich würden sofort das Aufgebot bestellen. Das wäre eine richtig schöne, große Hochzeit.«

»Papa, bitte! Lasst mich mit euren Heiratsplänen in Ruhe. Ich habe andere Sorgen.«

»Welche denn? Kann ich dir helfen?«, erkundigte er sich sogleich. »Und hör bitte mit dem Klicken auf, das nervt.«

»Hast du nichts anderes zu tun?« Er liebte seinen Vater, aber er wünschte sich nichts sehnlicher, als dass dieser schleunigst wieder verschwand.

»Ich gehe ja schon. Vergiss nicht, zu leben, Yannis. Irgendwann stellst du sonst fest, dass du alt geworden bist und keiner an deiner Seite ist. Arbeit allein macht nicht glücklich.«

»Das weiß ich. Mach dir keinen Kopf. Ich habe noch genug Zeit. Adio, Papa.«

»Dieser Kerl«, hörte er seinen Vater seufzen, während er das Büro verließ. »Er arbeitet sich noch kaputt. Wieso will er diese Last nicht teilen?«

Yannis war mit seinen Überlegungen kein Stück weitergekommen. Er vermisste Lisa, obwohl sie nur am Strand war. Wie würde das erst sein, wenn sie wieder in ihrer Heimat war? Beim Gedanken daran verzog er das Gesicht, als hätte er Zahnschmerzen. Er musste wohl oder übel über seinen Schatten springen und den Stier bei den Hörnern packen. Jeder war seines eigenen Glückes Schmied, aber man musste auch etwas dafür tun – von allein erledigten sich Probleme nur selten. Es konnte natürlich auch sein, dass die Komplikationen erst danach begannen. Auch damit musste er rechnen. Eines war jedenfalls sicher: An Arbeit war im Augenblick nicht zu denken. Entnervt klappte er den Laptop zu. Es konnte nicht schaden, sich eine Stunde freizunehmen, eine Runde im Meer zu schwimmen und dabei in Lisas Nähe zu sein.

Eilig lief er in sein Appartement, zog Badehose, Flip-Flops und Muskelshirt an und war keine fünf Minuten später auf dem Weg zum Strand. Er entdeckte Lisa und Carli sofort, sie hatten es sich auf ihren Liegen gemütlich gemacht und ließen sich von der Sonne bräunen.

»Yannis!« Lisas Augen blitzen glücklich auf und sie lief auf ihn zu.

»Nanu, wer kommt denn hier?« Carlotta blinzelte ihm entgegen. »Feierabend für heute?«

»Nein, aber meine Konzentration ist im Eimer. Ich dachte, ich schwimme eine Runde zur Abkühlung.«

Er nahm Lisa in seine Arme und drückte sie zart an sich.

»Wart ihr schon im Wasser?«

»Ja, aber ich komme gern noch einmal mit.«

»Geht ihr nur, ich lasse mich von der Sonne braten.« Carlotta hatte wohl Verständnis für die beiden.

Einträchtig schwammen sie nebeneinanderher. Etwas weiter draußen gab es eine kleine Sandbank, zu der Yannis sie lotste. Dort war das Wasser so flach, dass man sich hinsetzen konnte und dabei nicht in Gefahr lief, zu ertrinken oder von den Wellen abgetrieben zu werden.

»Das tut gut«, stellte er fest. »Ich sollte öfter Mittagspause machen.«

»Es kann zumindest nicht schaden, du kümmerst dich ja wirklich um alles. Andererseits verständlich, immerhin müssen sich die Investitionen erst einmal amortisieren.«

»Ja, es wird ein sehr spannendes Jahr, aber ich bin zuversichtlich.« Er legte seinen Arm um ihre Schultern. »Zumindest was das Geschäftliche betrifft.« Wieso kamen die Worte nicht, die er so gerne sagen würde? Er war doch sonst nicht schüchtern! »Lisa, ich ...«

Sie wandte ihm ihr Gesicht zu und blickte ihn forschend an. »Ja?«

»Ich bin nicht wegen der Hitze hier. Ich hab dich vermisst.«

Ohne eine Antwort abzuwarten, zog er sie rittlings auf sich und küsste sie heftig, während seine Hände über ihren Rücken wanderten. Das kalte Wasser konnte nicht verhindern, dass sein bestes Stück hart wurde.

Lisa spürte offensichtlich seine Erektion und schnappte kurz nach Luft. »Yannis!«, keuchte sie. »Doch nicht hier!?«

Auch seine Atmung hatte sich beschleunigt. »Natürlich nicht«, antwortete er, während er seine Küsse unterbrach. »Aber bei Gott, ich würde meine Seele geben, wenn wir jetzt miteinander schlafen könnten.« Er knabberte weiter an ihrer Unterlippe, strich mit seinem Daumen über ihren harten Nippel und bewegte sich unter ihr, was ihre Lust steigerte. »Lisa, ich kriege von dir nicht genug, du bist wie eine Droge für mich.«

»Lass uns zurückschwimmen. Carli wird verstehen, wenn ich für eine kleine Weile bei dir bin«, schlug sie leise vor.

In Yannis' Kopf rotierten die Gedanken. Das Bedürfnis, sie zu spüren und zu hören, wie sie unter ihm stöhnte, war überwältigend. Aber was würden die Angestellten denken? Außerdem hatte er noch ein weiteres, nicht ganz so kleines Problem.

»Honey, das ist ja eine hervorragende Idee. Aber ich kann so nicht aus dem Wasser!« Yannis drückte seine Latte zum Beweis gegen sie.

Lisa grinste. »Das wird schon werden. Wir schwimmen in aller Ruhe zurück, bis dahin wird er sich wieder beruhigt haben.« Sie setzte sich neben ihn, strich aber mit der Handfläche über die ausgebeulte Badehose. »Du hast keine Ahnung, wie erregend das ist.«

»Nicht?« Yannis lachte laut. »Wenn nicht ich, wer dann?«

Nach einem weiteren Kuss traten sie den Rückweg an. Hand in Hand erreichten sie Carlotta.

»Herrje«, meinte diese, denn das Verlangen nacheinander war ihnen ins Gesicht geschrieben. »Ich dachte, ihr wolltet euch abkühlen?«

»Das war zumindest die ursprüngliche Absicht.«

»Ich fürchte, das wird eher in einem Zimmer funktionieren, welches eine Klimaanlage und vorzugsweise ein Bett hat. Kusch, die Zeit rennt!« Sie fuchtelte mit ihrer Hand.

Lisa schüttelte lachend den Kopf. »Du bist einfach unverbesserlich, Carli. Du hast wieder mal den Nagel auf den Kopf getroffen.«

»Ihr seid ja immer noch hier. Geht schon!«, scheuchte sie die beiden fort und griff nach ihrem Handy, um nachzusehen, ob Leon sich bei ihr gemeldet hatte.

Aufgekratzt erreichten Lisa und Yannis den Eingang des Hotels. Yannis hatte ihre Hand in seiner und lief voraus, sie hatte Mühe, mit ihm Schritt zu halten. Er bekam nur am Rande mit, dass die Rezeptionistinnen sahen, wie er Lisa leidenschaftlich küsste, während sie den Aufzug betraten. Er konnte gerade noch hören, wie eine flüsterte:

»Ich möchte nur wissen, was er an dieser Blondine findet.«

»Das geht uns nichts an, Helena. Konzentrier dich lieber auf die Buchung hier.« Dann schlossen sich die Lifttüren und der Fahrstuhl fuhr nach oben.

Es gab kein schöneres Geräusch als das Zufallen der Wohnungstür in seinem Appartement. Yannis steuerte sofort das Schlafzimmer an, während er Lisas Bikinioberteil öffnete und es ihr über die Schultern streifte.

»Gott, du bist so begehrenswert, Honey. Ich fürchte, ich kann mich nicht lange beherrschen.«

»Ich will dich genauso, Yannis«, erwiderte sie, während sie sich ihres Slips entledigte.

Sie strich zart über ihre Brüste, bis sich ihre Nippel versteiften, wanderte mit der Hand weiter über ihren Bauch und landete zwischen ihren Beinen, wo sie ihre Finger zielsicher dahin bewegte, wo sie bereits sehnlichst erwartet wurden.

Yannis schluckte schwer, was sie hier machte, erregte ihn aufs Äußerste.

»Wenn du nicht willst, dass ich innerhalb einer Minute komme, solltest du damit aufhören.« Seine Stimme war nur noch ein heiseres Flüstern.

Lisa stöhnte auf, sie hatte den Rhythmus gefunden, der ihre Gier weiter steigerte.

»Eine Minute, sagst du?«

Yannis hatte inzwischen selbst Hand angelegt, während er ihr zusah. »Maximal.«

Lisa lächelte maliziös, drehte sich um, beugte sich nach vorne und reckte ihm ihr Hinterteil aufreizend entgegen, während sie sich mit leicht gespreizten Beinen weiter verwöhnte. Sie wollte von ihm genommen werden, hart, heftig und effizient. »Dann komm zu mir, Babe. Ich will dich in mir haben.«

Das ließ er sich nicht zweimal sagen. Er stellte sich hinter sie, registrierte ihre Nässe an seiner Spitze und glitt ohne jeglichen Widerstand in sie. Scharf sog er die Luft zwischen seinen Zähnen ein, sie so zu fühlen, raubte ihm den Atem. Am liebsten hätte er einfach so verharrt, aber er war so aufgeheizt, dass er sich nicht langsam bewegen konnte, noch dazu, wo sie sich heftig gegen ihn drängte, obwohl er sie bereits völlig ausfüllte.

Sie stöhnte in dem Takt, in dem er zustieß, immer schneller, immer tiefer und immer heftiger.

»Oh mein Gott, ja! Ja, ja, ja!!!«, keuchte Lisa. Sie schrie auf und explodierte im gleichen Moment wie er. Ihre Beine drohten nachzugeben und hätte er sie nicht gehalten, wäre sie wohl aufs Bett gefallen.

Yannis verteilte zarte Küsse auf ihrem Rücken, der noch salzig vom Meerwasser schmeckte, während er sie leidenschaftlich umschlungen hielt und sie nach Atem rangen. Es war ein unbeschreibliches Gefühl, so tief in ihr zu kommen.

Vorsichtig zog er sich aus ihr zurück, drehte sie um und presste sie so fest an sich, dass er Angst hatte, ihr die Rippen zu brechen.

»Was stellst du nur mit mir an«, stöhnte er und ließ sich aufs Bett fallen, wo er sie einfach mit sich zog und in seinen Armen hielt. »Ich hoffe, du weißt, dass es nicht nur das hier ist, was mich süchtig nach dir macht.«

»Ich weiß, sonst wäre es nicht so unbeschreiblich schön. Wir haben noch eine ganze Woche, lass sie uns genießen.«

»Besser ist das, Honey.« Er warf einen Blick auf die Uhr und unterdrückte einen Fluch. »Ich muss in fünfzehn Minuten in der Küche sein.«

»Schade. Es ist gerade so schön.«

»Heute Nacht, Lisa. Ich werde dir jeden Wunsch erfüllen.«

Sie rekelte sich zufrieden. »Darauf freue ich mich schon jetzt.«

Yannis gab ihr einen liebevollen Kuss, bevor er in Windeseile unter die Dusche sprang.

Lisa vergrub ihren Kopf in seinem Kissen, welches nach ihm roch. Genießerisch schnupperte sie daran. Am liebsten wäre sie gleich liegengeblieben, aber sie wollte Carli nicht zu lange allein lassen. Seufzend machte sie sich frisch, schlüpfte in Yannis' T-Shirt und strich zärtlich über seine Wange.

»Ich gehe wieder an den Strand. Ist es okay für dich, wenn ich dein Shirt anlasse?«

»Natürlich. Glaube mir, ich würde viel lieber mit dir kommen.«

12.
Klärende Gespräche

Michalis hatte sich auf einer der Loungegarnituren im Foyer niedergelassen und blickte seinem Sohn hinterher, der eine Blondine an der Hand hielt und sie küsste, noch bevor die Lifttüren zugingen. Yannis hatte alles um sich herum ignoriert, so eilig hatte er es, mit dieser Dame zu verschwinden, und das am helllichten Tag! Zustände waren das wie Sodom und Gomorra.

Er war sich sicher, diese Frau bei der Eröffnungsfeier gesehen zu haben – war sie da nicht in Begleitung von den Zwillingen gewesen? Er hätte Yannis und Xenia gerne als Paar gesehen, aber hier war sein eigener Wunsch Vater des Gedankens. In erster Linie ging es ihm darum, dass sein Sohn glücklich wurde. Alt genug, um zu heiraten und eine Familie zu gründen, war dieser allemal, auch wenn Yannis darauf beharrte, dass man sich in der heutigen Zeit viel länger damit Zeit ließ. Er war zuversichtlich, dass Yannis das nicht vergeigen würde, im Gegensatz zu ihm, denn sein Sohn hatte andere Vorstellungen von Liebe und Treue. Und genau deswegen passte ihm das, was er gesehen hatte, nicht zusammen: Es geziemte sich nicht, mit der Frau eines Freundes etwas anzufangen, und erst recht nicht, ihm diese auszuspannen. Aber er konnte sich nicht vorstellen, dass Yannis so etwas machen würde – oder doch? Er wäre nicht der erste Vater, der sich in seinem Kind täuschte. Sollte das der Fall sein, würde er seinem Sohnemann ordentlich die Leviten lesen.

»Na, ich bin gespannt, Bursche, was du mir zu erzählen hast«, murmelte er empört in seinen Bart. Irgendwann würde er Yannis heute schon noch unter vier Augen antreffen. Er warf einen Blick auf die Uhr und stutzte, dass mit seinen Grübeleien über eine halbe Stunde vergangen war. Wie schnell die Zeit doch verrann! In diesem Augenblick lief die Frau, um die sich gerade seine Gedanken gedreht hatten, leichtfüßig in einem T-Shirt von Yannis an ihm vorbei, ein verträumtes Lächeln auf dem Gesicht. Michalis nutzte die kurze Gelegenheit, sie genauer zu betrachten. Hübsch war das Mädel, das musste man ihr lassen. Sie machte auf ihn einen aufrichtigen und ehrlichen Eindruck.

Er machte sich auf den Weg zur Terrasse, setzte sich in einen Korbsessel, orderte einen griechischen Kaffee und nahm einen Zigarillo aus dem Etui in seiner Brusttasche. Bei Kaffee und Tabak ließ es sich besser nachdenken. Er würde dem Ganzen jedenfalls auf den Grund gehen. Lange musste er nicht warten, denn Yannis drehte schon bald darauf seine Runde, um zu kontrollieren, ob alles seine Ordnung hatte – sei es, dass die Tische sorgfältig gedeckt waren, die Deko aus frischen Blumen die Köpfe nicht hängenließen oder die Weinkühlung auf die richtige Temperatur eingestellt war.

»Hallo Papa! Du bist noch hier?« Yannis blieb stehen.

»Sieht so aus, ja. Doppelgänger habe ich keinen, soweit ich weiß.«

»Entschuldige, so war das nicht gemeint.«

»Schon gut. Bist du mit deiner Inspektionsrunde durch? Dann setz dich. Ich habe mit dir zu reden.« Er deutete auf den Stuhl gegenüber.

Yannis stöhnte. »Wenn du wieder mit Xenia anfängst, dann spar dir die Worte«, sagte er und nahm widerwillig Platz.

»Ich habe Augen im Kopf, Junge. Und ich kann zwei und zwei zusammenzählen. Was mir nur nicht klar ist, ist, wieso du deinem Freund die Freundin ausspannst.«

»Wie bitte?« Yannis wurde abwechselnd blass und rot.

»Ich habe dich vorhin gesehen, Yannis. Du hast die Frau ja im Aufzug so geküsst, dass man meinen könnte, du lässt nichts mehr von ihr übrig.«

Yannis' Wangen brannten vor Verlegenheit. »Du hast uns gesehen?«

Michalis beobachtete die Reaktion seines Sohnes und grinste innerlich. »Ich saß in der Lobby, als ihr zur Tür hereingekommen seid. Also, dann erzähl mir mal, wer sie ist und was du mit ihr vorhast.«

Yannis seufzte, denn es blieb ihm kaum etwas anderes übrig, als der Aufforderung Folge zu leisten. »Ich hoffe, du hast Zeit mitgebracht.«

»Ich schätze, ich habe mehr Zeit als du. Fass dich kurz, aber lass nichts aus.« Michalis ließ sich ein Mythos bringen, lehnte sich zufrieden zurück und zündete sich den nächsten Zigarillo an.

Yannis holte Luft und begann von dem Tag zu erzählen, an dem Leon ihn für Felix gebeten hatte, den vertauschten Koffer zurückzubringen. Er berichtete der Reihe nach und endete beim heutigen Vormittag, an dem er seine Freunde verabschiedet hatte, und wiederholte Felix' Geständnis.

»So, jetzt weißt du alles. Nicht ich habe Felix die Frau ausgespannt, sondern beinahe andersherum, wäre er nicht ein so feiner Kerl.«

Michalis blickte ihn mit gerunzelter Stirn an. »Du hast mehr Glück als Verstand, das ist dir hoffentlich klar. Aber Xenia macht sich Hoffnungen.«

»Das ist mir auch schon aufgefallen. Völlig zu Unrecht, ich habe sie nie ermuntert.« Sein Blick streifte über die Gartenwege, als hätte er Angst, dass seine Jugendfreundin aus dem Nichts auftauchen würde.

Sein Vater räusperte sich. »Du nicht, das stimmt. Aber Dimitri und ich.«

»Ja, und mit euren Worten habt ihr dazu beigetragen, dass sie in mich verliebt ist. Und ich kann die Suppe auslöffeln, die ihr mir eingebrockt habt.« Er blickte ihn wieder an.

»Du liebst diese Blondine, oder?« Michalis zog an seinem Zigarillo.

»Schätze schon. Wenn sie nicht bei mir ist, vermisse ich sie jede Sekunde.«

»Das ist Liebe, Yannis. Wann stellst du sie mir vor?«

Er riss die Augen auf. »Ist das dein Ernst?«

»Das ist die erste Frau, von der ich höre, dass sie dein Herz berührt. Natürlich will ich sie kennenlernen!«

»Ohne anzügliche Bemerkungen?« Yannis blickte ihn skeptisch an.

Feierlich legte Michalis eine Hand auf seine Brust. »Ich schwör's bei deiner Mutter.«

Yannis schob seinen Stuhl zurück und stand auf. »Nach dem Essen wird sie mit ihrer Freundin an der Bar sein. Dort mache ich euch bekannt. Und jetzt entschuldige mich, ich habe noch zu tun.«

Michalis blickte Yannis nach. Er war froh, sich nicht in seinem Sohn getäuscht zu haben.

Und er war schon sehr gespannt auf die Begegnung mit Lisa.

***

Yannis war nur mit halbem Kopf bei der Arbeit, denn er musste die ganze Zeit an das Gespräch mit seinem Vater denken. Er hatte nicht erwartet, dass dieser verständnisvoll reagieren würde. Sollte er Lisa vorwarnen, dass sein Vater sie kennenlernen wollte? Er fand es nicht richtig, sie ins offene Messer laufen zu lassen, andererseits gäbe es ihrer Romanze den Anstrich einer ernsthaften Liaison. Aber wollte er das nicht ohnehin? Wenn er auf sein Herz hörte, dann ja, und zwar mehr als alles andere. Sein Verstand hingegen riet ihm, sie ziehen zu lassen. Und dann gab es da noch das Problem namens Xenia. Er befand sich in einer völlig konfusen Situation und wünschte, mehr Zeit zu haben, um sich über einige Dinge klar zu werden. Trotzdem, er musste Lisa Bescheid geben, dass sein Vater sie kennenlernen wollte, das verlangte der Anstand.

Er war auf dem Weg in seine Wohnung, um ihr eine Nachricht auf dem Tisch zu hinterlassen, als Lisa und

Carlotta im selben Augenblick das Hotel betraten, als auch er im Foyer ankam.

»Lisa, warte einen Augenblick!«, rief er seiner Liebsten zu.

Carlotta blickte zwischen Lisa und Yannis hin und her. »Ich geh schon mal aufs Zimmer und schwing mich unter die Dusche«, informierte sie ihre Freundin.

Lisa hörte sie kaum, denn ihr Fokus richtete sich voll und ganz auf Yannis, der sie zärtlich anblickte.

Sie lächelte ihm entgegen. »Was gibt's?«

Inzwischen hatte er sie erreicht und nahm ihre Hand kurz in seine, um sie zu drücken. »Ich wollte dich vorwarnen.«

Lisa zog eine Augenbraue fragend in die Höhe.

»Mein Vater hat uns vorhin zusammen gesehen. Er will deine Bekanntschaft machen.«

»Oje.« Lisa wurde blass, sie wusste, dass Michalis Xenia als Ehefrau an der Seite seines Sohnes sehen wollte. Eine Million Fragen schossen ihr durch den Kopf, aber sie brachte nur eine einzige heraus, und das war die Unsinnigste, die sie hätte stellen können. »Spricht er denn Deutsch?«

Yannis lachte. »Das tut er, Honey. Mach dir keine Sorgen. Ich habe ihm alles erzählt.«

»Alles?« Sie blickte ihn geschockt an.

»Naja, die intimen Details natürlich nicht.« Er zog sie an sich und hauchte ihr einen Kuss auf die Nasenspitze. »Ich hoffe, es ist okay, wenn ich euch miteinander bekanntmache.«

Lisa war zu verwirrt und aufgewühlt, als dass sie eine Antwort hätte geben können. »Ja, klar. Sicherlich. Ich weiß nur nicht ...«

Er legte ihr den Zeigefinger auf die Lippen. »Das musst du auch nicht, Honey. Mach dir keine Gedanken, es hat sich nichts zwischen uns geändert, ja?«

Sie sah ihm forschend in die Augen und nickte langsam. »Ich verstehe. In Ordnung. Bis später dann.«

***

Lisa war froh, als die Lifttüren sich schlossen, denn eine eisige Hand griff nach ihrem Herzen. Und ob sie verstand! Zumindest ließ seine Aussage vermuten, dass sich ihre Befürchtung bewahrheitete und es nach ihrem Urlaub zu Ende sein würde. *Es hat sich nichts zwischen uns geändert,* hatte er gesagt. Sie selbst hatte ihn nach ihrem ersten Kuss davon abgehalten, etwas zu sagen, was er vielleicht bereuen würde. Am Samstag hatten sie sich kaum gekannt, sodass ihr das als einzig vernünftige Lösung erschienen war, ihm die Nächte anzubieten. In den wenigen Tagen hatte sich allerdings einiges verändert und ihre Gefühle zu ihm hatten eine Eigendynamik entwickelt, die sie nicht hatte vorhersehen können. Sie erinnerte sich an Carlis Mahnung, reinen Tisch zu machen, was das betraf. Wie es aussah, würde ihr nichts anderes übrigbleiben – je schneller das passierte, umso besser. Was hatte er wohl seinem Vater erzählt? Wieso konnte er nicht dasselbe für sie empfinden, wie sie für ihn? Oder tat er es und wollte sie deswegen seinem Vater vorstellen? Diese Unsicherheit, was zwischen ihnen nun eigentlich war, machte sie völlig fertig. Das, und die Tatsache, dass sie noch immer diesen Kuss zwischen Felix und ihr verschwieg. War es nicht endlich an der Zeit, diesen zu gestehen? Sie schüttelte den Kopf. Nein. An der Situation hatte sich nichts geändert. Sie konnte die Folgen noch immer nicht abschätzen.

»Zur Hölle damit«, fluchte sie und war froh, dass der Aufzug im ersten Stock hielt. Bevor andere Gäste eintraten, huschte sie hinaus und sauste die Treppen hinunter.

»Yannis!«

Sie hatte Glück, er stand noch immer im Foyer, wo sie ihn zuvor zurückgelassen hatte. Er hatte einen grübelnden Ausdruck im Gesicht, welcher aber sofort verschwand, als sie auf ihn zurannte und ein glückliches Lächeln diesem Platz machte. Er breitete die Arme aus, um sie aufzufangen, aber sie stoppte einen Schritt vor ihm.

»Yannis, bevor ich deinem Vater gegenübertrete, müssen wir miteinander reden.«

Er ließ die Arme sinken und blickte sie unsicher an. »Müssen wir?«

Sie nickte energisch. »Wenn es geht, sofort. Wenn nicht, dann sag mir, wann es dir passt.«

Er deutete zum Lift. »Nach dir, Lisa. Lass uns dafür in meine Wohnung gehen, ich denke, das muss niemand mit anhören.«

»Da bin ich völlig deiner Meinung.«

Anders als zuvor standen sie nun im Lift so weit auseinander, wie es nur ging, und sahen sich nicht einmal an. Andere Personen stiegen mit ein und machten es unmöglich, eine Andeutung fallenzulassen. Lisa fühlte sich verloren und hoffte nur, dass sie das Gespräch schnell hinter sich bringen würde, ohne größeren Schaden zu nehmen. Mit gesenktem Kopf schlich sie hinter ihm her, als er die Tür zu seiner Suite öffnete und ins Wohnzimmer ging.

Er schenkte zwei Metaxa ein, reichte ihr einen davon und setzte sich ihr gegenüber. Yannis schwenkte sein Glas, wobei er den kreisenden Bewegungen der Flüssigkeit gebannt folgte, und nahm dann einen Schluck. Für zwei oder drei Sekunden schloss er die Augen, ließ das Aroma des Weinbrands auf seiner Zunge zergehen, aber ihm war bewusst, dass er es nicht länger hinauszögern konnte. Sein Blick verriet nichts über den Aufruhr in ihm. »Also?«

Lisa biss sich auf die Lippen. Wieso machte er es ihr nur so schwer? »Weißt du, Yannis, ich denke, wir sollten für klare Verhältnisse sorgen«, begann sie zögernd.

Sein Atem stockte. *Aus, Schluss und vorbei.* Er wusste doch, dass sie es nicht zulassen würde und ihre Beziehung ein Ablaufdatum hatte. Die Erkenntnis traf ihn wie ein Schlag, sie hätte im genauso gut eine Ohrfeige geben können. Ihm wurde kalt, als wäre Lisas Zuneigung eine kuschelige Decke, die soeben von ihm weggezogen wurde. Aber ohne Rücksicht darauf zu nehmen, hörte er sich antworten. »Da stimme ich dir zu.«

»Was empfindest du für mich?«, traf ihre Frage ihn völlig unvorbereitet.

»Wie bitte?« Er schüttelte ungläubig den Kopf. »Das weißt du doch.«

»Nein. Ich weiß lediglich, dass du mich begehrenswert findest und mich sehr gern hast.«

»Absolut richtig.« Er nickte.

»Und sonst?«

»Lisa, bitte. Ist das denn nicht offensichtlich?«

»Na schön, wenn du es mir nicht sagen willst, dann eben nicht. Ich jedoch muss es loswerden.« Sie wippte nervös mit dem rechten Fuß. »Ich habe mich in dich verliebt, Yannis. Ich wollte das nicht, aber ich kann es nicht mehr ändern.«

Er riss ungläubig die Augen auf und verschüttete beinahe sein Getränk. Das Blut, welches zuvor in seinen Adern gefroren war, floss wieder – heißer und heftiger als zuvor. Mit allem hatte er gerechnet, aber damit nicht! Ihm wurde warm vor Freude, welche Möglichkeiten sich nun dank ihrer Aussage boten. Trotzdem unterdrückte er das frohe Lächeln, was sich auf sein Gesicht legen wollte. Er vergewisserte sich, dass er sich nicht verhört hatte, und fragte deshalb: »Ich dachte, du willst nur einen Urlaubsflirt? Zuvor sagtest du noch, lass uns diese eine Woche aus vollen Zügen genießen. Ich ging davon aus, dass du danach nichts mehr von mir wissen willst.«

»Ich weiß, was ich gesagt habe, Yannis, und was ich am Samstag zu dir sagte, aber da kannte ich dich noch nicht so gut. Um ehrlich zu sein, weiß ich noch immer nicht, wie es nach meinem Urlaub weitergehen soll. Bisher wollte ich es nicht aussprechen, aus Angst, dass es dann umso mehr wehtun wird.«

Er stand auf und ging zu ihr. »Lisa, auch ich habe mein Herz an dich verloren, ich dachte, das sei dir klar. Mein Vater will dich genau deswegen kennenlernen.«

Seine Worte ließen ihren Puls in die Höhe schnellen und das Blut in ihren Ohren rauschen. »Ich dachte, er will Xenia an deiner Seite sehen?«

»Das war auch so – aber er hat nach unserem Gespräch eingesehen, dass ich nicht sie liebe, sondern dich.«

»Du liebst mich?« Ihr Herz flatterte, als sie das hörte, und ihre Wangen färbten sich vor Aufregung rot.

Yannis zog sie aus dem Sessel an sich, während er ihr liebevoll über den Rücken strich. »Natürlich, du Dummerchen. Ich habe dir doch erst vorhin gesagt, dass es nicht nur die Erotik ist, die mich zu dir hinzieht.«

Um ihr die letzten Zweifel zu nehmen, küsste er sie ungestüm und beendete diesen Kuss erst nach einer gefühlten Ewigkeit.

»Noch Fragen, Honey?«

»Die können warten«, strahlte sie ihn an.

»Wir müssen uns jetzt noch nicht den Kopf darüber zerbrechen, wie es weitergeht. Das Einzige, was zählt, sind unsere Gefühle zueinander. Alles andere wird sich finden, auch wenn es sicher nicht einfach wird. Wir sind uns nicht zufällig über den Weg gelaufen. Manchmal schreibt das Schicksal die wundersamsten Kapitel des Lebens und ich bin fest davon überzeugt, dass es auch bei uns so ist.«

»Ich bin froh, dass wir uns jetzt ausgesprochen haben. Zuvor glich das einem Tanz auf rohen Eiern, ich wusste nie, was ich sagen durfte und was nicht.«

»So ging es mir auch. Jetzt geh, es gibt bald Abendessen. Keine Sorge, ich stelle euch erst danach einander vor. An der Bar ist es zwangloser.«

Lisa hauchte ihm einen Kuss zu und verließ seine Wohnung. Sie war so erleichtert, dass die Dinge zwischen ihnen nun endlich klar waren, dass sie am liebsten durch den Flur getanzt wäre. Das Einzige, was noch zwischen ihnen stand, war Felix' Kuss. Und doch konnte sie ihm nichts davon sagen – es würde alles zerstören, was gerade erst begann.

13.

Die Saat der Zweifel

Yannis lächelte glücklich und wollte eben sein Glas leeren, als es an der Tür klopfte. Mit dem Metaxa in der Hand öffnete er, aber noch bevor er etwas sagen konnte, sah er eine Hand auf sich zufliegen, und keine Sekunde später zierte der Abdruck von fünf Fingern seine Wange. Vor ihm stand Xenia, aus deren Augen Funken sprühten.

Zum Glück landete der Alkohol auf dem Fliesenboden und nicht auf einem Teppich, und zum Glück hatte er das Glas nicht fallenlassen. Xenia stieß einen Schwall Schimpfwörter aus, die einem die Schamesröte ins Gesicht treiben konnten. Sie zeterte, während sie ihn in seine Küche zurückdrängte, wo sie nach einem Putztuch griff, um die kleine Pfütze wegzuwischen. Die Zeit nutzte er, um Eiswürfel aus dem Kühlschrank zu holen, schlug diese in ein Geschirrtuch und hielt es an seine Wange. Xenias Ohrfeige war nicht von schlechten Eltern gewesen, sein Kopf war richtiggehend zur Seite geflogen, und eines der kleinen Steinchen in ihrem Ring hatte ihm einen Riss in der Haut zugefügt, sodass er leicht blutete. Vorsichtig bewegte er seinen Kiefer, denn auch der schmerzte immens. Seine Zunge tastete zwischenzeitlich die Mundhöhle ab. Wie es schien, waren seine Zähne heilgeblieben, aber dafür hatte er sich in die Wange gebissen.

»Sag mal, hast du sie noch alle?«, fuhr er sie an, als sie im Spülbecken den Lappen auswrang.

Sie beendete in aller Ruhe ihre Arbeit, dann drehte sie sich um. Ihre Augen funkelten noch immer voller Zorn.

»Das kann ich dich fragen, du Scheißkerl! Wieso ist diese Bitch nicht zurück nach Deutschland geflogen? Was hast du ihr gesagt?«

»Das geht dich nichts an.« Abwehrend schob er seine Unterlippe nach vorn.

»Glaubst du?« Ihr Gesicht kam ihm gefährlich nahe. »Ich bin deine älteste Freundin. Ich habe ein Recht darauf, zu erfahren, was für ein Spiel du treibst.«

»Ich spiele nicht, Xenia.« Yannis legte den Eisbeutel auf die Abtropffläche der Spüle und verschränkte die Arme vor der Brust.

Xenia stemmte ihre Hände in die Hüften. »Das sieht mir aber ganz danach aus.«

»Hör zu, nur weil unsere Eltern uns gern als Paar sehen würden, heißt das noch lange nicht, dass wir ihnen diesen Gefallen tun müssen.«

»Und wieso nicht?« Sie trat einen Schritt auf ihn zu und zeigte erst auf ihn, dann auf sich. »Wir verstehen uns blendend, wir respektieren uns, ich liebe dich, seit ich denken kann und lasse dir deine Freiheiten. Das sollte doch wohl genügen! Außerdem bringe ich ein ganzes Weingut in die Ehe mit, das ist auch nicht zu verachten!«

»Es geht mir nicht ums Geld!«, fauchte Yannis und wich zur Seite, da er in seinem Rücken die

Arbeitsfläche spürte, und Xenia ihm immer mehr auf die Pelle rückte.

»Umso besser, dann braucht Papa das Gut nicht auf deinen Namen umzuschreiben. Und irgendwann erbe ich es.« Endlich blieb sie stehen. »Yannis, ich habe kein Problem damit, dass du mit ihr geschlafen hast. Das machen viele Männer und sie lieben ihre Frauen dennoch. Dein Papa ist das beste Beispiel dafür.«

»Lass meinen Vater aus dem Spiel«, antwortete er gereizt.

Sie zuckte die Schultern. »Ich mein ja nur. Ich kann dir deine Seitensprünge verzeihen, wenn dir eine Frau schöne Augen macht und du das ausnutzt. Wieso auch nicht? Die Gäste wollen schließlich hofiert werden. Solange alles diskret abläuft, kann ich darüber hinwegsehen.« Sie entdeckte das volle Metaxaglas auf dem Wohnzimmertisch und ihre Stimme wurde eine Spur schriller. »Aber du knutschst in aller Öffentlichkeit mit dieser Person herum und machst dich zum Gespött deiner Angestellten!«

Yannis ließ seine Hände sinken und zeigte auf die Eingangstür. »Raus hier. Sofort.« Seine Stimme war gefährlich leise.

»Wie bitte?«

»Ich lasse mir von dir nicht sagen, dass mein Personal mich nicht ernst nimmt, wenn ich meine Liebe zu Lisa offen zeige.«

»Liebe?«, höhnte sie. »Dass ich nicht lache. Du kennst sie ja nicht einmal. Die Frau vernebelt dir die Sinne, bezirzt dich, hängt dir schlimmstenfalls ein Kind an – immerhin bist du eine gute Partie-, und hinterher würdest du dir wünschen, nicht auf sie hereingefallen zu sein.

Bitte, du musst wissen, was du tust, aber sag später nicht, ich hätte dich nicht gewarnt. Sie betrügt ihren Freund mit dir.« Xenia griff nach ihrer Tasche, die sie zuvor auf dem Tisch abgestellt hatte.

»Du irrst dich, Xenia. Sie war nicht mit Felix hier, sondern rein auf meine Einladung hin, genauso wie ihre Freundin.«

Xenia, die ihren Schlüsselbund in der Handtasche suchte, hielt mitten in der Bewegung inne. »Das ist ja noch schlimmer, als ich dachte! Wie lange bleibt sie noch?«

»Eine Woche.«

»Auf deine Kosten?« Sie lachte hell. »Du bist der größte und gutgläubigste Trottel, den ich je kennengelernt habe. Na, du musst genug Kohle haben, wenn du es dir leisten kannst, haufenweise Leute auf deine Rechnung hier unterzubringen. Erst die Zwillinge in der Juniorsuite und jetzt die Freundinnen. Wie dem auch sei. Ich rate dir dringend, in dich zu gehen und die Augen für die richtige Lebensgefährtin zu öffnen. Die steht zufällig direkt vor dir.« Endlich hatte sie ihre Schlüssel gefunden und blickte ihm in die Augen. »Aber warte nicht zu lange, ich bin nicht auf dich angewiesen, ich habe genug andere Chancen.«

Während sie sprach, wurde Yannis richtig sauer. Was bildete sich Xenia überhaupt ein? Seine Stimme war kalt wie Gletschereis, als er ihr antwortete. »Viel Glück damit. Und jetzt verschwinde aus meiner Wohnung und aus diesem Hotel. Wenn du wieder normal tickst, bist du herzlich willkommen, aber bis dahin bleib mir vom Leib.«

Xenia wandte sich um, denn sie war eben dabei, tatsächlich zu gehen. »Du wirfst mich raus?«

»Das tu ich. Was du in deiner Eifersucht von dir gibst, ist mit unserer langjährigen Freundschaft nicht mehr zu entschuldigen. Ich liebe dich nicht, Xenia, das habe ich nie und werde ich nie. Schlag dir aus dem Kopf, dass mehr aus uns werden könnte. Das wird es nämlich nicht.«

Xenia schossen die Tränen in die Augen. Sie hatte bis eben anscheinend immer noch geglaubt, dass Yannis' Gefühle nur irregeleitet waren, aber diese Worte waren deutlich. »Du ... Du ...«, schrie sie und hämmerte mit ihren Fäusten auf seinen Brustkorb, bis er ihre Handgelenke nahm und beinah gewaltsam von sich schob.

»Wiedersehen, Xenia.«

»Das wirst du noch bereuen, Yannis. Es könnte durchaus sein, dass die nächste Weinlieferung schlecht ist.« Etwas anderes fiel ihr wohl in diesem Moment nicht ein, um ihm zu drohen. Natürlich würde sie das niemals in Erwägung ziehen. Sie wollte ihm schließlich nicht schaden, oder?

Er zuckte mit den Schultern. »Drohe mir lieber nicht. Ich kann mir auch einen anderen Weinhändler suchen. Dass ich den Liefer-Vertrag mit euch abgeschlossen habe, ist der jahrelangen Freundschaft zwischen unseren Familien zu verdanken. Also überlege dir, was du sagst. Onkel Dimitri wird nicht erfreut sein, wenn ich ihm kündige, vor allem nicht, wenn er den Grund dafür erfährt. Denk über meine Worte nach, aber leg dich nicht mit mir an.« Er hielt ihr die Tür auf, deutlicher ging es kaum.

Ihre Augen waren schmale Schlitze, als sie wütend an ihm vorbeirauschte. Sie drehte sich nicht mehr um, ihre Worte verstand er auch so.

»Das werden wir noch sehen. Unterschätze mich nicht.«

Und dann war sie so schnell verschwunden, wie sie aufgetaucht war.

Yannis schloss die Tür, schenkte sich einen weiteren Metaxa ein und kippte ihn mit einem großen Schluck hinunter. Auch wenn er es nicht zugeben wollte – seine Knie waren weich wie Wackelpudding.

War er wirklich zu gutgläubig und ließ sich ausnehmen? Es war doch seine Entscheidung gewesen, die Zwillinge einzuladen, beziehungsweise den Geschäftspartnern für die Zeit der Einweihungsfeier Sonderkonditionen einzuräumen? Allein aus marketingtechnischen Gründen war das ein unerlässlicher Zug gewesen. Lisa hatte ihr Quartier bezahlt, er hatte sie davon abgebracht, die zweite Woche in ihrem ursprünglichen Hotel zu verbringen, nur um sie in seiner Nähe zu haben. Sie hatte ihm sogar die Differenz angeboten, die sie vom anderen Hotelier zurückerhalten hatte. Spielte Lisa ihm tatsächlich etwas vor? Er glaubte nicht, schließlich hatte sie ihm zuerst ihre Gefühle gestanden, bevor er sich zu seinen bekannte. Aber Xenias Worte wirkten toxisch und er konnte nicht verhindern, dass diese Seitenhiebe sein Vertrauen schwächten und ihn an der Aufrichtigkeit ihrer Gefühle zweifeln ließen. In diesem Moment brauchte er Lisa mehr denn je, aber andererseits konnte er ihr schlecht von seinem Zwiespalt berichten, hatte er ihr doch zuvor noch Mut gemacht, ihrer Liebe eine Chance zu geben. Er konnte nur hoffen, dass das Schicksal ihm aufzeigen würde, wie es weiterging.

So hell das Glück noch vor einer Stunde geleuchtet hatte, jetzt lagen Unsicherheit und Dunkelheit vor ihm.

Yannis war furchtbar nervös, als er im Speisesaal ankam. Hoffentlich war Lisa noch nicht hier, er brauchte ein paar Minuten für sich. Unbewusst forschte er in den Gesichtern der Kellner, Köche und sonstigen Angestellten nach Hinweisen, dass sie hinter seinem Rücken lachten oder tuschelten, aber er wurde mit Respekt begrüßt. Sein Vater, der an der Bar Platz genommen hatte, musterte ihn fragend.

»Ich könnte schwören, dass du rote Wangen hast. Du brauchst doch nicht aufgeregt zu sein, nur weil du mir später deine Freundin vorstellst.«

»Das ist es nicht, Papa. Xenia hat mir einen Besuch abgestattet.«

Sein Vater reagierte mit hochgezogenen Augenbrauen, die bedeuteten, er möge doch weitersprechen. »Und?«

»Sie kapiert einfach nicht, dass ich sie nicht liebe. Du solltest Onkel Dimitri bitten, sie zur Räson zu bringen, sonst muss ich die Verträge kündigen. Sie hat mir angedroht, schlechten Wein zu liefern, wenn ich mich nicht zu ihr bekenne.«

Michalis stellte sein Glas, welches er gerade zum Mund führen wollte, wieder ab. »Das ist nicht dein Ernst?«

»Leider doch.«

»So kindisch kann sie doch gar nicht sein.«

Yannis biss die Zähne aufeinander, sodass sein Kiefermuskel hervortrat. Xenias Vorwürfe nagten mehr an ihm als ihre Drohung. »Papa, bin ich zu gutgläubig?«

»Wie meinst du das?«

»Xenia sagte außerdem, ich ließe mich ausnutzen.«

»Tust du es denn?«

Er legte den Kopf schief. »Meines Erachtens nicht. Aber möglicherweise habe ich eine verschobene Sichtweise der Dinge.«

Michalis blickte seinen Sohn kopfschüttelnd an. Bisher hatte er immer große Stücke auf Xenia gehalten, aber was sie angedroht hatte, schlug wohl dem Fass den Boden aus.

»Ich werde ein ernstes Wort mit Dimitri und ihr sprechen, verlass dich drauf. Du hast das Herz auf dem rechten Fleck, Yannis. Lass dir von niemandem etwas anderes einreden.«

Yannis rückte eine Flasche im Regal zurecht, sodass das Etikett nach vorne zeigte. »Xenia meinte, sie liebt mich schon, seit sie denken kann. Und sie sei die perfekte Partnerin, da sie kein Problem mit Seitensprüngen habe, solange sie diskret vonstattengehen.« Um seiner Unruhe Ausdruck zu verleihen, polierte er die Theke, obwohl die blitzblank war. »Als ob ich so was machen würde. Da kennt sie mich aber verdammt schlecht.«

Sein Vater räusperte sich. »Nun, das hab ich dir auch schon gesagt. Viele Griechen würden sich wohl die Hand abhacken lassen, um so eine Ehefrau zu bekommen. Aber ich habe eingesehen, dass das nichts für dich ist, dafür hat dich deine Mutter viel zu konservativ erzogen. Für dich gehören Liebe und Treue zusammen und sind nicht zwei Paar Stiefel.«

Er legte den Lappen zur Seite und blickte seinen Vater an. »Danke, Papa. Jetzt geht es mir etwas besser.«

»Dann widme dich wieder deinen Aufgaben. Ich warte hier auf euch und freue mich schon, deine Lisa näher kennenzulernen.«

Der Austausch mit seinem Vater hatte ihm geholfen, seine Gedanken zu sortieren, aber trotzdem tobte weiter Chaos in ihm. Als Lisa und Carlotta wenig später an ihrem Tisch im Speisesaal Platz nahmen, konnte er ihr gottlob in die Augen sehen und liebevoll zublinzeln. Sie wurde rot und lächelte zurück.

Der Kellner kam postwendend an ihren Tisch und nahm die Bestellung der Getränke auf. Yannis fiel zum ersten Mal auf, dass die beiden Frauen bevorzugt bedient wurden. Ob es daran lag, weil sie immer ein freundliches Lächeln und Trinkgeld für die Kellner übrighatten, oder daran, weil das Personal wusste, dass Lisa sein persönlicher Gast war, konnte er allerdings nicht beurteilen.

Nachdenklich ließ er seinen Blick auf ihrem Tisch verweilen. Er beobachtete aus den Augenwinkeln Lisas Verhalten, ihre Gestik, ihr Lachen, und verglich alles, was er sah, mit dem, was er fühlte. Dieses leichte Erröten, wenn er ihr einen innigen Blick schenkte – geschah das mit Absicht oder war es eine natürliche Reaktion ihres Körpers? Konnte man überhaupt absichtlich rot werden? Der hastige Griff zum Glas, um ihre Verlegenheit zu überspielen – eine gut einstudierte Geste oder eine aus dem Unterbewusstsein ausgeführte Handlung? Er hatte keine Ahnung und es ärgerte ihn maßlos, dass er dank Xenias Worten alles hinterfragte. Sein Herz blutete, denn er spürte, wie seine Liebe vergiftet wurde, und doch konnte er nichts dagegen tun. All seine Zukunftspläne, die er mit Lisa besprechen wollte, kamen ins Wanken, seine Träume zerplatzten wie Seifenblasen. Hoffentlich würden die kommenden Stunden beweisen, dass er sich auf dem Holzweg befand.

***

Lisa fühlte sich beim Abendessen, als säße sie auf glühenden Kohlen. Sie hatte Lampenfieber, hörte ihrer Freundin nur mit halbem Ohr zu und suchte den Blickkontakt zu Yannis. Dieser war anscheinend auch nervös, denn er kam ihr nicht so locker vor wie sonst. Sie glaubte, dass auch er sie mehrmals forschend ansah, und obwohl sein Blick liebevoll war, lag eine gewisse Anspannung darin.

»Er ist irgendwie anders«, flüsterte sie Carli zu.

Ihre Freundin warf einen raschen Blick auf Yannis. »Du täuschst dich. Er kommt mir genauso pflichtbewusst vor wie sonst auch.«

»Vielleicht bereut er es.«

»Was? Dass er dir seine Liebe gestanden hat? Du spinnst doch. Übrigens wäre jetzt der geeignete Zeitpunkt, ihm den Kuss mit Felix zu gestehen. Ich glaube nicht, dass er sich von dir abwenden würde, nachdem klar ist, was ihr füreinander empfindet.«

Unsicher drehte Lisa eine Haarsträhne um ihren Zeigefinger. »Ich weiß nicht, Carli. Es könnte alles zerstören, was gerade beginnt. Ich habe so schon ein ganz komisches Gefühl.«

Carli richtete sich auf. »Das ist die Aufregung. Wann wurdest du zuletzt den Eltern deines Lovers vorgestellt?«

»Das ist schon eine Weile her und bei Anton war es mir auch egal, ob die mich mögen oder nicht.« Sie strich die Strähne hinters Ohr.

»Siehst du. Außerdem bin ich dabei, du musst nicht allein in die Höhle des Löwen. Er wird dich schon nicht fressen.« Carli griff über den Tisch nach ihrer Hand und drückte sie kurz.

»Das vielleicht nicht, aber mich mit Xenia vergleichen.«

»Und wenn schon. Du bist ein völlig anderer Typ, Süße.« Carli ließ ihre Hand wieder los. »Hast du eigentlich schon eine Ahnung, in welchen Bezirk du in Wien ziehen möchtest?«, versuchte sie, Lisa aus ihren Gedanken zu reißen. »Ich hoffe ja doch, dass du in meiner Nähe bleibst? Oder hat sich nach eurem Geständnis alles geändert?«

Lisa schüttelte den Kopf. »Nein. Irgendwie bin ich bisher nicht zum Nachdenken gekommen«, sagte sie. »Ich werde das wohl alles in Ruhe angehen, wenn ich wieder zu Hause bin. Aber mach dir keine Sorgen, ans andere Ende der Stadt wird es mich bestimmt nicht verschlagen. Ich bin gern rechts der Donau, auch wenn das mancher Wiener als Mordor bezeichnet. Da zieht es mich noch eher nach Niederösterreich in Richtung Korneuburg.«

»Dann musst du aber das Auto ummelden. Such dir doch was in Strebersdorf oder so, da ist es ländlicher, zählt aber noch zu Wien.«

»Mal sehen. Momentan ist das alles ein bisschen viel für mich. Zuallererst muss ich mich um einen neuen Job kümmern, dann sehen wir weiter.«

Lisa war dankbar, dass Carli das Thema wechselte, dennoch war ihr Ruhepuls erhöht. Sie wünschte sich sehr, dass sie von Yannis' Vater akzeptiert wurde. Gegen ein Rasseweib wie Xenia zu bestehen, war schon eine mächtige Herausforderung. Sie griff nach dem kleinen Anhänger an der Kette, den Yannis ihr geschenkt hatte. Den Stein in der Hand zu halten, gab ihr Kraft und Zuversicht, immerhin hatte er das Schmuckstück ausgesucht, und das bewies ihr, dass sie sich seine Zuneigung nicht einbildete. Inzwischen wusste sie, wieso er das zarte silberne Collier mit dem herzförmigen Stein gekauft hatte. Eine Onlinesuche hatte sie aufgeklärt, dass der Stein Zirkon genannt wurde und helfen konnte, aktuelle Verbindungen oder Freundschaften aufzubauen, und das hatte wie die Faust aufs Auge gepasst.

Schließlich hatten sie auch den Nachtisch verzehrt, ein Stück Baklava, wobei Lisa die Hälfte des süßen Gebäcks übriggelassen hatte, und der Kellner trat an den Tisch.

»Haben die Damen noch einen Wunsch?«

Ja – ein Mauseloch, in das ich mich verkriechen kann, dachte Lisa zwar, verneinte die Frage aber lächelnd. »Vielen Dank. Es war wieder alles wunderbar.«

»Dann wünsche ich noch einen schönen Abend.«

***

Kaum war abserviert, stand Yannis vor ihr und griff nach ihrer Hand. Verlegen blickte er zur Seite, sein Kiefermuskel zuckte. Er durfte Lisa nicht spüren lassen, wie durcheinander er war. Dennoch hatten ihre feinen Antennen seine Veränderung wahrgenommen.

»Yannis, du wirkst so angespannt. Wenn es dir gegen den Strich geht, dass du mich deinem Vater vorstellst, dann musst du das nicht tun.«

»Das ist es nicht, Lisa. Ich bin nur ...« Er schüttelte den Kopf und seufzte. »Du kannst nichts dafür. Es hat nichts mit dir zu tun«, bestätigte er seine Aussage gleich doppelt. Allein für diese Lüge würde er wohl in der Hölle schmoren. Yannis schenkte ihr ein gezwungenes und leicht gequältes Lächeln. »Bist du bereit?«

»Das zwar nicht, aber je eher wir das hinter uns bringen, umso besser. Einfacher wird es nicht.«

Es war sogar verdammt schwer. Am liebsten hätte er sich in einen schalldichten Raum begeben, dort auf einen Sandsack eingedroschen, bis seine Knöchel blutig waren, und dabei seinen Frust laut hinausgeschrien. Ihm war zum Heulen zumute und er verwünschte Xenia zum x-ten Mal an diesem Abend. Und doch wollte er den Segen seines Vaters für seine Liebe zu Lisa. So durcheinander, wie er im Moment war, war er noch nie in seinem Leben gewesen. Er fühlte sich wie in einem Karussell, welches sich immer schneller drehte – bis ihm irgendwann schlecht werden würde. Er holte tief Luft, um sich zu beruhigen.

»Da sind wir. Papa, darf ich dir Carlotta Helmbrecht und Lisa Marie Schneider vorstellen?«

Er ließ Lisas Hand los, damit sie seinen Vater begrüßen konnte, und bestellte vier Ouzos bei Helena, die heute an der Bar eingeteilt war.

»Ich freue mich, die Frau kennenzulernen, die das Herz meines Sohnes erobert hat, und auch deren bezaubernde Freundin.« Michalis Strakidis beugte sich galant über Carlis Hand und gab ihr einen vollendeten Handkuss, der sie verlegen zu Boden blicken ließ. Lisa hingegen drückte er an seinen Brustkorb und gab ihr rechts und links einen Kuss auf die Wange, bevor er das Glas entgegennahm.

»Jámas!«

Sie wiederholten den Trinkspruch und setzten sich an einen der Tische.

***

»Die Ehre ist ganz auf meiner Seite, Herr Strakidis.« Lisa lächelte den alten Herrn an. Mit seiner herzlichen Begrüßung hatte er ihr die Nervosität genommen. Sein Vollbart hatte sie an der Wange gekitzelt, und in seinem Hemd hing das würzige Vanillearoma von Zigarillos. Yannis würde in dreißig oder vierzig Jahren – bis auf die Augenfarbe – wohl genauso aussehen wie sein Vater. Und dieser war für sein Alter ziemlich attraktiv, mit seinen graumelierten Haaren und den Lachfältchen um die braunen Augen.

»Michalis, bitte. Wenn du es mit meinem Sohn ernst meinst, dann nenne mich beim Vornamen.«

Lisa bemerkte, dass Yannis die Luft anhielt und die Zähne zusammenbiss.

Sie begann zu strahlen, ein glückliches Leuchten erhellte ihre Augen. »Sehr gerne, Michalis. Wir haben zwar noch keine Ahnung, wie es weitergehen wird, wenn ich in einer Woche zurückfliegen muss, aber das bedeutet nicht, dass ich es nicht ernst meine. Yannis ist so ein wunderbarer, warmherziger und liebevoller Mensch, er ging mir gleich am ersten Tag nicht mehr aus dem Kopf. Ich mag gar nicht daran denken, wie es sein wird, auch nur einen Tag ohne ihn zu sein.«

Yannis stieß den Atem aus und entkrampfte sich sichtlich. Ihm schossen die Tränen in die Augen, als er Lisas Blick begegnete.

»Oh, Honey!« Er griff über den Tisch um ihre Hand zu drücken. »Ich habe dich nicht verdient«, murmelte er. Es schien, als wäre eine zentnerschwere Last von ihm gefallen. »Ich liebe dich, Lisa. Mit jeder Sekunde ein bisschen mehr.«

»Und ich dich, Yannis. Aus ganzem Herzen.«

Michalis grinste übers ganze Gesicht. »Ich hätte nie und nimmer gedacht, jemals solche Worte aus dem Mund meines Sohnes zu hören«, murmelte er leise, aber Lisa konnte es hören, und ihr Glück schien in diesem Moment perfekt zu sein.

14.

Abgründe

Der Abend verging wie im Flug. Yannis ließ die beiden Frauen in der Obhut seines Vaters, während er noch zu tun hatte. Michalis hatte Lisa mit geschickten Fragen zum Reden gebracht, dabei viel über sie erfahren, und er war sehr angetan von der Blondine, die mit ihrem herzlichen und liebevollen Naturell punktete. Auch Carlotta fand er bezaubernd und bedauerte, dass er zu alt für sie sei, wobei er ihr zuzwinkerte. Diese lachte lauthals, sie fand die freche Art von Yannis' Vater erfrischend. Kurzum, sie verstanden sich blendend, und als Yannis endlich zu ihnen stieß, war die Stimmung sehr ausgelassen.

»Da bist du ja endlich!« Abermals leuchteten Lisas Augen. »Dein Papa ist 'ne Wucht! Das Spiel ist urkomisch!«

Michalis hatte einen Würfelbecher organisiert und ein Trinkspiel ins Leben gerufen. Allerdings trank er dazwischen mehr Wasser als Alkohol und war nüchtern, während Carlotta und Lisa leicht angeheitert waren.

Yannis umarmte Lisa von hinten, schloss die Augen und atmete tief ihren Duft ein. Er war so ein Trottel, dass er sich so hatte irreführen lassen. Allein sie in seinen Armen zu halten, ließ Glück durch seine Adern strömen und erfüllte ihn mit tiefem Frieden. Er gab ihr einen Kuss in den Nacken, zog einen Stuhl heran und setzte sich. Seine Liebste hatte zusätzlich zum Retsinaglas einen Cocktail neben sich stehen.

»Pina Colada?«, fragte er und zeigte darauf.

»Die alkoholfreie Variante. Aber viel zu süß«, informierte Lisa ihn.

Yannis nickte und griff nach dem Würfelbecher. »Ich habe es ewig nicht mehr gespielt. Wie viel haben die Mädels schon intus?« Er schüttelte den Becher und linste hinein.

»Genug, mein Sohn, genug.« Michalis rieb sich feixend die Hände.

»Vierundsechzig«, sagte Yannis und schob Carlotta den verdeckten Becher zu.

»Nie im Leben«, meinte Carli und überprüfte die Augenzahl. »Oh, du schummelst nicht mal. Mist.«

Yannis grinste und schenkte ihr das nächste Glas ein.

Eine Stunde später waren Lisas Augen glasig und Carli bekam einen Schluckauf.

»Nun gut, ich denke, wir sollten den Abend jetzt beenden.«

»Das glaube ich auch. Können die Damen noch alleine gehen?«, erkundigte sich Michalis fürsorglich.

»Sicher. Geht, guckst du.« Carli stand auf und hielt sich an der Stuhllehne fest. »Oh, der Boden schaukelt.«

»Hilfst du mir, sie nach oben zu bringen?«, fragte Yannis seinen Vater.

»Selbstverständlich. Immerhin bin ich ja an ihrem Zustand schuld.«

Sie verfrachteten Carlotta in ihr Zimmer. Während Lisa ihr mehr schlecht als recht aus ihrer Kleidung und ins Bett half, ging Yannis zu seiner Wohnung.

»Yannis?« Michalis hielt seinen Sohn auf dem Flur zurück.

»Ja, Papa?«

»Du hast recht. Sie ist bezaubernd. Halte sie gut fest, meinen Segen hast du.«

Yannis Mund verzog sich zu einem breiten Lächeln. »Danke, Papa. Das bedeutet mir sehr viel.«

»Ich weiß. Gute Nacht, Yannis.«

Er blickte seinem Vater nach, bis er im Aufzug verschwand.

Im selben Augenblick kam Lisa aus ihrem Zimmer.

»Gott, bin ich hinüber. Aber dein Papa ist ein wunderbarer Mensch. Ich mag ihn sehr.«

»Er dich auch, Honey. Wir haben seinen Segen.«

»Ehrlich? Das ist großartig! Und jetzt komm, du hast mir heute Nachmittag etwas versprochen.«

»Und das werde ich halten, Liebes. Aber lass uns zuvor noch ein wenig auf der Couch kuscheln, ja?«

In seiner Suite öffnete er eine Flasche Wasser und stellte sie auf dem Wohnzimmertisch ab. Er setzte sich aufs Sofa, zog Lisa zwischen seine Beine und verteilte liebevolle Knabberküsse in ihrem Nacken. Von den offenen Balkontüren wehte kühle Nachtluft herein und das Meer rauschte sanft in der Nacht. Nach dem Lärm im Speisesaal und dem fröhlichen Würfelspiel war die Ruhe in seinen eigenen vier Wänden wie Balsam auf seiner Seele. Er spürte, wie die Anspannung des Tages von ihm abfiel.

»Es ist schön mit dir«, flüsterte sie und kuschelte sich an ihn.

»Lisa, ich muss dir noch etwas sagen.« Er bemerkte, wie sie sich in seinen Armen versteifte, und strich zärtlich über ihre Schultern. »Keine Sorge, jedes Wort war ernst gemeint.« Sie entspannte sich wieder. »Xenia war hier, gleich nachdem du gegangen warst.«

»Ja? Was wollte sie?« Sie genoss es sichtlich, mit ihm zu kuscheln, und schmiegte sich fester an ihn.

»Das, was sie am besten kann. Zwietracht säen. Deswegen war ich beim Abendessen so angespannt. Sie hat es geschafft, mein Vertrauen in dich zu untergraben, und beinahe auch, meine Liebe zu dir zu vergiften.« Jetzt wusste sie, wieso er sich so komisch verhalten hatte – nicht das Zusammentreffen mit seinem Vater hatte ihm im Magen gelegen, sondern Xenias Niederträchtigkeit.

»Und ist es noch immer so?«, fragte sie, und er konnte die Unsicherheit in ihrer Stimme hören.

»Nein, denn dein Geständnis meinem Vater gegenüber hat alle Zweifel ausgelöscht.«

»Dann ist es ja gut.« Sie seufzte leise. »Ich muss dir auch etwas beichten, Yannis.«

»So? Und was?« Er merkte, wie sie sich abermals in seinen Armen versteifte.

Sie holte tief Luft. »Felix und ich haben uns geküsst«, platzte es aus ihr heraus.

»Ihr habt was?«, fragte er fassungslos und unterbrach seine Zärtlichkeiten. Er musste sich verhört haben.

»Wir haben uns geküsst. Aber es war nichts dabei, ehrlich nicht.« Lisa drehte sich in seinen Armen, um ihm in die Augen sehen zu können.

Yannis stockte der Atem und er zog zweifelnd eine Augenbraue hoch. Hatte Xenia recht gehabt? Spielte Lisa nur mit ihm? »Nichts dabei? War es ein Zungenkuss?« Er musste sich beherrschen, nicht laut zu werden.

»Ich ... ja.« Sie nickte beschämt. »Aber lass mich bitte erklären ...«

Er schob sie von sich. »Du hast mich also doch angelogen, als ich dich fragte. Es war etwas Ernstes zwischen euch.« Seine Stimme klang enttäuscht. Yannis stand auf und ging zur Bar, goss sich jedoch nichts ein, sondern starrte nur auf die Flaschen. Felix' Worte fielen ihm ein, welche sie zum Abschied gewechselt hatten. Wie konnte er nur so blind sein? Natürlich würde sein Freund sich die Chance nicht entgehen lassen, wenn Lisa erst wieder in Österreich wäre. Er hatte es ihm sogar mitten ins Gesicht gesagt. Bitter lachte er auf. »Ich bin ein schöner Trottel, mich von euch so an der Nase herumführen zu lassen. Das hat er also gemeint!« Er drehte sich um und sah ihr prüfend ins Gesicht. Es tat so weh, gleich doppelt hintergangen worden zu sein. »Welche Rolle spiele ich bei dem Ganzen? Und wieso rückst du erst jetzt damit heraus?«

Lisa stand auf und stellte sich vor ihn, ohne ihn zu berühren. Anscheinend wurde ihr klar, dass es besser gewesen wäre, den Mund zu halten.

»Ich habe nicht gelogen. Den Eindruck eines verliebten Paares für Xenia zu spielen war einfach. Ich hätte ihr am liebsten die Augen ausgekratzt, als sie dich auf der Tanzfläche umarmte, und Felix hat mich gerettet, indem wir nach draußen gegangen sind. Dort hat er gemeint, er könne im Moment nicht anders, auch wenn er wüsste, dass es falsch sei. Und dann hat er mich geküsst und mich mitgerissen. Ich war so eifersüchtig und dieser Kuss hat mir Trost gespendet.«

»Trost?« Er starrte sie ungläubig an.

»Ja. Und ich hatte sofort ein schlechtes Gewissen, denn ich wollte dich, seit du mit meinem Koffer im Hotelfoyer aufgetaucht bist.«

»Und das soll ich dir glauben?« Er schüttelte den Kopf. »Du verlangst viel.«

»Aber es stimmt. Felix ist nur ein guter Freund, weiter nichts. Und er hat nie wieder versucht, sich mir anzunähern.«

»Er hat mir deutlich zu verstehen gegeben, dass er dich will. Ich war nur zu blind, um es zu sehen. Wenn du erst wieder in Wien bist, wird er um dich kämpfen. Er hat lediglich in meiner Gegenwart auf dich verzichtet.« Yannis fuhr sich mit den Fingern durch seine Haare. Verzweifelt fragte er: »Wieso hast du mir das bloß gesagt?«

»Ich habe es dir gebeichtet, weil ich dich liebe, und mich dieses Geheimnis schon die ganze Zeit über auffrisst.«

Er holte tief Luft und schloss die Augen, während die widersprüchlichsten Empfindungen in ihm wüteten. Er hatte sich also doch nicht getäuscht, sein Instinkt hatte ihn nicht getrogen. Yannis wusste, dass sie die Wahrheit sagte, nicht zuletzt, weil er seinen Freund kannte. Und dieser hatte ihm am Samstag nach der Party grünes Licht gegeben. Felix hatte ihn nicht angelogen. Dass er den Kuss verschwiegen hatte, war eine logische Konsequenz. Schließlich fasste er einen Entschluss.

Yannis nahm Lisas Hand und zog sie an sich. »Ich glaube dir, Liebste. Aber ob ich das Felix verzeihen kann, weiß ich noch nicht.«

»Das solltest du aber.« Vorsichtig lehnte sie sich an ihn.

Er spürte, wie ihr Herz raste. Wieso wohl? Eine Woge der Zärtlichkeit durchflutete ihn. »Dir zuliebe, vielleicht.«

»Nein. Eurer Freundschaft zuliebe. Xenia hat nämlich auch gesehen, wie wir zwei uns geküsst haben, Yannis. Sie hatte nichts anderes zu tun, als postwendend zu Felix zu laufen und zu petzen. Nachdem sie glaubte, Felix und ich wären ein Paar, dachte sie wohl, einen Keil zwischen euch treiben zu können.«

»So ein perfides Miststück. Ich wusste nicht, dass sie so hinterhältig ist.«

»Urteile nicht zu hart. Es war sicher nicht leicht für sie, das zu sehen. Kein Wunder, wenn da die Eifersucht zuschlägt.«

»Sie hat kein Recht dazu.«

»Und? Ich hatte auch keines.«

»Doch Lisa, das hast du, denn du berührst mein Herz.«

Sie schwiegen einen Moment und Lisa wurde bewusst, was er da sagte. »Ich weiß, ich hätte es dir früher sagen müssen, aber ich hatte solche Angst, dass du dich von mir abwendest.«

Er schüttelte den Kopf. »Keine Chance. Aber ich kann von Glück sprechen, dass Felix zu seinem Wort steht.«

Lisa lächelte ihn an. »Ich wollte dich vom ersten Augenblick an. Ich war schon in dich verknallt, als du mich in die Taverne am Strand eingeladen hast.«

Sein Kuss war eine Mischung aus Zärtlichkeit und Gier. Das Feuer der Leidenschaft wurde mit jedem weiteren Kuss genährt.

Ohne viel Federlesens hob er sie hoch und trug sie zum Bett, während er sie weiterhin küsste. Er legte sie auf den Rücken und knabberte an ihrem Ohrläppchen. Seine Zunge wanderte zu ihrem Hals, er sog die Luft an der kleinen Kuhle am Übergang zum Dekolleté ein, was ihr eine Gänsehaut bescherte. Lisa schnappte nach Luft und zitterte vor Erregung.

Der Alkoholpegel und ihr erleichtertes Gewissen machten sie völlig hemmungslos. Sie brauchte ihre Wünsche nicht zu äußern, er wusste instinktiv, was sie wollte, und sie gaben sich gänzlich einander hin, küssten sich leidenschaftlich und entfachten das Feuer neu. Nur so konnte er ihr zeigen, dass er ihr glaubte. Es war ein gegenseitiges Geben und Nehmen, und ihren Höhepunkt erlebten sie bewusster denn je. Er biss heftig die Zähne zusammen, während Lisa ihren Schrei zeitgleich im Kopfkissen erstickte.

Anschließend zog er sie in seine Arme, drückte sie an sich und schloss die Augen. »Ich glaube dir, Lisa«, bestätigte er nochmals.

Als Antwort kuschelte sie sich enger an ihn.

Zwei Stunden später wachte er auf, weil Lisas Körperwärme fehlte, das Bett war neben ihm gespenstisch leer.

»Lisa?« Er räusperte sich und tastete über das kalte Laken.

Nur langsam setzte sich sein Denkapparat in Bewegung. Das bedeutete, dass sie schon länger nicht mehr neben ihm lag, also war sie nicht einfach aufgestanden, um etwas zu trinken. Panik erfasste ihn. Hatte sie ihre Konsequenzen gezogen, weil er Xenias Worten mehr Glauben geschenkt hatte, statt sich auf seine Gefühle zu verlassen? Oder weil er wegen ihres Geständnisses enttäuscht war, und ihr das gesagt hatte? Das durfte nicht sein! Sie hatten sich doch versöhnt, bevor sie einschliefen. Zumindest hatte es sich für ihn so angefühlt.

Seine Augen gewöhnten sich langsam an die Dunkelheit. Ein schwacher Lichtschein schimmerte unter der Badezimmertür hindurch. Erleichtert atmete er aus und schloss die Augen wieder. Kein Wunder, dass ihre Blase drückte, bei der Menge Wein, den sie konsumiert hatte, und der Sex war auch ziemlich heftig gewesen. Yannis lächelte verträumt und spürte, wie sich sein bestes Stück allein bei dem Gedanken daran aufrichtete. Das Geräusch, welches an seine Ohren drang, ließ die Pracht aber genauso schnell wieder in sich zusammenfallen.

Mit einem Satz sprang er aus dem Bett und riss die Badezimmertür auf. Lisa hockte vor der Kloschüssel und übergab sich.

»Lisa, oh du Arme.«

Sie wedelte mit einer Hand, es war ihr wohl peinlich, dass er sie so sah, aber ein neuer Würgereiz überkam sie, und der nächste Schwall landete im WC.

Er stellte sich neben sie und strich ihr die Haare aus der Stirn, welche glühend heiß war.

»Seit wann bist du schon hier drin?«

Sie spuckte aus und richtete sich etwas auf. »Weiß nicht, vielleicht eine halbe Stunde.«

»Der Alkohol?«

»Glaube nicht, aber kann sein. Bitte lass mich allein, du sollst das hier nicht sehen.« Sie schaffte es gerade noch, sich wieder über die Klobrille zu beugen.

»Ich rufe einen Arzt. Da kommt ja nur noch Galle.«

»Da kann auch nichts mehr drin sein. Was drin war, ist schon raus. Kein Arzt. Der kann auch nichts tun.«

Hilflos stand Yannis neben seiner Geliebten und musste zusehen, wie schlecht es ihr ging. Aber irgendetwas musste er doch für sie tun können? »Ich mach dir einen Tee.«

»Geh bitte wieder zu Bett, Yannis. Du musst morgen arbeiten.«

Natürlich stieß sie damit auf taube Ohren, denn keine Minute später hatte Yannis den Wasserkocher befüllt und den Küchenschrank geöffnet.

Kurze Zeit später kehrte Yannis zurück, in der einen Hand eine große Tasse mit Honig gesüßtem Kamillentee, in der anderen einen kleinen Teller mit trockenem Zwieback, und stellte die beiden Sachen auf dem Fliesenboden ab. Entkräftet hatte Lisa ihren Kopf auf ihrem Unterarm geparkt, den sie quer über die Kloschüssel gelegt hatte.

»Bist du sicher, dass ich keinen Arzt rufen soll?« Zärtlich strich er über ihren Rücken.

»Absolut. Geh wieder schlafen, bitte tu mir den Gefallen.«

Er zögerte.

»Jetzt geh endlich. Helfen kannst du mir hierbei ohnehin nicht.«

»Na gut, aber wenn du was brauchst, dann ruf mich.«

Sie nickte und erbrach sich erneut.

Yannis litt mit ihr mit, aber folgte ihrer Aufforderung. An Schlaf war nicht mehr zu denken, wenngleich er hin und wieder eindöste. Mit einem Ohr konzentrierte er sich auf die Geräusche, die aus dem Bad kamen, nicht dass er Lisas Hilferuf überhörte. Aber erst Stunden später, als er ihr Gewicht wieder auf der Matratze spürte, glitt er in erholsamen Schlaf.

Am nächsten Morgen wurde er noch vor dem Wecker wach. Sein erster Blick galt Lisa, die mit leicht geöffnetem Mund neben ihm lag und leise schnarchte. Eine Woge der Zärtlichkeit erfasste ihn und sein Blick nahm liebevoll jedes Detail in sich auf. Bis Samstag musste er sie noch mit Carlotta teilen, aber die letzten drei Tage würde er so viel Zeit mit ihr verbringen, wie er erübrigen konnte. Felix würde nicht den Hauch einer Chance bekommen, wenn es nach ihm ging. Vorsichtig berührte er ihre Stirn, die zum Glück wieder normale Temperatur aufwies. Vielleicht hatte sie den Retsina nicht vertragen, das kam schon mal vor.

Er duschte sich, bestellte telefonisch in der Küche ein üppiges Frühstück mit Müsli, Joghurt, frischem Gebäck, Marmelade, Butter und Käse, außerdem Obst und frischgepressten Saft, welches zur Suite geliefert werden sollte. Er gönnte sich eine große Scheibe Brot mit Butter und Marmelade, trank einen Kaffee dazu und ließ den Rest für Lisa übrig. Kurz entschlossen schnitt er eine Rose ab, welche auf seiner Dachterrasse blühte, und legte sie mit aufs Tablett.

Lass es dir schmecken, ich hoffe, es geht dir wieder gut. Ich liebe Dich. Yannis.

Er schob den Zettel unter die Rosenblüte. Nach einem letzten liebevollen Blick und einem vorsichtigen Kuss auf ihre Schläfe verließ er seine Wohnung.

15.

Einfacher wird es nicht

»Wo bleibt Lisa denn heute?«, erkundigte sich Carlotta wenig später bei Yannis, der an ihrem Tisch vorbeikam und ihr einen Guten Morgen wünschte.

»Sie schläft noch. Die Ärmste hat sich in der Nacht die Seele aus dem Leib gekotzt.«

»Ehrlich? So schlecht ist es ihr doch gar nicht gegangen?«

»Nein, eigentlich nicht. Vielleicht hat sie irgendwas nicht vertragen. Ich habe ihr Frühstück bringen lassen, warte also nicht auf sie.«

»Danke, das ist lieb von dir. Ich bin später am Pool. Dort wird sie mich schon finden.«

Carli blickte ihm lächelnd hinterher. Wie es schien, hatte Amors Pfeil die beiden genauso präzise getroffen wie Leon und sie. Dieser hatte ihr gestern eine kurze Nachricht geschickt, dass sie gut gelandet waren und er soeben seine Koffer ausgepackt hatte, und heute Morgen hatte er sie liebevoll mit seinem Anruf geweckt, bevor er sich auf den Weg ins Büro machte. Er wollte noch am Vormittag mit seinem Vater sprechen und ihr so schnell wie möglich das Ergebnis mitteilen, wobei er bekräftigte, dass er eher kündigen würde, als auf sie zu verzichten. Aber er war zuversichtlich, dass es nicht so weit kommen würde. Mit gutem Appetit beendete sie ihr Frühstück und machte sich auf den Weg zum Pool.

Sie traf um elf Uhr auf Lisa, die immer noch leicht blass war und unter einer Sonnenbrille Augenringe verbarg.

»Wie geht es dir?«, erkundigte sich Carli und richtete sich auf.

»Besser, aber gut ist was anderes. Yannis hat mir ein liebevolles Frühstück vorbereiten lassen, aber das blieb nur mit Müh und Not drin.« Lisa sank kraftlos auf die Liege.

»So viel hast du doch gar nicht getrunken?«

»Nein. Ich verstehe es selbst nicht.«

Carli hob die Augenbrauen. »Schwanger bist du aber nicht, oder?«

Lisa wurde eine Spur blasser und rechnete hektisch nach. Erleichtert schüttelte sie den Kopf – das hätte ihr noch gefehlt, von Anton ein Kind zu erwarten. »Nein. Ausgeschlossen. Ich habe meine Tage pünktlich gehabt.«

»Vielleicht ist dir einfach der Stress auf den Magen geschlagen. Die letzten Tage waren sehr aufregend.«

»Das wird's sein. Vor allem, weil ich ihm gestern den Kuss mit Felix gebeichtet habe.«

»Ach du Scheiße. Wie hat er reagiert?« Carli griff nach ihrem Orangensaft, den sie auf dem kleinen Tischchen abgestellt hatte.

»Besser als erwartet. Er hat mir verziehen, ist aber stocksauer auf Felix. Du Carli, kann ich dich was fragen?«

»Natürlich, immer raus damit.«

»Was soll ich bloß nach meinem Urlaub machen? Xenia ist täglich präsent, ich bin weit weg. Und ich kann es mir nicht leisten, ständig nach Griechenland zu fliegen, solange ich keine neue Anstellung habe.« Lisa knabberte nachdenklich auf ihrer Unterlippe.

»Wieso machst du dir deswegen plötzlich Sorgen?«

»Yannis hat mir gesagt, dass Xenia gestern versucht hat, Zwietracht zu streuen.« Die Tatsache, dass ihre Widersacherin Yannis so ins Zweifeln gebracht hatte, lag ihr schwer im Magen.

»Natürlich macht sie das. Sie sieht ihre Felle davonschwimmen. Zum Glück hat sie nicht gesehen, wie sehr sein Vater dich ins Herz geschlossen hat.«

»Sie wird um ihn kämpfen, Carli. Mit unfairen Mitteln.« Sie blinzelte die Tränen weg, die ihr kommen wollten.

»Das ist klar. Na und? Yannis liebt dich.«

»Ja, aber er hat mir auch gesagt, dass sie es beinahe geschafft hätte, sein Vertrauen zu zerstören.«

»Ah!« Nun verstand Carli. »Jetzt hast du Angst, dass sie ihr Ziel erreicht, wenn du nicht da bist und er sich vergewissern kann, wie deine Gefühle zu ihm sind?«

»Korrekt.«

»Da ist guter Rat teuer, Lisa. Entweder du vertraust ihm und eurer Liebe oder du ziehst die Konsequenzen daraus.«

Lisa riss entsetzt die Augen auf. »Schluss machen und ihr das Feld kampflos überlassen? Auf keinen Fall.« Allein der Gedanke, ihn zu verlieren, ließ ihr Herz verkrampfen.

»Das meinte ich auch nicht. Eher das Gegenteil.«

»Du meinst, ich soll hierbleiben?«

»Was hast du schon zu verlieren? Immerhin weißt du nun, wie ihr zueinandersteht.«

»Ich weiß nicht, Carli. Zusammenziehen? Das geht mir zu schnell.«

»Tja, dann weiß ich auch keinen anderen Rat. Aber du solltest auf jeden Fall darüber nachdenken.«

»Wir haben noch nicht darüber gesprochen, wie es weitergehen wird.« Sie nahm einen Schluck Orangensaft, während ihre Gedanken rotierten. Sie konnte unmöglich nach so kurzer Zeit hierherziehen – sie kannten sich doch kaum! Was würden Freunde und Bekannte dazu sagen? Oder ihre Familie? Sie seufzte, schob ihre Bedenken zur Seite und fragte dann: »Und was gibt es bei dir Neues?«

Carli grinste breit. »Leon hat heute Vormittag bereits mit seinem Vater gesprochen. Dieser war natürlich zuerst skeptisch, hat aber eingewilligt. Jetzt schreibt er, dass er bereits auf dem Weg nach Hause ist, um zu packen. Zudem will er versuchen, mich am Samstag vom Flughafen abzuholen!«

»Wow, der hat's ja eilig. Ich freu mich für dich.« Lisa drückte Carlottas Hand. »Und du bist dir sicher, dass er dein Traummann ist?«

»Absolut. Sowas habe ich noch nie erlebt.«

Sie hätte nicht zu fragen brauchen, denn das Strahlen in Carlis Augen sagte mehr als tausend Worte. »Ich will Trauzeugin werden, nur damit das klar ist!«

»So weit sind wir noch lange nicht!« Carlotta lachte auf. »Aber wer sonst sollte das wohl werden?«

Wobei, so abwegig fand sie diesen Gedanken gar nicht. Leon hatte jedenfalls das Zeug dazu und die Chancen standen nicht schlecht. »Ich bin schon sehr gespannt, wie das wird, neben Leon aufzuwachen, zu wissen, dass er am Abend da sein wird. Es kommt mir wie ein Traum vor. Wahrscheinlich stehe ich Samstag am Flughafen und lese seine SMS, in der er mir höflich einen Korb gibt.«

»Das glaube ich nicht.« Lisa verscheuchte eine Fliege, die sich auf dem Rand ihres Glases niedergelassen hatte.

»Ich hoffe es nicht. Ein wenig Bammel habe ich schon, das gebe ich gerne zu. Ich hatte schon lange keine feste Beziehung mehr und jetzt scheint es, als hätte ich gleich einen Volltreffer gelandet. Ich werde mich erst daran gewöhnen müssen, nicht mehr allein zu sein.«

»Ich bewundere dich, dass du das so durchziehst.«

Carlotta zuckte die Schultern. »Ich will herausfinden, ob er der Richtige ist. Wieso sollte ich also Zeit verplempern?«

Lisa seufzte. Bei Carli hörte sich das so einfach an, aber diese befand sich ja auch in einer anderen Situation. Sie war in ihrer eigenen Wohnung, in gewohnter Umgebung, und wenn es nicht klappte, brauchte sie Leon nur hinauszuwerfen. Sie hingegen müsste alle Zelte hinter sich abbrechen und bei Null anfangen. Jeder halbwegs vernünftig denkende Mensch würde entsetzt die Hände über dem Kopf zusammenschlagen und fragen, ob sie noch alle Tassen im Schrank hatte. Sie konnte das einfach nicht, so sehr sie Yannis auch vermissen würde, wenn sie nicht bei ihm sein konnte. Sie hatte nie den Mut gehabt, über ihren Tellerrand hinauszublicken, ihre Komfortzone zu verlassen. Vielleicht war sie auch deswegen mit Anton zusammen gewesen: Er hatte ihr gesagt, was zu tun war.

Sie war eben nicht mutig genug, ihr geregeltes Leben über den Haufen zu werfen. Sie brauchte klare Strukturen in ihrem Alltag und dazu gehörte bestimmt nicht, Hals über Kopf nach Griechenland zu ziehen.

»Woran denkst du?« Carlotta musterte sie eindringlich. »Du hast wirklich Angst davor, diesen Schritt zu machen, oder?«

»Ja. Wovon soll ich leben? Ich will Yannis nicht auf der Tasche liegen, und ohne die Sprache zu verstehen, kann ich mir abschminken, hier einen Job zu kriegen. Na gut, putzen gehen könnte ich wohl.« Lisa verzog das Gesicht. Dafür hatte sie ihr BWL-Studium nicht gemacht.

Carli lachte. »Du sprichst Englisch. Damit kommt man überall durch, garantiert auch hier.«

Lisa seufzte. »Lass uns bitte nicht weiter über ungelegte Eier sprechen. Wie es kommt, so kommt es«, schloss sie das Thema ab. Momentan war sie noch viel zu erschöpft, um sich darüber den Kopf zu zerbrechen.

Lisa lehnte sich zurück und ließ sich von der Sonne wärmen, ihr Magen war noch immer nicht ganz in Ordnung. Sie hatte ihr Buch mitgenommen und las in diesem weiter, zwischendurch döste sie immer wieder mal ein. Die letzte Nacht hatte sie ziemlich viel Kraft gekostet, und sie hoffte, dass sie heute wenigstens das Abendessen im Magen behalten würde.

***

Michalis machte sein Versprechen wahr und stattete den Karaiades einen Besuch auf ihrem Weingut ab. Heute hatte er keinen Blick für die bunten Oleanderstauden, die auf beiden Seiten entlang der Zufahrtsstraße wucherten, und auch nicht für die üppig blühenden, altenglischen Rosen, welche im Beet vor der Treppe ihren betörenden Duft verströmten. Zwei große, halbrunde Stufen aus Naturstein führten zum Portal und wurden auf jeder Seite von je zwei weißgetünchten Säulen abgegrenzt, welche den Balkon darüber stützten. Nachdem Michalis sein Kommen vorab telefonisch angemeldet hatte, wurde er bereits auf der überdachten und schattigen Terrasse zum Kaffee erwartet, welche sich auf der Rückseite des Hauses befand und den Blick auf das weitläufige Grundstück mit seinen Weinreben freigab.

»Da machen wir uns Hoffnungen, dass aus unseren Kindern ein Paar wird, und dann macht dein Sohn so einen Blödsinn!« Dimitri schüttelte amüsiert den Kopf und zog an seiner Pfeife. »Aber wo die Liebe hinfällt ... Du sagst, diese Lisa ist völlig anders als Xenia?«

»Absolut. Sie ist zurückhaltend, beinahe schüchtern, aber trotzdem warmherzig und liebevoll. Ich lehne mich sogar so weit aus dem Fenster und behaupte, dass sie die Richtige für Yannis ist.« Michalis schnappte sich ein grünes Loukoumi, welche Dimitris Frau selbstgemacht hatte. Der traditionellen Süßigkeit aus Wasser, Zucker und gelierter Stärke, die in kleinen Würfeln mit Puderzucker bestäubt serviert wurden, hatte er noch nie widerstehen können. »Wenn ich das so vergleiche, haben unsere Kinder nie wirklich zueinander gepasst. Ich glaube, wir sind schuld, dass sich Xenia so verrannt hat.«

»Ja, Xenia ist nicht leicht, und wenn sie sich etwas in den Kopf gesetzt hat ...« Dimitri ließ den Satz unausgesprochen.

»Dass sie Yannis erpressen wollte, indem sie ihm androhte, die nächste Lieferung Wein zu verderben, war wohl eine Trotzreaktion.« Michalis suchte nach einem roten Stückchen der weichen Leckerei, welches nach Rosen schmeckte.

»Sie hat ihm gedroht?« Dimitri riss die Augen auf.

»Ja, allerdings hat er ihr gleich den Wind aus den Segeln genommen und gemeint, er suche sich eben einen anderen Lieferanten. Sie weiß, dass sie sich das nicht leisten kann, denn das würde eurem guten Ruf schaden. Wie dem auch sei, du solltest sie in die Schranken weisen. Mach ihr klar, dass sie nicht alles haben kann, was sie will.«

»Verlass dich drauf. So geht's ja nicht, dass sie mir mein Geschäft ruiniert! Bist du dir sicher, dass sie das gesagt hat?«

Michalis ließ keinen Zweifel zu.

»Ich fürchte nur, dass ich bezüglich ihrer Schwärmerei machtlos bin. Sie hat sich in den Gedanken verrannt, Yannis zu heiraten.« Die aufgerissenen Augen wichen einem Stirnrunzeln.

»Dann rede ich mit ihr, auch auf die Gefahr hin, dass sie hinterher beleidigt ist.« Michalis' Blick glitt suchend über die Loukoumia. »Keine Gelben?«

»Ich glaube nicht. Du solltest ohnehin nicht zu viel davon essen, so süß, wie die sind.« Dimitri schüttelte den Kopf. »Wir haben Xenia viel zu sehr verzogen und ihr jeden Wunsch erfüllt. Also sprich du mit ihr, vielleicht hört sie ja auf dich.«

Michalis schmunzelte. »Das habt ihr. Dein Mädchen ist bisher noch nie auf Widerstand gestoßen, und deswegen glaubt sie, sich alles erlauben zu können. Aber diesmal beißt sie auf Granit.«

»Du kannst gern mit uns zu Abend essen, Xenia ist auch da, und danach könnt ihr gleich miteinander sprechen.«

»Danke. Das nehme ich gerne an.«

Xenia begrüßte Michalis wie üblich mit Küsschen, aber sie blickte dabei verlegen zu Boden und war nicht so stürmisch wie sonst. Während des Essens fiel weder von Michalis noch von ihrem Vater ein Wort diesbezüglich, aber als sie sich danach zu Kaffee und Zigarillo auf die Terrasse begaben, forderte Dimitri sie auf, ihnen Gesellschaft zu leisten. Der Ton ließ keinen Widerspruch zu und Xenia blickte verunsichert auf die beiden Patriarchen, während sie sich auf den freien Stuhl setzte.

»Du hast gestern Yannis besucht und mir nichts davon erzählt. Ich weiß, wie vernarrt du in ihn bist. Aber wie es scheint, hat er sein Herz anderweitig vergeben«, konfrontierte Dimitri seine Tochter mit den Tatsachen.

»Ja, an dieses verdammte, deutsche Flittchen«, entfuhr es ihr, während sie auf ihre Fingernägel starrte, um ihrem Vater nicht ins Gesicht blicken zu müssen.

»Xenia! Ich will dieses Wort nie wieder von dir hören, ist das klar?!« Dimitri funkelte seine Tochter verärgert an.

Michalis räusperte sich. »Der Ordnung halber – sie ist ein grundanständiges und liebenswertes Geschöpf.«

Xenia schnaubte durch die Nase. »Sie glaubt, mir Yannis einfach wegnehmen zu können, aber da hat sie die Rechnung ohne mich gemacht!«

»Hat dir Yannis denn je Hoffnungen gemacht?«, fragte Michalis.

Sie schob schmollend die Unterlippe nach vorn. »Wir waren jede freie Minute zusammen, wenn er in den Ferien hier war. Er wird mich lieben, sobald er mir nur die Chance dazu gibt.«

»Das wird er nicht, Xenia.«

»Ihr habt doch selbst immer gesagt, welch tolles Paar wir abgeben würden!«, rief sie empört aus.

Dimitri und Michalis wechselten einen schnellen Blick.

»Es tut mir aufrichtig leid, dass wir dir diesen Floh ins Ohr gesetzt haben. Aber man kann die Gefühle eines Menschen nicht erzwingen, auch nicht, wenn man ihm droht.«

Xenia wurde blass und ihre Augen funkelten enttäuscht. »Er hat es dir gesagt?«

»Jawohl. Du verrennst dich da in etwas, Xenia. Lass Lisa und Yannis in Ruhe.«

Xenia blickte ihn trotzig an und stampfte mit dem Fuß auf den Boden. »Ich hasse diese Frau!«, rief sie und ihre Stimme überschlug sich. »Aber die letzte Nacht habe ich ihnen gründlich verdorben.« Ihr sonst so hübsches Gesicht verzog sich zu einer hämisch grinsenden Fratze.

Michalis wurde hellhörig. »Wie meinst du das?«, erkundigte er sich.

Sie schwieg und biss die Zähne hart aufeinander.

»Du antwortest sofort oder es setzt was!« Dimitri griff mit väterlicher Autorität durch. »Ich weiß, dass du schon immer für ihn geschwärmt hast. Dabei hast du dich so hineingesteigert, dass du jedem anderen Kerl, der ernste Absichten hatte, einen Korb verpasst hast, ohne Rücksicht auf dessen Gefühle zu nehmen. Damit ist jetzt Schluss. Ich verbiete dir, auch nur einen Fuß ins *Caretta Palace* zu setzen, mit Yannis Kontakt aufzunehmen oder ihn zu besuchen, wenn du nicht sofort Michalis' Fragen beantwortest!« Seine Stimme war laut geworden und Xenia schluchzte auf.

»Also?«

»Okay, ich sage euch alles«, brachte sie heulend hervor. »Aber bitte verbiete es mir nicht, Papa, das überlebe ich nicht.«

»Man überlebt vieles«, brummte er. Dimitri tat es in seiner Seele weh, seine Tochter so zu sehen, aber es musste sein, denn sonst würde sie nie zur Einsicht kommen.

»Ich habe Helena, eine Angestellte, bestochen, damit sie etwas in ihren Drink tut.«

»Und was genau?«

»Brechwurzelsirup.«

Dimitri schnappte nach Luft, während Michalis enttäuscht den Kopf schüttelte. »Bei aller Liebe Xenia, das hätte ich niemals von dir gedacht. Du bist erst dann wieder willkommen, wenn du dich für alles entschuldigst – und es auch so meinst. Vorher will ich dich nicht mehr sehen.«

»Aber ...«

Der strenge Blick Dimitris ließ sie ihren Satz erst gar nicht zu Ende sprechen. »Du hast Schande über unsere

Familie gebracht. Gift zu verwenden! Hast du dir überhaupt Gedanken gemacht, was das für unser Geschäft bedeuten könnte? Wenn sich das herumspricht, wird nie wieder jemand bei uns Wein kaufen. Du hast mir damit endgültig klar gemacht, dass du nicht als Nachfolgerin für das Weingut taugst.«

16.

Konsequenzen

Yannis war wie vor den Kopf gestoßen. Er konnte kaum fassen, was er von seinem Vater erfahren hatte. Michalis saß in Yannis' Büro und berichtete vom Besuch bei den Karaiades. Und nun ließ sich Yannis das, was ihm sein Vater detailliert wiedergegeben hatte, durch den Kopf gehen.

Michalis seufzte und blickte seinem Sohn in die Augen. »Um ehrlich zu sein, habe ich die ganze Nacht hin und her überlegt, ob ich dir alles erzählen soll. Aber es bringt ja nichts, wenn ich irgendetwas beschönige oder weglasse.«

Yannis starrte seinen Vater mit offenem Mund an. »Ich kann es kaum glauben«, sagte er mit belegter Stimme, als sein Hirn diese Informationen halbwegs verdaut hatte.

»Mir ging es ähnlich.«

Yannis fuhr sich konfus durch die Haare. »Und jetzt?«

»Jetzt lasse ich dich allein, damit du die Konsequenzen daraus ziehen kannst. Es tut mir leid, Yannis.«

»Es ist ja nicht deine Schuld. Danke, Papa.«

Michalis nickte seinem Sohn aufmunternd zu und verließ das Büro.

Yannis nickte ernst zurück und griff zum Telefon. Er wusste ja mittlerweile, dass Xenia in ihn verliebt war, aber dass sie so weit gehen konnte, überstieg sein Vorstellungsvermögen. Als er Helena, die Angestellte, die den Sirup in Lisas Getränk gegeben hatte, zur Brust nahm, gestand diese alles kleinlaut und es blieb ihm nichts anderes übrig, als sie fristlos zu entlassen.

Den ganzen Tag zerbrach er sich den Kopf, wie er Helenas Posten neu besetzen konnte. Sie war eine gute Mitarbeiterin gewesen, und er brauchte sie an der Rezeption. Ihm fiel seine ursprüngliche Idee ein, Lisa einen Job anzubieten. Nun gab ihm das Schicksal wohl einen neuen Wink. Er hatte ihre Worte im Ohr, wie sie seinem Vater versicherte, dass sie den Gedanken kaum ertrug, nur einen Tag ohne ihn zu sein. Das gab ihm den Mut, diesen Vorschlag nicht absurd zu finden. Eigentlich, dachte er, würde er damit sogar zwei Fliegen mit einer Klappe schlagen: Zum einen hätte er damit jemanden an der Rezeption, dem er vertraute, und zum anderen würden sie zusammen sein. Je länger er darüber nachdachte, umso besser gefiel ihm diese Vorstellung.

***

Der letzte Tag mit Carlotta verging Lisa zu schnell, Carli hingegen viel zu langsam. Sie freute sich auf zu Hause und vor allem darauf, Leon wiederzusehen, in seine Arme zu sinken und sich zu vergewissern, dass sie sich ihre Liebe nicht eingebildet hatte. Ihre Sehnsucht wurde nur gemildert, indem er sie morgens mit einem liebevollen Anruf weckte, beinahe jede Stunde ein Update per WhatsApp schickte, gefolgt von zärtlichen Worten, die ihr versicherten, dass er es kaum erwarten konnte, endlich bei ihr zu sein.

Yannis strahlte, als er Lisa sah und die Wut, die ihn den ganzen Tag über begleitet hatte, verflog augenblicklich.

»Was habt ihr heute gemacht?«, erkundigte er sich, während er das letzte Weinglas polierte, auf dem dafür vorgesehen Regal hinter der Bar platzierte, und sich dann zu den Frauen gesellte. Nachdem er seine Liebe nicht mehr verheimlichen musste, war es ihm egal, ob Angestellte oder Gäste Zeuge eines Kusses oder einer Umarmung wurden.

»Nicht viel. Wir sind ein bisschen durch die Gegend gefahren und haben Bochali besucht. Der Ausblick von dort auf die Stadt ist wunderschön.«

»Das solltet ihr abends sehen, wenn Zanthe beleuchtet ist. Dann ist es noch viel eindrucksvoller. Es freut mich, dass ihr nicht nur am Strand wart, sondern auch die Gegend erforscht habt.«

Lisas Augen bekamen einen verräterischen Glanz. »Ich liebe diese Insel«, bekannte sie leise und wechselte abrupt das Thema. »Stell dir vor, Leon will morgen zu Carli nach Wien ziehen.«

»Das sieht ihm so gar nicht ähnlich, aber es freut mich sehr. Ich wünsche euch beiden alles Glück dieser Erde.« Er umarmte Carli herzlich und küsste sie auf die Wangen.

»Ich finde es nicht normal, wie schnell die Zeit hier vergangen ist«, meinte Lisa.

»Ich hoffe, du bist nicht böse, wenn ich dich nicht mit zum Flughafen begleite«, warf Yannis ein.

»Nein, ich weiß ja, dass du zu tun hast.« Carli nippte an ihrem Orangensaft.

»Lisa, etwa zu der Zeit, wo ihr vor Ort am Flughafen seid, wird eine Maschine mit neuen Gästen fürs Hotel landen. Wärst du so nett und würdest zwei Paare mitnehmen? Dann muss ich nicht extra jemanden dafür abstellen.« Er fuhr sich durch die Haare. »Und am Nachmittag kommt dann der nächste Schwung, die werden aber zum Glück mit dem Bus gebracht.«

»Natürlich. Wenn ich ohnehin am Flughafen bin, ist das doch kein Problem.« Lisa lächelte ihn liebevoll an.

»Ich fürchte, auch die darauffolgenden Stunden muss ich rasch zur Stelle sein, wenn etwas sein sollte. Es tut mir leid, ich weiß, dass ich sagte, die letzten Tage gehören dir allein.« Er warf ihr einen zerknirschten Blick zu.

Lisa strich sanft über seine Wange. »Mach dir doch nicht solche Gedanken, mein Herz. Wenn ich dir damit helfen kann, dass ich diese Gäste abhole, ist das kein Thema.«

Die leichte Sorgenfalte, die sich auf seiner Stirn gebildet hatte, glättete sich und die Hoffnung, dass sie seinen Vorschlag nicht sofort abweisen würde, wuchs. »Ich danke dir, Honey.«

»Lisa hat auch Neuigkeiten. Aber sie wollte erst dann damit herausrücken, wenn wir alle zusammen sind. Ich habe sie die ganze Zeit mit Fragen gelöchert, aber sie hat kein Wort verraten. Jetzt erzähl schon, ich platze vor Neugier!«, forderte Carlotta Lisa auf.

Yannis zog fragend eine Augenbraue nach oben und nahm Lisa in seine Arme.

»Jawohl. Felix hat mir geschrieben.« Ängstlich beobachtete sie Yannis' Reaktion. Nachdem er sie nur neugierig anblickte, fuhr sie fort: »Und jetzt haltet euch fest, denn all meine Probleme sind mit einem Schlag gelöst. Ich kann zum nächsten Ersten in der Einkaufsabteilung der Firma seines Vaters anfangen und außerdem in Leons Appartement wohnen. Ich habe ihm dafür meine Bude angeboten, entweder als Büro oder als richtige Bleibe, sollte Carlotta doch noch nicht zusammenziehen wollen. Wir tauschen einfach die Wohnungen.«

»Was? Und das hat mir Leon nicht gesagt?« Carlotta war außer sich, sie wusste nur nicht, ob vor Freude oder vor Ärger, dass Leon so dichtgehalten hatte, um sie damit zu überraschen. »Wieso hast du mir das nicht erzählt? Du bist mir eine schöne Freundin.«

»Eigentlich wollte er dir das selbst sagen.«

Yannis freute sich für Lisa, aber gleichzeitig bildete sich ein riesiger Eisklumpen in seinem Magen. Felix! Sein Freund streckte seine Finger nach Lisa aus, um sie ihm zu entreißen. »Hast du schon zugesagt?«, erkundigte er sich leise.

»Im Prinzip ja. Wieso?«

Yannis schloss kurzzeitig die Augen und unterdrückte den Wunsch, laut zu fluchen. Würde er sie an ihn verlieren? Bei dem Gedanken daran wurde ihm übel. Er schüttelte den Kopf und riss sich zusammen. Noch war Lisa hier, bei ihm! »Bei mir gibt es auch etwas zu berichten. Ich musste heute Helena fristlos entlassen.«

»Wer ist das? Und wieso?«, wollte Carlotta wissen und sprach aus, was auch hinter Lisas Stirn vorging.

»Die mit den kurzen, braunen Haaren, die am Mittwoch an der Bar ausgeholfen hat. Normalerweise arbeitet sie an der Rezeption.«

»Fristlos? Hat sie etwas gestohlen?«, erkundigte sich Lisa.

»Schlimmer.« Er holte tief Luft. »Sie hat Geld von Xenia genommen und ihr im Gegenzug einen Gefallen getan.« Er malte bei dem Wort Gefallen Gänsefüßchen in die Luft und sein Gesicht verzog sich, als hätte er in eine Zitrone gebissen. »Man kann es auch Bestechung nennen.«

Lisa zuckte die Schultern. »Welchen Gefallen denn?«

»Ich weiß jetzt, wieso dir so übel war, Honey. Helena hat dir Brechwurzelsirup in dein Glas getan. Normalerweise nimmt man den, um einen schnellen Brechreiz zu erzeugen, wenn man irgendetwas Giftiges zu sich genommen hat. Bei einer Überdosierung kann es zu Atemnot und Organversagen kommen. Ich will gar nicht dran denken, was alles hätte passieren können, denn das macht mich furchtbar wütend.« Er seufzte leise und verbot sich jeden weiteren Gedanken daran. »Nachdem es dir aber erst sehr spät so schlecht ging, hatte sie dir wohl nur eine geringe Menge verabreichen können, zumal Papa ja die Flasche Retsina bestellt hatte und ihr dann diesen getrunken habt.«

»Ich hatte mich schon gewundert, wieso der Virgin Colada so arg süß war. Woher weißt du das alles? Und was sollte das überhaupt bringen?«

Jetzt setzte der Schock ein, sie wurde bleich wie die Wand und zitterte am ganzen Körper wie Espenlaub. Yannis hielt sie fest und strich ihr beruhigend über den Rücken.

»Was es ihr brachte? Solange es dir schlechtgeht, tauschen wir sicher keine Zärtlichkeiten aus. Sie wollte vermeiden, dass wir miteinander schlafen, beziehungsweise zusammensein können. Kurz gesagt: Xenia hat Helena darauf angesetzt, unsere Zweisamkeit zu boykottieren.«

»Das ist doch krank.« Carlotta schüttelte den Kopf. »Ich habe schon gehört, dass es Stalker gibt, aber das ist ...« Ihr fehlten die Worte.

»Oh mein Gott.« Lisa krallte sich an Yannis fest. »Bitte sag mir, dass deine Angestellte sich an die Packungsbeilage gehalten hat.«

»Helena hat laut eigener Aussage sogar weniger als im Beipackzettel angegeben ins Getränk geschüttet, weil sie die Nebenwirkungen und Gefahrenhinweise gelesen hat, und Angst hatte, dass davon etwas eintrifft. Wie sieht's aus, wollt ihr auf den Schreck hin einen Ouzo?«

Diesen nahmen sie nur zu gerne an.

»Es war ein komisches Gefühl, jemanden zu feuern. Das war meine erste Kündigung, die ich aussprechen musste. Und jetzt fehlt mir eine Rezeptionistin«, sagte er, während er Eiswürfel in den Ouzo gab und die Gläser zu den Frauen schob.

»Du findest sicher jemanden«, versuchte Carlotta, ihn aufzumuntern.

»So einfach ist das nicht. Die Leute, die in Hotels arbeiten, haben bereits ihre Verträge. Diese werden noch vor Beginn der Saison ausgestellt.« Er zog Lisa wieder in eine Umarmung. »Das war der Grund, wieso ich gefragt habe, ob du deinen neuen Job schon zugesagt hast.

Ich könnte mir gut vorstellen, dass du diese Lücke füllst.«

»Aber ich kann doch gar kein Griechisch!«, wandte Lisa überrascht ein.

»An der Rezeption brauchst du Englisch und Deutsch, und das beherrschst du.«

Lisa seufzte abgrundtief. »Ich kann das nicht, Yannis. Ich bin Disponentin, keine Empfangsdame. Ich habe keine Ahnung von dieser Branche. Und ich glaube auch nicht, dass es unserer Beziehung zuträglich ist, wenn wir zusammenarbeiten.« Sie schüttelte den Kopf. »So leid es mir tut, aber ich glaube, das schaffe ich nicht.«

Carlotta schlug sich mit der Hand vor die Stirn. Wie konnte Lisa nur so unsensibel sein? Diese bemerkte anscheinend nicht einmal, wie Yannis' Schultern nach vorn sackten.

»Ich verstehe«, erwiderte er leise und lockerte seine Umarmung. »Ist das dein letztes Wort oder versprichst du mir, darüber nachzudenken?«

»Ich ...«, begann Lisa, aber Carlotta hielt ihr den Mund zu.

»Sie wird darüber nachdenken.« Ihr Blick war grimmig.

Yannis löste sich enttäuscht von Lisa und trat einen Schritt zurück. Er konnte nicht in Worte fassen, wie sehr ihn ihre Antwort getroffen hatte. Kühl antwortete er: »Lieb von dir, Carlotta, dass du versuchst, mit ihr darüber zu reden. Aber sie soll aus freien Stücken und mit Herz hier sein und nicht, weil irgendwer sie überredet. Ihr entschuldigt mich, ich möchte im Saal nachschauen, ob alles in Ordnung ist.«

Die Wärme, die ihn umgeben hatte, war weg. Lisa hatte mit ihrer spontanen Reaktion sein Vertrauen mit Füßen getreten und die Hoffnung auf eine feste Beziehung mit ihr zerstört. Wenn sie ihre Zeit lieber mit Felix statt mit ihm verbrachte, sagte das einiges aus. Ihre liebevollen Worte hatten nichts bedeutet, waren wertlos wie ein Stück kaputtes Glas. Genauso fühlte sich sein Herz an. Wie es schien, hatte sein Freund den Kampf doch gewonnen.

17.

Im Schneckenhaus

Lisa blickte ihm mit großen Augen nach. »Wieso versteht er das nicht?«

Carlotta explodierte beinahe. »Wieso? Er weiß erst seit Kurzem, dass Felix und du euch geküsst habt. Kein Wunder, dass ihm das Jobangebot ein Dorn im Auge ist und er eifersüchtig reagiert. Und jetzt, wo er dir seine Sorgen und Nöte anvertraut und seine beste Freundin verloren hat, lässt du ihn im Stich? Lisa, das ist keine Liebe, das ist grenzenloser Egoismus von dir, nichts anderes!«

»Aber wir sind nicht lange genug zusammen, um so einen Schritt zu wagen!«, protestierte Lisa.

»Und wann seid ihr das? Nach zwei Monaten? Drei? Einem halben Jahr? Einem Jahr? Wenn es hochkommt, dann seht ihr euch vielleicht einmal im Monat! Und dann auch nur für kurze Zeit. Wenn du hierbleibst, lernt ihr euch wenigstens kennen!« Carli schüttelte verständnislos den Kopf und kippte ihren Ouzo auf ex.

»Nur weil du so verrückt bist und ins kalte Wasser springst, heißt das nicht, dass ich das auch machen soll!« Lisa nagte an ihrer Unterlippe.

»Du bist ein verdammter Feigling, Lisa. Du packst das Glück nicht mal beim Schopf, wenn es vor dir liegt und dir deinen Traumprinzen auf dem Silbertablett serviert. Lieber vegetierst du in einer unbefriedigenden Beziehung dahin, wie du sie mit Anton hattest, nur um Sicherheit zu haben. Ich für meinen Teil finde lieber früher als später heraus, ob Leon der Richtige ist. Wovor hast du Angst? Wieso gibst du ihm keine Chance?« Carli starrte ihre Freundin an.

Lisas Augen füllten sich mit Tränen. »Ich weiß es nicht, Carli. Ich kann doch Felix nun nicht mehr absagen! Er hat sich so dahintergeklemmt, dass alles funktioniert.«

»Und wieso nicht? Wenn jemand Verständnis dafür hat, dann er! Wie sehr du damit Yannis verletzt hast, ist dir hoffentlich klar.«

Lisa warf einen schnellen Blick in den antiken Spiegel über der Bar, um sich zu vergewissern, dass keine ungebetenen Gäste zuhörten. Nicht dass am Ende noch Yannis oder sein Vater im Raum waren. »Trotzdem, das geht mir zu schnell, ich kann das nicht«, rechtfertigte sie sich.

»Jesus, Maria und Josef«, fluchte Carlotta. »Spring nur ein einziges Mal über deinen Schatten und beweg dich aus deiner Komfortzone heraus.«

»Das habe ich bereits«, entgegnete Lisa, mittlerweile auch verärgert. »Ich bin schließlich allein hierhergeflogen.«

»Wow. Ganz großes Kino, dazu braucht man wirklich viel Mut.« Carli applaudierte ironisch und stand von ihrem Hocker auf. »Mach was du willst, Lisa. Aber du hast selbst gesagt, dass du diese Insel liebst. Und du bist eindeutig in Yannis verliebt. Mehr wie schiefgehen kann es nicht. Und dann wird dir Felix immer noch helfen, einen Job zu finden, wenn das dein Wunsch sein sollte. Sorry Süße, aber diesen Bullshit, den du hier verzapfst, höre ich mir nicht mehr länger an. Du findest mich auf unserer Terrasse.« Sie verließ die Bar, ohne ihre Freundin noch eines Blickes zu würdigen.

Lisa saß mit feuerrotem Schädel am Tresen. Carlis Worte saßen, aber sie nahm es ihr nicht krumm. Dafür waren sie beste Freundinnen, um der anderen auch mal die Meinung zu geigen. Und natürlich hatte Carlotta ins Schwarze getroffen: Sie blockte nur deshalb ab, weil sie Angst hatte. Ein fremdes Land, dessen Sprache sie nicht verstand, in dem sie keine Menschenseele außer Yannis und seinen Vater kannte, ein Job, von dem sie keine Ahnung hatte. Dazu noch eine eifersüchtige, langjährige Freundin, die Besitzansprüche an den Mann stellte, der sie hier hielt.

Sie kannte auch in Bayern keinen Menschen außer Felix, aber dort konnte sie sich wenigstens verständigen und war nicht auf ihn angewiesen. Das Gehalt, was ihr der Liebl-Konzern geboten hatte, war ziemlich gut, und für die Wohnung von Leon musste sie nicht mehr bezahlen, da sie ja tauschten. Felix hatte ihr anvertraut, dass sie dann in einem Loft wohnen würde, welches von einem renommierten Innenarchitekten ausgestattet und doppelt so groß wie ihre eigene Wohnung war. Leon hatte mit dem Tauschgeschäft den Kürzeren gezogen, aber das war ihm bewusst und es machte ihm nichts aus. Eigentlich war es auch ihr egal, sie hätte ebenso ein kleines Appartement genommen. Fakt war, dass es um ein Vielfaches einfacher war, das Angebot aus Bayern anzunehmen.

Ihre Gedanken fuhren Achterbahn. Frische Luft würde helfen. Sie stand auf und schlug automatisch den Weg zum Pool ein. Die Geräusche der Nacht, das dezente Licht, der Mond, der sich im Wasser des Pools spiegelte, und nicht zuletzt die Aromen, die der Garten verströmte, wirkten wie Balsam auf ihre Seele. Sie setzte sich an den Rand des Pools, raffte den Rocksaum und ließ die Beine ins Wasser hängen – um diese Zeit laut Hausordnung strengstens verboten, aber das war ihr im Moment gleichgültig.

Sie spürte, wie das Adrenalin allmählich nachließ, welches durch ihre Adern rauschte. Langsam entspannte sie sich, hörte auf ihren Herzschlag und folgte ihren Gedanken. Immer wieder fragte sie sich, was sie davon abhielt, Yannis' Angebot anzunehmen. Nur weil sie ihn erst seit einer Woche kannte? Es war so schön, neben ihm aufzuwachen, von ihm verwöhnt, auf Händen getragen und geliebt zu werden. Und wie dankte sie es ihm? Indem sie die Kurve kratzte, wenn er sie am nötigsten brauchte? Sie schämte sich zutiefst dafür. Ihr Herz wusste, was zu tun war, aber ihr Verstand weigerte sich vehement, nachdem sie erst vor Kurzem für klare Verhältnisse gesorgt hatte. Eigentlich war das Job-Angebot ebenso die Antwort auf all ihre Probleme. Und dennoch scheute sie sich davor und zog Felix' Angebot vor? Einfach über ihren Schatten zu springen und sich auf dieses Abenteuer einzulassen war schlichtweg gegen jede Vernunft.

Das Gespräch mit seinem Vater ging ihr durch den Kopf. Da hatte sie beteuert, dass sie noch nicht wüssten, wie es weiterging, aber sie es ernst meinte. So ernst konnte sie es wohl doch nicht meinen, wenn sie Yannis beim kleinsten Anzeichen von Problemen hängenließ. Sie seufzte leise. Wenn sie jetzt die Fliege machte, wären ihre Worte nichts als Schall und Rauch, wie ihr in diesem Moment klar wurde. Es gab nur eine einzige Möglichkeit: Sie konnte ihm zwar nicht zusagen, aber immerhin mit gutem Gewissen versprechen, dass sie darüber nachdenken würde. Zumindest das war sie ihm und ihrer Liebe schuldig. Vor allem musste sie ihm klarmachen, dass sie Felix' Gefühle nicht in dem Maße erwiderte, wie der sich das wünschte.

Lisa zog die Beine aus dem Wasser und stand auf. Mit sich selbst wieder im Reinen begab sie sich nach oben, um mit ihrer besten Freundin über ihre Erkenntnisse zu sprechen.

Carlotta blickte ihr entgegen, ein Glas Wasser in der Hand. »Und? Zu welchem Schluss bist du gekommen?«

»Ich weiß es noch immer nicht, Carli. Aber ich will darüber nachdenken und nicht gleich ablehnen. Ich habe einfach Angst.« Sie ließ sich neben ihrer Freundin nieder und berichtete von ihren Überlegungen.

»Felix' Angebot macht dir nichts aus?«, bohrte Carlotta nach.

»Nein. Ich kann mich dort artikulieren. Hier bin ich auf Yannis angewiesen. Und du siehst ja selbst, wie wenig Zeit er hat.«

»Das ist in dieser Branche saisonalbedingt, Lisa.«

»Ich weiß. Aber das macht es nicht einfacher. Ich habe vor, Felix zu besuchen und mit ihm zu reden, bevor ich eine Entscheidung treffe.« Sie stand auf und ging hinein, um sich eine dünne Jacke und ein Glas zu holen. Es war eine Spur kälter als die letzten Abende, das mochte an dem leichten Wind liegen, der aufgekommen war und den salzigen Geruch des Meeres zu ihnen trug.

»Geht das nicht telefonisch? Das könnte Yannis in den falschen Hals kriegen, wenn du hinfährst.«

»Gehen würde es sicher, aber das möchte ich nicht. Das wäre feige«, drang ihre Stimme aus dem Wohnzimmer.

»Halte Yannis nicht zu lange hin, auch wenn sich das Thema Xenia wohl fürs Erste erledigt hat.«

Lisa tauchte wieder neben Carli auf. »Das habe ich nicht vor. Und ich will ihm auch während meiner Abwesenheit zeigen, wie viel er mir bedeutet.«

Carlotta holte tief Luft, bevor sie die Gedanken äußerte, die ihr während dieses Gesprächs durch den Kopf geschossen waren. »Ich glaube ja, dass du dir etwas vormachst. Dass du hier niemanden kennst und die Sprache nicht verstehst, ist nur ein Vorwand. Mit Englisch kommst du auf dieser Insel locker durch. Schuld ist Anton, der dir noch im Nacken sitzt.«

»Wie meinst du das denn bitte? Über den bin ich längst hinweg«, entgegnete Lisa überrascht.

»Über deine Gefühle für ihn schon, das stimmt. Aber nicht über das, wie er dich behandelt hat, wie ungleich eure Beziehung war. Ich schätze, insgeheim hoffst du, mit Yannis zwar den Mann fürs Leben gefunden zu haben, hast aber zugleich Schiss davor, dass es so ist.«

»Ich hätte Anton niemals geheiratet!« Das war eine absurde Idee.

»Und wieso hast du ihn dann nicht in den Wind geschossen, sondern gewartet, bis er es tat? Und das aus sehr fadenscheinigen Gründen?« Carli schenkte Wasser in die Gläser, während sie sprach. »Wenn er dich geliebt hätte, hätte er dir nicht den Laufpass gegeben, nur weil du deinen Job verloren hast. Und auch wenn du nicht gleich an die Ewigkeit dachtest – du bist kein Mensch, der einfach nur mit jemandem zusammen ist, weil er nicht allein sein kann und unbedingt einen Partner braucht. Entweder du lässt dich auf eine Beziehung ein oder du tust es nicht. In einem weit entlegenen Winkel deiner Seele wünschst du dir, den richtigen Partner gefunden zu haben. Und noch etwas: Du kannst Yannis nicht mit Anton vergleichen. Anton war ein arrogantes Arschloch, der sich mit dir schmücken und angeben wollte und sich von dir aushalten ließ. Was du mir so angedeutet hast, hat er auch beim Sex keine Rücksicht auf dich genommen. Yannis ist das genaue Gegenteil. An ihm kannst du wachsen, er fördert deine Persönlichkeit. Anton hat sie unterdrückt. Ich möchte nicht sagen, dass du unglücklich warst, aber so gestrahlt wie jetzt hast du nie.« Fehlte nur, dass sie ein »Amen« hinter ihre Standpauke gesetzt hätte.

Lisa nickte, antwortete aber nicht sofort, sondern dachte über die Worte nach. Carlotta hatte, wie so oft, den Grund ihrer Ängste erkannt, und zwar zielsicherer, als sie selbst es vermochte. Es stimmte – sie hatte die Beziehung mit Anton noch nicht verdaut und war noch nicht bereit, sich auf etwas Festes einzulassen. Sie hatte nur einen Urlaubsflirt im Sinn gehabt. Trotzdem ging ihre Liebe zu Yannis in dieser kurzen Zeit schon tiefer, als sie jemals für ihren Ex empfunden hatte. Und das wollte sie nicht aufs Spiel setzen. Allein die Vorstellung, Yannis zu verlieren, überstieg die Grenze dessen, was sie verkraften konnte. Natürlich dachte sie nicht an Hochzeitsglocken, aber sie spürte, dass er derjenige sein könnte, mit dem eine Ehe im Bereich des Möglichen lag. Derjenige, wo es sich richtig anfühlte, an eine gemeinsame Zukunft zu denken. Genau dieser Instinkt ließ Carli ins kalte Wasser springen und Leon alles über den Haufen werfen – weil sie wissen wollten, ob sie recht hatten. Und sie? Sie hatte einfach nur Angst, alles aufzugeben. Genau das war der Unterschied zwischen der beruflichen Perspektive in Bayern und hier, das wurde ihr in diesem Moment bewusst. Bei Felix war sie noch immer ihr eigener Herr. Hier war sie Angestellte und Geliebte. Und sie wusste nicht, ob diese Kombination gutgehen konnte. Lisa nahm einen Schluck Wasser, bevor sie mit ihrer Freundin sprach.

»Weißt du, was mir soeben klar wurde?«

»Nein, Gedankenlesen kann ich leider noch nicht.«

»Ich hätte kein Problem, mich voll auf Yannis einzulassen, würde er zu mir ziehen. Aber ich habe ein gewaltiges, wenn ich zu ihm ziehe.«

Carli runzelte die Stirn. »Süße, du musst dringend in dich gehen und überlegen, was mit dir nicht stimmt. Was hättest du getan, wenn Felix dir das Angebot nicht unterbreitet hätte?«

»Ich hätte mich daheim beworben, ganz so, wie ich es vorhatte.«

»Obwohl dir dein Traummann einen Job anbietet? Normalerweise müsstest du vor Freude im Dreieck hüpfen. Bei Felix hast du es jedenfalls getan, und ich frage mich, wieso du das bei Yannis nicht machst. Aber es ist deine Entscheidung, Lisa. Lass dir nur nicht zu viel Zeit dafür.«

»Und schon beißt sich die Katze wieder in den Schwanz«, murmelte Lisa frustriert.

Es gab nur zwei Dinge, die Lisa zu einhundert Prozent wusste. Zum einen: Sie liebte Yannis mehr als jemals irgendeinen anderen Mann zuvor. Zum anderen: Sie war sich sicher, dass sich das auch nicht ändern würde.

»Du solltest zu ihm gehen, wenn er dich nicht abholt. Geht nicht schlafen, ohne das geklärt zu haben.«

Lisa nickte. »Danke, Carli.«

»Dafür sind Freunde da. Ich packe jetzt meine Sachen zusammen. Ist das okay für dich?«

»Natürlich. Wir sehen uns beim Frühstück.«

Sie stand auf und umarmte die Freundin, dann setzte sie sich so, dass sie die Fenster von Yannis' Wohnung im Blick hatte. Auch wenn seine Terrasse nicht einsehbar war, konnte man trotzdem erkennen, wenn dort Licht brannte.

Lisa bedauerte, dass Carli morgen wieder nach Hause musste. Hier hatten sich ihre Gespräche fast ausschließlich um Männer gedreht – als hätten sie sonst keine Themen. Daheim konnten sie stundenlang über die neueste Mode genauso wie über Klimaaktivisten, Lokalpolitik, Schauspieler oder die Royals diskutieren, aber irgendwie war das alles in den Hintergrund gerückt.

Ein leises Lächeln umspielte ihre Lippen. Na und? Dafür gab es Urlaub, um dem Alltag zu entfliehen. Hätten sie die Jungs nicht kennengelernt, wären sie abends bestimmt zusammengesessen und hätten über ihre

Eindrücke geplaudert, die sie auf ihren Ausflügen über die Insel gesammelt hatten.

***

An Arbeit war nicht mehr zu denken. Er brauchte eine Auszeit, am besten auf seiner Terrasse. Dort konnte er in aller Ruhe nachdenken. Yannis bohrte seine Fingernägel in die Handflächen, denn der Schmerz jagte wie Messerstiche durch seinen Körper, sodass er am liebsten laut aufgeschrien hätte. Lisas Worte taten mehr weh als Xenias Intrige.

Als er Lisa heute Abend in seine Arme geschlossen hatte, waren all die negativen Ereignisse des Tages wie weggeblasen, ihr Licht vertrieb auch die letzten dunklen Gedanken. Er war so zuversichtlich gewesen, dass alles gut werden würde – umso enttäuschter war er jetzt. Sein Herz fühlte sich an, als wäre es in tausend kleine Scherben zerborsten. Am Ende hatte Xenia doch recht und Lisa meinte es nicht so ernst, wie sie ihrem Vater glaubend gemacht hatte?

Bevor er nach oben ging, warf er einen kurzen Blick in die Bar. Lisa und Carlotta waren nicht mehr dort, aber es war ihm einerlei. Normalerweise hätte er jetzt an ihr Zimmer geklopft, um sie abzuholen, aber dazu fehlte ihm die Kraft. Er wollte sie im Augenblick nicht sehen, so enttäuscht war er von ihr.

Yannis tappte im Dunklen durch die Wohnung auf seine Dachterrasse und zündete lediglich ein Windlicht an, holte sich einen Metaxa und setzte sich im Schneidersitz auf die Loungegarnitur, das Glas in der Hand, ohne auch nur davon zu nippen. Dabei starrte er abwechselnd in die Kerzenflamme und in den Sternenhimmel, um Klarheit in seine Gedanken zu bringen.

Hatte er sie überrumpelt? Vielleicht hätte er ihr das Angebot etwas behutsamer beibringen und nicht gleich mit der Tür ins Haus fallen sollen. Ursprünglich, also vor Helenas Rauswurf, hatte er vorgehabt, mit Lisa über ihre gemeinsame Zukunft zu sprechen, sobald Carlotta im Flieger saß. Miteinander reden, ihre Überlegungen anhören, zusammen einen Plan schmieden, wie es mit ihrer Beziehung weitergehen könnte – so hätte es eigentlich sein sollen. Stattdessen stellte er sie vor eine Wahl, die im Prinzip keine war. Er konnte nicht davon ausgehen, dass sie alles stehen- und liegenließ, nur um sein Angebot anzunehmen. Andererseits – wieso nicht? Es war auch für ihn ein riesiger Schritt, nach so kurzer Zeit dieses Wagnis einzugehen. Und dennoch tat er es, ohne mit der Wimper zu zucken, einfach weil er sie liebte. Selbst Leon forderte sein Glück heraus, und er kannte Carlotta noch kürzer als es bei Lisa und ihm der Fall war. Wovor hatte Lisa also Angst? Nur weil sie sich erst vor Kurzem ihre Gefühle eingestanden hatten? Oder lag ihr mehr an Felix, als sie ihm gesagt hatte? War er für sie am Ende doch nur eine Bettgeschichte? Ein Gedanke, der schmerzte.

Er konnte es drehen und wenden, wie er wollte, mit ihrer Reaktion hatte sie ihm deutlich gemacht, dass ihre Gefühle doch nicht so tief gingen wie seine. Xenia hatte recht: Er kannte Lisa kaum. Natürlich war es riskant, eine Beziehung einzugehen, die ihr Leben verändern konnte, deswegen nahm sie die erstbeste Gelegenheit wahr, einen sicheren Job anzutreten, noch dazu gekoppelt mit einer Wohnung. Ihre Entscheidung war gefallen – und damit hatte sie einen klaren Kurs eingeschlagen. Er würde sie ziehen lassen, etwas anderes blieb ihm kaum übrig. Das Glück, welches gestern noch zum Greifen nah war, hatte Lisa mit ihren Worten zerstört, und er wusste nicht, wie er damit klarkommen sollte. Es tat einfach zu weh. Resigniert beschloss er, zu Bett zu gehen, machte das Licht zum Wohnzimmer an und pustete die Kerze aus. Den Drink schüttete er unangetastet ins Spülbecken. Als er das Glas in den Geschirrspüler räumte, klopfte es an der Tür.

Eine Sekunde lang war er versucht, nicht zu öffnen. Aber ein leiser Hoffnungsschimmer keimte in ihm auf und sein eben noch tot geglaubtes Herz begann wieder zu schlagen.

18.

Die Versöhnung

»Es tut mir so leid.« Lisa blickte ihn entschuldigend an. »Darf ich reinkommen?«

Er trat einen Schritt zur Seite. »Bitte.« Seine Miene blieb absichtlich kalt und abweisend.

Unschlüssig trat sie im Flur von einem Bein aufs andere und ließ ihm den Vortritt. Mit einer Handbewegung schickte er sie ins Wohnzimmer, blieb aber mit überkreuzten Knöcheln im Durchgang stehen, während sie sich auf der äußersten Kante der Couch niederließ.

»Setzt du dich nicht?«

Ihre Stimme war leise, aber er hörte den flehenden Ton darin. Dennoch, er würde darauf nicht hereinfallen. Sie hatte ihn zu sehr verletzt, um jetzt einfach nachzugeben.

»Ich stehe lieber.«

»Yannis, bitte, es tut mir leid«, wiederholte sie.

»Ah. Und was davon? Dass du mir etwas vorgespielt hast? Mir Liebe vorgaukelst, wo nur Sympathie ist?«, fragte er verbittert und wechselte sein Standbein.

»Aber ich liebe dich wirklich!«

Wenn er ihr nur vertrauen könnte! Er verschränkte seine Arme vor der Brust. »Lisa! Hör auf. Verarschen kann ich mich selber. Merkst du denn nicht, wie weh du mir damit tust?«

»Aber es stimmt!« Tränen sammelten sich in ihren Augen, die sie mit ihrem Unterarm zur Seite wischte. »Ich weiß, ich habe falsch reagiert, aber das kam so plötzlich! Ich bin ein Mensch, der geregelte Bahnen braucht, und seien wir ehrlich, es ist Irrsinn, so schnell einen solchen Schritt zu machen.«

Wie sie ihn ansah! Bittend, flehend, reuevoll? Er wollte nicht darüber nachdenken. »Das mag schon sein, aber sogar Leon, der nie an eine feste Beziehung geglaubt hat, wagt es. Und du, die keine Affäre will, sondern etwas Solides, ausgerechnet du kneifst? Du, die meinem Vater in die Augen blickte, als sie sagte, sie könne sich kaum einen Tag ohne mich vorstellen?«

»Jedes Wort davon ist wahr.«

»Pfff«, machte er und schnaubte verächtlich durch die Nase. »Wieso fällt es mir nur so schwer, dir das zu glauben?«

Lisa stand auf, machte einen Schritt auf ihn zu und streckte bittend die Hand nach ihm aus, aber er schüttelte den Kopf und kniff die Augen zusammen. »Fass mich nicht an. Das vertrage ich momentan nicht.«

Ihre Schultern fielen nach vorn. Sie hatte wohl nicht geahnt, dass sie ihn so tief getroffen hatte.

»Lass uns darüber reden, Yannis. Ich wollte dich nicht verletzen. Aber versteh mich doch. Ich bin hier allein und von dir abhängig, wenn du so willst, denn ich verstehe die Sprache nicht. Leon kann sich wenigstens verständigen, im Gegensatz zu mir. Er hat einen eigenen

Rückzugsort, sollte er sich mit Carlotta streiten. Wo wäre ich? Du wirst mir kaum eines der Zimmer überlassen.«

»Das stimmt. Ich dachte eigentlich daran, dass du bei mir einziehst.« Seine Stimme war noch immer eisig, obwohl er seine Haltung gelockert hatte.

»Nach einer Woche? Yannis, das ist gegen jede Vernunft. Wir kennen uns kaum.«

Seine Augenbraue zog sich spöttisch nach oben. »Das ist mir auch schon aufgefallen, obwohl ich gestern noch hätte schwören können, dass wir uns gut genug kennen, um an eine feste Beziehung zu denken. Du hast mir jedoch soeben noch mal klar gemacht, wie sehr ich mich geirrt habe. Ich bin mir nicht einmal sicher, ob wir überhaupt eine Chance haben.«

Lisa wurde blass. »Wie meinst du das?«

Entmutigt ließ sie sich wieder auf der Couch nieder und verknotete ihre Finger ineinander, während ihr Blick seinen Bewegungen folgte. Yannis winkelte ein Bein an und stützte sich damit an der Mauer ab.

»Das weiß ich selber noch nicht. Ich wollte die kommenden Tage mit dir darüber reden, wie wir unser Verhältnis fortführen können, wenn du wieder daheim bist.« Er federte sich ab und ging zum Sofa, um sich nun doch zu setzen. »Die Idee, dir einen Job anzubieten, hatte ich schon vor einigen Tagen, als ich noch nicht wusste, wie unsere Gefühle füreinander sind. Aber mittlerweile bin ich viel zu durcheinander, um noch einen klaren Gedanken fassen zu können.«

»Ich will dich nicht verlieren«, sagte sie leise und blickte ihm dabei fest in die Augen.

»Ich bin mir nicht sicher, wie viel Sinn das macht.«

»Sag so was nicht. Wir brauchen nur mehr Zeit.«

»Nicht wir, Lisa. Verdreh die Tatsachen nicht. Du bist es, die mehr Zeit braucht. Ich hätte die Herausforderung angenommen, die uns das Schicksal stellt.«

Lisa schöpfte scheinbar ein kleines bisschen Hoffnung. Vielleicht war die Lage doch nicht ganz so aussichtslos. »Du hast recht«, bekannte sie. »Aber es heißt deswegen nicht, dass ich dich nicht lieben würde oder ich mir nicht wünschen würde, mit dir zusammen zu sein.«

»Und das heißt?« Er faltete die Hände wie zum Gebet und blickte ihr in die Augen.

»Ich werde über dein Angebot nachdenken, Yannis. Aber gib mir bitte etwas Zeit. Es geht alles so furchtbar schnell und ich habe Angst, die falsche Entscheidung zu treffen.«

»Was kann daran falsch sein, seinem Herzen zu folgen?« Er zog eine Augenbraue fragend in die Höhe.

Ein gequälter Laut kam über Lisas Lippen. »Nichts. Außer die Tatsache, dass ich mein ganzes Leben umkrempeln muss. Und ich weiß nicht, ob ich dazu bereit bin.«

»Tja dann ...« Die eisige Hand griff wieder nach seinem Herzen. »Dann frage ich mich, was du hier machst. Du stellst dein Leben ohnehin auf den Kopf, egal ob du nun das Angebot von Felix annimmst oder zu mir ziehst. Wo ist der Unterschied?« Yannis klemmte seine Hände zwischen die Knie.

»Das hier berührt mein Herz.«

»Honey, wenn es schiefgeht, tut es das so oder so. Wenn du eine Fernbeziehung anstrebst, dauert es nur länger. Das hört sich an, als hättest du Schiss vor etwas Festem.«

»Meine letzte Beziehung liegt noch nicht so lange zurück.«

»Und du willst dich erst noch austoben? So hätte ich dich nicht eingeschätzt, aber ich muss wohl den Tatsachen ins Auge blicken.«

Unruhig rutschte sie auf dem Sofa hin und her. »Nein, so bin ich nicht.«

Yannis stand auf und ging einige Schritte zum Fenster, um gleich darauf kehrtzumachen und sich vor ihr aufzubauen. »Herrgott noch mal, Lisa. Was ist es dann?« Am liebsten hätte er sie geschüttelt, bis sie zur Vernunft kam.

»Wenn ich das wüsste, wäre es einfacher.« Sie lehnte sich zurück, um in sein Gesicht sehen zu können. »Es ist das Unbekannte, wovor ich Panik habe. Außerdem will ich dich nicht enttäuschen. Was, wenn ich Mist baue oder sich herausstellt, dass ich es nicht kann? Was, wenn wir feststellen, dass wir doch nicht zueinanderpassen?«

Er seufzte und fuhr sich resigniert durch die Haare. »Du machst dir Gedanken über Dinge, die du nicht wissen kannst, wenn du es nicht wenigstens versuchst! Wenn du den Job nicht schaffst – na und? Dann muss ich mir jemand anderen für die Rezeption suchen, aber immerhin wären wir zusammen. Und wenn wir feststellen, dass es mit uns nicht so klappt, wie wir gerne hätten, dann hast du immer noch Carlotta, deine Wohnung und Felix, der nur darauf wartet, dass es mit uns den Bach hinuntergeht. Ich halte dich doch nicht gegen deinen Willen fest!«

Sie schwieg eine Weile und dachte über seine Worte nach. »Kannst du mir verzeihen?«, fragte sie leise.

Er atmete tief aus. »Das kann ich, wenn ich weiß, dass du es ehrlich meinst. Kannst du mir denn verzeihen?« Er ging in die Hocke und stützte seine Hände rechts und links von ihr auf der Sitzfläche ab.

»Wie meinst du?«, fragte Lisa verwirrt.

»Auch ich habe Fehler gemacht. Ich ließ zu, dass Xenias Worte auf fruchtbaren Boden fielen. Das war unverzeihlich. Ich vergaß, dass es für dich viel schwieriger als für Leon ist, diesen Schritt zu machen. Ich bin mit der Tür ins Haus gefallen, ohne vorher mit dir zu sprechen, habe einfach vorausgesetzt, dass du Ja sagen wirst. Und nicht zuletzt bin ich eifersüchtig auf Felix, da es sich für mich so anhörte, als würdest du seine Gesellschaft der meinen vorziehen. Vor allem, seit ich von diesem Kuss weiß. Das macht es nicht einfacher.«

Sie blickte ihm liebevoll in die Augen. »Such nicht die Schuld bei dir, mein Herz. Ich bin es, die dich gekränkt und verletzt hat, und das tut mir unendlich leid. Es gibt keinen Grund, auf Felix eifersüchtig zu sein, denn ich liebe dich. Und das sage ich nicht nur so. Ich habe es ohne dich nicht ausgehalten. Ich wollte, dass wir uns aussprechen, bevor wir zu Bett gehen. Nur wenn wir ehrlich zueinander sind, kann es funktionieren. Ich habe mich so leer ohne dich gefühlt, ohne deine Umarmung, ohne deine Wärme. Es war, als wäre die Sonne für immer untergegangen.«

Ein leises Lächeln umspielte seinen Mund. »Genauso habe ich mich auch gefühlt.« So nah und doch so fern.

»Dann gib mir eine Chance, lass es mich wiedergutmachen. Mag sein, dass ich die falschen Worte gewählt habe, aber mein Körper spricht die Sprache meines Herzens. Lass mich dir zeigen, wie ich fühle, und mich die Nacht bei dir bleiben.« Unsicher streckte sie ihm ihre Hand wieder hin, und dieses Mal nahm er sie vorsichtig an. Behutsam strich sie über seine Knöchel und hauchte zarte Küsse darauf.

»Du machst es mir nicht leicht, Lisa. Du hältst mein Herz in deinen Händen, trample nicht darauf herum. Ich kann dich nur bitten, darauf zu achten.«

»Das werde ich, mein Engel.« Sie beugte sich zu ihm und küsste ihn sanft, während sie ihre freie Hand zärtlich an seine Wange legte.

Er stöhnte auf, teilte mit seiner Zunge ihre Lippen und küsste sie hart und hungrig, süchtig nach ihrer Liebe.

Er musste sie haben, ihr zeigen, wie sehr er sie brauchte. Yannis riss ihr beinahe die Bluse vom Körper, zerrte ihr den Rock von den Füßen, bugsierte sie auf den Rücken und zog ihren Slip hektisch nach unten, wo er am Knie hängenblieb. Lisa streifte ihn endgültig ab, genauso ungeduldig. Sie wollte ihn spüren, ihm beweisen, dass sie ihm gehörte.

Er kniete sich vor sie hin, spreizte ihre Beine und küsste sie an ihrer intimsten Stelle. Sie schrie leise auf und gab sich der süßen Folter hin, bewegte sich unter ihm, drängte sich ihm entgegen, und seine Zunge erfüllte ihr den Wunsch, schnellte vor und zurück, in sie, über sie. Eine Hand fasste unter ihren Po, der Daumen streichelte vorsichtig über Bereiche, die bisher tabu waren, und steigerte ihr Verlangen in wenigen Sekunden ins Unermessliche. Mit der anderen Hand griff er nach ihren Brüsten und knetete sanft ihre Nippel. Sie schnappte nach Luft, ihr Körper spannte sich an. Er saugte sich ein weiteres Mal fest, und als sein Daumen zart um ihre Rosette kreiste, bäumte sie sich auf, kapitulierte angesichts der aufgestauten Gier und kam zuckend unter ihm.

Aber damit nicht genug. Kaum war sie halbwegs wieder bei Atem, zog sie ihn ins Schlafzimmer und revanchierte sich auf die gleiche Art und Weise.

Er hatte die Augen geschlossen, völlig fokussiert darauf, was sie mit ihm anstellte. Seine Hüften bewegten sich im Takt ihrer Hände, die ihn sanft massierten, und er wusste, wenn er sich nicht schnell auf etwas anderes konzentrierte, würde er nicht mehr lange durchhalten.

»Dreh dich um, Honey«, befahl er leise.

Sie tat es, ohne ihn loszulassen.

Er zog sie über sich und ein unartikulierter Laut verließ ihre Kehle, als sie seinen Mund erneut auf ihrem Geschlecht spürte. Sich gegenseitig so zu verwöhnen, gab ihr einen gewaltigen Kick, die Lust schoss erneut durch sie hindurch und sie stöhnte laut auf, als sie sich in diesen Empfindungen verlor. Bevor sie den Gipfel der Lust erklommen, ließ sie von ihm ab, wanderte mit ihrem Gesäß nach unten und nahm ihn in sich auf, leicht nach hinten geneigt, sodass er ihre Brüste mit seinen Händen umfassen konnte. Sein Mund liebkoste ihren Nacken, ihren Hals, knabberte an ihrem Ohrläppchen. Er flüsterte ihr leidenschaftliche Worte zu, während sie sich auf ihm bewegte. Mittendrin hielt er sie an den Hüften fest und unterbrach ihren Ritt.

»Ich will dich jetzt, Honey. Aber ich bestimme, wo es langgeht.«

Er drehte sie auf den Rücken, kniete sich hin, zog ihr Becken auf seine Schenkel und legte ihre Beine auf seine Schultern, sodass sie sich kaum bewegen konnte. Mit einem Ruck drang er in sie, malträtierte mit jedem Stoß ihren inneren empfindsamen Punkt, verstärkte den Druck durch seine Hände, die er um ihre Taille geschlungen hatte und die seinem Rhythmus folgten. Er beugte sich nach vorne, knabberte zart an ihren Lippen und drang so noch tiefer in sie. Lisa bekam kaum Luft, denn so schnell konnte sie nicht atmen, wie ihre Lungen Sauerstoff benötigten. Er richtete sich ein kleines bisschen auf, dennoch lag sie wie ein Klappmesser unter ihm, unfähig, sich zu bewegen, seinem Willen völlig ausgeliefert. Während sie ihre Augen geschlossen hielt, verfolgte Yannis jede Regung in ihrem Gesicht.

»So ist es gut, Honey. Und jetzt sag mir, was du für mich empfindest.« Sein Ton war fordernd, wenn nicht sogar befehlend.

Seine Hände ließen sie abrupt los, nur um sie gleich darauf auf ihren Brüsten zu spüren.

»Ich liebe dich, Yannis«, keuchte sie.

Er stieß zu, fester und härter als zuvor, drehte ihre Knospen mit seinen Fingern, zog sie in die Länge, trieb sie in den Wahnsinn. »Sag es noch mal. Lauter!«

»Ich liebe dich!«

Ein neuer Stoß. »Was?«

»Ich liebe ...«

Sie fühlte das heiße Pulsieren tief in ihr, gefolgt von seinem warmen Sperma, und schrie auf. Ihre Oberschenkel zitterten, Tränen liefen über ihre Wangen, das Herz polterte hart gegen ihre Rippen. Der Höhepunkt überrollte sie wie ein Tsunami.

»Bitte«, flehte sie. Er strich ein letztes Mal mit seinem Daumen über ihre Perle, was sie endgültig ins Aus katapultierte, und es war ihm völlig egal, ob sie dabei das ganze Hotel zusammenschrie.

Nach einer Weile half er ihr, die Beine wieder auszustrecken, denn sie bebte am ganzen Leib. Yannis verteilte zärtliche Küsse auf ihrem Oberkörper, legte sich hinter sie und zog sie in seine Arme. »Ich liebe dich auch, Honey. Mehr, als du vielleicht ahnst.«

Sie brachte keinen Ton heraus. Was er mit ihr angestellt hatte, war unglaublich. Er ließ jedenfalls keine Zweifel offen, wie die Nächte mit ihm sein konnten. Obwohl er sich genommen hatte, was er wollte, hatte er darauf geachtet, dass auch sie ihre Erfüllung fand.

»Und du willst lieber einem geregelten Leben nachgehen und auf das hier verzichten?«, zog er sie auf, während seine Hände zärtlich über ihren Bauch wanderten.

»Sagen wir mal so, deine Argumente sind ziemlich überzeugend. Verdammt, ich bin nicht prüde, aber so einen Orgasmus hatte ich noch nie.« Unbewusst drückte sie ihren Hintern ein wenig fester an ihn.

»Gewusst wie, mein Schatz. Und du machst es mir einfach, dich zu verwöhnen.«

»Das ist wohl ein schlechter Scherz«, antwortete sie. »Du brauchst mich nur zu küssen und ich bin Wachs in deinen Händen.«

»Dann ist es ja gut. Du siehst, was dabei rauskommt, wenn du auf dein Herz hörst. Glaubst du, das wäre auch passiert, wenn du zu denken begonnen hättest?« Seine Finger wanderten zu ihren Unterarmen, wo er seine Streicheleinheiten fortsetzte.

Sie griff nach seiner Hand, um sie festzuhalten. »Sicher nicht.«

»Das sagt doch alles, oder? Vielleicht solltest du, was die Zukunft betrifft, besser auf dein Herz hören als auf deinen Kopf, Honey.«

»Ich verspreche es.« Sie kuschelte sich wieder in seine Arme.

»Mehr verlange ich gar nicht.«

***

Kurze Zeit später merkte sie an seinen regelmäßigen Atemzügen, dass er eingeschlafen war. Sie lauschte seinem Herzschlag, genoss es, bei ihm zu liegen, und wusste, dass sie genau hierhin gehörte. Im Stillen dankte sie Carli dafür, dass diese ihr ins Gewissen geredet hatte. Sie hätte es nicht ertragen, wenn dieser Streit angedauert hätte. Umso glücklicher war sie, dass nun wieder alles im Lot war, obwohl ihr bewusst war, dass sie an einer Entscheidung nicht vorbeikommen würde. Ihr Liebesakt hatte einem Kampf der Geschlechter geglichen, und ihr Unterleib sandte heiße Wogen durch ihren Körper, nur weil sie daran dachte, wie sie auf ihn reagiert hatte.

Vorsichtig vergrub sie ihre Nase auf seinem Oberkörper und atmete seinen Duft ein. Plötzlich war der Gedanke, sein Angebot anzunehmen, gar nicht mehr so schrecklich, im Gegenteil. Jeden Abend in seinen Armen einschlafen zu können, sich so geborgen und geliebt zu fühlen, würde vieles aufwiegen. Und Streitgespräche kamen sogar in den besten Beziehungen vor. Sie lächelte leise, gab der Müdigkeit nach und versank ins Reich der Träume.

19.

Das Ende naht

Carlotta stand früh auf, an Nachtruhe war nicht mehr zu denken, obwohl sie noch müde war. Die Vorfreude auf Leon hatte sie kaum schlafen lassen und war auch der Grund, wieso sie so zeitig wach war. Bevor sie sich noch zwei Stunden im Bett ruhelos von einer Seite auf die andere wälzte, beschloss sie, die Zeit lieber zu nutzen. Sie kramte ihren Badeanzug aus dem Koffer und lief ein letztes Mal an den Strand hinunter. Mit halb geschlossenen Augen beobachtete sie verträumt die Morgenröte und als die Sonne so weit am Himmel stand, um Tageslicht zu spenden, stürzte sie sich ins Meer und schwamm hinaus. Das kühle Wasser erfrischte und weckte ihre Lebensgeister.

Als Yannis und Lisa um halb acht an ihren Tisch kamen, war sie schon geduscht und für die Abreise angezogen.

»Du bist ja früh auf«, begrüßte Yannis Carlotta. »Was ist los, Reisefieber?«

»Genau. Guten Morgen, ihr zwei.«

»Morgähn.« Lisa rieb sich über die Augen. Die Nacht war viel zu kurz gewesen. »Kaffee«, murmelte sie. »Intravenös, wenn's geht.«

Yannis lächelte und schob ihr einen Espresso zu. »Hier, mein Schatz. Ich hoffe, du bist in zwei Stunden munter genug, um die Gäste nicht zu vergessen, die du vom Flughafen abholen sollst?«

»Sollte ich hinkriegen«, meinte sie und trank die Tasse aus. Es war ihr ein Rätsel, wieso Yannis fit wie ein Turnschuh war. »Kann ich noch einen haben, bitte?«

Nach drei Espressos, einem großen Milchkaffee und einem Müsli mit frischem Obst und Joghurt befand sie sich wieder unter den Lebenden. »Wann müssen wir los?«

Carli blickte auf die Uhr. »In etwa einer halben Stunde.«

Yannis tupfte sich den Mund ab und legte anschließend die Serviette zur Seite. »Lisa, dann komm kurz mit ins Büro, damit ich dir die Daten geben kann.«

Schließlich war es soweit, Yannis umarmte Carlotta freundschaftlich zum Abschied und küsste sie auf die Wange. »Komm gut nach Hause, Carli. Es war mir eine Freude, dich kennenzulernen. Melde dich zwischendurch, wie es dir geht, ja? Viel Glück!«

»Das mach ich gerne. Ich danke dir für die Einladung und alles, Yannis.« Herzlich erwiderte sie die Umarmung.

Yannis hievte ihr Gepäck in den Minivan, schloss die Tür und gab Lisa einen zärtlichen Kuss.

Als sie im Auto saßen, wollte Carlotta wissen: »Na, wie lief eure Aussprache gestern?«

»Gut, es war wichtig, dass ich zu ihm gegangen bin«, antwortete Lisa und wich kleinen Gesteinsbrocken aus, die auf der Straße lagen. »Ich hätte nie gedacht, dass ihn meine Worte so tief verletzt haben.«

»Aber jetzt ist alles gut?«

»Wir haben uns ausgesprochen und versöhnt.«

Carlotta grinste anzüglich. »Das, meine Liebe, war nicht zu überhören.«

»Oh.« Lisa wurde rot.

»Mach dir nichts draus. Soweit ich weiß, war lediglich unser Zimmer in der obersten Etage belegt. Versöhnungssex soll ja am schönsten sein. Aber ich denke, der Wiedersehenssex ist auch nicht ohne.« Ihr Gesicht nahm einen verträumten Ausdruck an.

»Das glaube ich aufs Wort. Leon und du, ihr werdet heute sofort übereinander herfallen und vor Montag nicht mehr aus dem Bett kommen«, prophezeite Lisa grinsend.

Carli schüttelte bedauernd den Kopf. »Geht nicht, der Kühlschrank ist leer. Einkaufen sollte ich schon noch. Wie geht das jetzt bei euch weiter?«

»Ich weiß es nicht, ich habe noch keine Entscheidung gefällt. Ich fliege am Mittwoch wie geplant zurück. Selbst wenn ich sein Angebot annehme, müssen einige Dinge geregelt werden.«

»Dann sehen wir uns nächstes Wochenende?«

»Darauf kannst du dich verlassen. Ich melde mich, sobald ich daheim bin.«

Inzwischen waren sie am Flughafen angekommen und Lisa parkte vor dem Gebäude. Carli wuchtete ihren Koffer aus dem Auto, während Lisa die Namensschilder der eintreffenden Gäste vom Rücksitz nahm.

»Das war vielleicht eine verrückte Woche«, begann Carlotta ihren Abschied.

Lisa nickte lächelnd. »Das kann man laut sagen. Aber mich vorher noch aufziehen, weil ich mich auf der Insel verliebt habe. Du kennst ja den Spruch mit dem Glashaus.«

»Jaja. Ertappt. Wie auch immer, Süße, ich muss langsam los«, sagte Carli grinsend, nachdem sie einen Blick auf die Uhr geworfen hatte.

Lisa seufzte. »Ich war so froh, dass du hier warst. Komm gut nach Hause und grüß Leon. Meld dich, ja?«

»Natürlich. Wir hören uns am Mittwoch, wenn du zurück bist.«

»Auf jeden Fall! Mach's gut, Carli.« Lisa drückte ihre Freundin fest an sich.

Carli löste sich aus der Umarmung, griff nach ihrem Koffer und ging beschwingt zur Abfertigung. Dort drehte sie sich noch mal um und winkte kurz, bevor sie hinter den Türen verschwand.

Lisa warf einen Blick auf die Anzeigentafel. Die Maschine mit den neuen Gästen wurde in einer knappen halben Stunde erwartet. Langsam machte sie sich auf den Weg zur Ankunftshalle und positionierte sich so, dass sie mit ihren Namenstafeln gut sichtbar war. Sie kam sich dabei nicht so blöd vor, wie sie befürchtet hatte. Innerlich musste sie grinsen. Ihr erster Job fürs *Caretta Palace*, wenn man so wollte. Falsch machen konnte sie hierbei jedenfalls nichts, denn die Gäste kamen aus Deutschland. Sie zauberte ein freundliches Lächeln auf ihr Gesicht und hob die Schilder in die Höhe, als die ersten Passagiere dieses Fluges aus der Gepäckausgabe strömten.

Zwanzig Minuten später hatte sie die Eheleute Weidner und Kunz zum Auto dirigiert und griff nach einem der Koffer, um beim Verstauen des Gepäcks behilflich zu sein.

»Nichts da, junge Frau. So zierlich und zerbrechlich, wie Sie sind, mache ich das schon.«

Lisa ließ den Koffer los und war heilfroh, nicht viermal zwanzig Kilo heben zu müssen. »Vielen Dank, Herr Weidner.«

»So weit käme es noch«, brummte er. »Nehmen Sie ruhig schon Platz«, wandte er sich an seine Mitreisenden. »Bringt ja nichts, wenn wir hier alle herumstehen. Ich will langsam los!«

Lisas Mundwinkel zogen sich belustigt nach oben. Dieser Mann war es anscheinend gewohnt, Befehle zu erteilen, und noch mehr, dass diese auch befolgt wurden. Letztlich waren die Gepäckstücke sicher im Auto verstaut und die Gäste hatten ihre Plätze eingenommen.

»Bitte schnallen Sie sich an«, bat Lisa. Sie startete den Motor und fädelte in den Verkehr ein. Kaum war sie auf der Hauptstraße, erkundigte sie sich nach dem Wetter in Deutschland, woher die Herrschaften denn genau kamen und wie lange sie bleiben würden. Schnell hatte sie mit ihrer herzlichen Art die Paare für sich gewonnen und eine harmonische Stimmung geschaffen.

»Arbeiten Sie schon lange hier?«, wollte Frau Weidner wissen.

Lisa lachte. »Nein. Ich habe heute sozusagen meinen ersten Einsatz. So, da wären wir. Willkommen im *Caretta Palace*! Ich melde Sie sofort an.« Sie hüpfte aus dem Auto, öffnete die Türen, damit die Damen leichter aussteigen konnten, und lief ins Hotel.

»Du bist schon da? Ging alles gut?« Yannis eilte ihr entgegen und umarmte sie zärtlich.

»Ja. Das sind sehr liebe Leute.« Kaum hatte sie den Satz beendet, betraten diese das Foyer. »Yannis, das sind Familie Weidner und Familie Kunz.«

Yannis begrüßte die Gäste mit Handschlag. »Sehr erfreut, willkommen auf Zakynthos. Mein Name ist Yannis Strakidis, ich bin hier der Verantwortliche. Wenn Sie also irgendwelche Fragen oder Probleme haben, wenden Sie sich gerne an mich.«

»Ach, da haben Sie mir aber einen schönen Bären aufgebunden!« Frau Weidner schmunzelte und hob den Zeigefinger. »Sie hätten uns doch sagen können, dass Sie die bessere Hälfte des Chefs sind.«

Yannis zog amüsiert die Augenbraue in die Höhe. »Achso?«, flüsterte er Lisa ins Ohr. »Ein sehr schöner Gedanke.«

Lisa blickte verlegen zu Boden.

»Dürfte ich Sie kurz um Ihre Ausweise bitten, und wenn Sie mir hier diese Formulare noch ausfüllen würden? Vielen Dank.« Yannis hatte sich schnell wieder gefasst und kümmerte sich nun um den Check-in.

Lisa setzte sich neben ihren Liebsten und beobachtete ihn bei der Arbeit. So schwer sah das eigentlich nicht aus, was er da machte, auch wenn seine Finger nur so über die Tastatur flogen, während er die Eingaben in der Software vornahm. Kurz darauf waren die Magnetkarten programmiert und wurden den Gästen ausgehändigt.

»Zimmer 207 für Herrn und Frau Kunz. Zweite Etage, aus dem Lift nach links. Ich wünsche Ihnen einen angenehmen Aufenthalt bei uns.« Er reichte den

Genannten ihre Schlüssel und widmete seine Aufmerksamkeit dem verbliebenen Paar. »Und das Ehepaar Weidner ist im Zimmer 212 untergebracht. Ihr Gepäck wird sofort nach oben gebracht.«

»Vielen Dank!« Herr Weidner nickte ihnen zu und wandte sich an seine Frau. »Kommst du, Annegret?«

Lisa sah den Gästen nach, bis sie außer Sichtweite waren.

»Mehr ist nicht zu tun? Die Daten aufnehmen, in den Computer eingeben und das war's?«

»Im Großen und Ganzen – ja. Warum fragst du?«

»Zeig es mir bitte. Ich gebe dir damit zwar noch immer keine Antwort, aber so bekomme ich eine Ahnung davon, was auf mich zukommen würde.« Außerdem war es nur gerecht, sie hatte nämlich beschlossen, auch bei Felix einen Probe-Arbeitstag einzulegen, um sich ein Bild machen zu können.

»Aber draußen scheint die Sonne! Möchtest du nicht den Tag nutzen und dein Buch weiterlesen?« Ungläubig blickte er sie an.

»Nein. Was gibt es Schöneres, als mit dir zusammenzusein?«

Ein glückliches Lächeln erhellte Yannis' Gesicht. Er nahm ihre Hand, führte sie zu seinen Lippen und hauchte einen Kuss darauf. »Danke«, sagte er schlicht.

Er rief das Programm auf und erklärte ihr die Handhabung und die Hintergründe, brachte ihr die Fachausdrücke bei und staunte nicht schlecht über die rasche Auffassungsgabe, die sie an den Tag legte.

»Wenn du magst, kannst du am Nachmittag die Gäste einchecken.«

»Das traue ich mir noch nicht zu, glaube ich. Es ist beeindruckend, wie komplex das alles ist.«

»Keine Sorge, ich bin bei dir und spähe dir über die Schulter. Willst du es versuchen?«

»Mit deiner Hilfe? Ja.«

»Das hat Spaß gemacht«, sinnierte Lisa, als sie den Abend auf Yannis' Terrasse ausklingen ließen. »So schwer war es nicht. Der direkte Kontakt mit dem Kunden, äh, ich meine natürlich mit dem Gast, ist eine völlig neue Erfahrung.«

»Ich bin stolz auf dich«, meinte Yannis. »Du hast mich sehr glücklich gemacht. Dennoch darf man nicht vergessen, dass heute nicht viel los war. Heftig wird es, wenn dann noch das Telefon klingelt, E-Mails auflaufen und eine Gruppe von Leuten gleichzeitig was von dir wissen will. Dann noch freundlich zu lächeln und höflich zu bleiben geht an die Substanz.«

»Es ist etwas völlig anderes, stimmt. Hier stehen die Menschen direkt vor einem. In meinem Job habe ich nur per Mail oder am Telefon mit ihnen zu tun. Theoretisch wäre es sogar egal, wenn man in Unterwäsche zur Arbeit geht.«

»Das wirst du schön bleiben lassen«, sagte Yannis gespielt drohend. »Die darf nur ich sehen.«

»Tja dann ...« Lisas Blick war verheißungsvoll. »Auf was wartest du noch?«

»Das lasse ich mir nicht zweimal sagen«, murmelte Yannis. Er reichte ihr seine Hand und half ihr aus ihrer sitzenden Position. »Ich bevorzuge dafür eine etwas heimeligere Umgebung.«

In seinen inzwischen wieder strahlenden Augen konnte sie die Leidenschaft erkennen, die in ihm brannte und die sie auch in ihrem Innersten fühlte. Sie leckte unbewusst über ihre Oberlippe. »Und das«, antwortete sie leise, »lasse ich mir nicht zweimal sagen.« Sie ergriff seine Hand und folgte ihm ins Schlafzimmer.

***

Der Sonntag gehörte ihnen. Es wurden keine neuen Gäste erwartet, die Rezeption war besetzt, und das Personals wusste, was zu tun war. Yannis beschloss, Lisa seine Lieblingsplätze auf der Insel zu zeigen, ließ dafür einen großen Picknickkorb herrichten und packte ihre Badesachen ein. Nach einem ausgiebigen Frühstück, welches sie in seiner Wohnung zu sich nahmen, ging es los.

Der erste Halt war das kleine Bergdorf Gyri, welches zur Hälfte verlassen stand. Hier war der Kontrast zwischen alten Bauwerken neben prunkvollen Neubauten extrem.

»Viele der Bewohner, die nach dem schweren Erdbeben ihre Häuser verließen, sind nicht mehr zurückgekommen«, erklärte Yannis die leerstehenden Gebäude, von denen teilweise nur noch Ruinen übrig waren.

Trotzdem hatte das Dorf seinen Charme. An der einspurigen Hauptstraße befanden sich die meisten Gebäude. Hand in Hand liefen Lisa und Yannis durch die kleinen Gassen. Lisa zählte eine Kirche, ein Schulhaus mit einem Raum und zwei Tavernen, bevor sie ein Stück Richtung Wald wanderten, an dessen Rand

Bienenstöcke aufgereiht waren. Nussbäume säumten den Weg.

»Ich bin immer wieder fasziniert, wie grün diese Insel ist«, sagte Lisa und atmete die frische Luft ein. Eine Gänsehaut lief über ihre Arme.

»Ist dir kalt?« Es war hier oben bedeutend kühler, das Dorf lag immerhin 550 Meter über dem Meeresspiegel.

»Es geht schon, danke.«

»Das Café hat offen. Möchtest du rein?«

»Es sieht urig aus, aber nein, danke.« Lisa wunderte sich. So ausgestorben wie das Dorf war, aber in dem kleinen Stübchen steppte der Bär. »Da dürfte gerade die gesamte Bevölkerung des Örtchens drin sein.«

Sie gingen zum Auto zurück und fuhren weiter an die Westküste. Im Landesinneren wechselten sich Olivenhaine mit Obstbäumen und Wildkräutern ab, und Lisa konnte sich kaum sattsehen an der üppigen Vielfalt der Pflanzen.

Yannis klärte sie auf: »Auf Zakynthos werden Aprikosen, Zitronen und Orangen, Feigen, Birnen und Granatäpfel geerntet. Diese Bäume prägen das Landschaftsbild. Am Straßenrand stehen aber auch Pappeln, Maulbeerbäume und Platanen. Frag mich aber bitte nicht, welche Kräuter hier wild wachsen, da kenne ich nur den Thymian.«

»Ich glaube, langsam weiß ich, wieso die Insel Blume des Ostens genannt wird«, sinnierte Lisa.

Sie konnte die Aussicht genießen, da sie nicht fahren musste. Das nächste Ziel war der Felsbogen von Korakonissi mit seinem traumhaft schönen Meeresbecken, welches zum Schnorcheln einlud.

»Der sieht ulkig aus«, war Lisas Kommentar.

»Hier werden wir den Rest des Tages verbringen. Und zum Abendessen sind wir dann in Kambi. Dort wirst du einen traumhaften Sonnenuntergang erleben.«

»Und, wie hat es dir heute gefallen?«, erkundigte er sich später, als sie auf der Aussichtsterrasse einer Taverne Platz genommen hatten, welche wie der Bug eines Schiffes geformt über die Steilklippe hinausragte.

Der Ausblick war sensationell. Yannis hatte nicht zu viel versprochen, als die Sonne wie ein glutroter Stern langsam im Meer versank und die Umgebung in grelles Pink tauchte, zu sanftem Orange wechselte und letztlich zu blassem Gelb wurde. Lisa hatte nie einen schöneren Sonnenuntergang gesehen.

»Es war wunderschön. Aber das hier ist wohl das Sahnehäubchen obendrauf«, antwortete Lisa und hielt den Atem an. Ihr Puls beschleunigte sich unweigerlich bei Yannis' Anblick, denn er sah einfach umwerfend und unwiderstehlich aus. Das schwindende Licht ließ ihn geheimnisvoll und verwegen wirken. Die Brise des Abendwindes trug einen Hauch seines Aftershaves an ihre Nase.

»Könntest du dir vorstellen, hier zu leben? Es ist etwas völlig anderes, auf der Insel Urlaub zu machen oder eben hier zu wohnen und zu arbeiten.« Yannis schluckte schwer. Er wusste, er konnte mit dieser Frage alles verderben, aber er brauchte scheinbar Gewissheit.

Lisa griff über den Tisch und verschränkte ihre Finger mit den seinen. »Das ist mir klar, mein Herz. Mit dir zusammen kann ich mich mit dem Gedanken anfreunden.«

»Heißt das, du wirst mein Angebot annehmen?« Seine Stimme verriet seine Nervosität.

Lisa blickte ihn unsicher an. »Yannis«, begann sie vorsichtig, »bitte, dränge mich nicht. Ich möchte auf jeden Fall noch bei Felix Probearbeiten. Und dann brauche ich ein bisschen Zeit für mich, um die ganzen Eindrücke zu verarbeiten. Ich wollte nach dem Mist zu Hause zu mir finden, deswegen bin ich hierhergekommen. Dazu hatte ich aber gar keine Zeit, denn gleich am zweiten Tag sind wir uns begegnet. Bitte versteh mich.«

»Das tu ich, Lisa. Entschuldige. Ich wünsche es mir nur so sehr.«

Und ich habe eine Heidenangst, dich an Felix zu verlieren, fügte er im Stillen hinzu.

20.
Wieder daheim

Warme, abgestandene Luft schlug ihr entgegen, als sie ihre Wohnungstür aufstieß. Kein Wunder, zwei Wochen lang waren die Fenster geschlossen und die Jalousien halb heruntergelassen gewesen. Lisa stellte ihren Koffer im Flur ab, öffnete alle Rollos und riss die Balkontüren auf, um Sonne und frische Luft hereinzulassen. Als Nächstes schnappte sie sich die Gießkanne und versorgte die beiden Palmen, die zwar die Blätter leicht hängenließen, aber weit davon entfernt waren, einzugehen. Auch ihre Orchideen hatten ihre Abwesenheit gut überstanden.

Der nächste Schritt führte sie in die Küche, wo sie ihren Kaffeeautomaten einschaltete. Sie bereitete sich eine große Tasse zu, setzte sich auf der Terrasse in ihren Korbsessel und ließ die letzten Tage Revue passieren.

Sie schloss die Augen, nippte an ihrem Kaffee und dachte wehmütig an den gestrigen Abend zurück, begleitet vom Zwitschern der Kohlmeisen, die sich in der Hecke ihres Gartens tummelten.

Sie hatte für Yannis gekocht und es war eine neue und wunderschöne Erfahrung gewesen, gemeinsam zu

Abend zu essen und den Tag miteinander ausklingen zu lassen.

Das Licht war auf ein Minimum gedimmt gewesen, eine Kerze hatte für romantische Stimmung am Tisch gesorgt. Yannis hatte ihre Kochkünste gleich nach dem ersten Bissen gelobt und genüsslich die Augen geschlossen, um den Geschmack vom Putenröllchen mit Käse-Kräutersoße auszukosten. Sie könne als Köchin anfangen, wenn ihr die Rezeption nicht liegen sollte, hatte er scherzhaft gemeint und ihr dabei zugezwinkert, bevor er sich mit gutem Appetit über seinen Teller hergemacht hatte.

Nach dem Essen hatten sie sich aufs Sofa gekuschelt, Musik gehört und die Anwesenheit des anderen genossen. Lisa war mit ihren Fingern hingebungsvoll die Konturen seines Gesichts nachgefahren. Sie hatte sich jede Geste, jeden Wimpernschlag und jedes Lächeln eingeprägt, um davon zehren zu können, wenn sie die nächste Zeit allein in ihrem Bett liegen musste. Zu dem Zeitpunkt war sie sich schon sicher gewesen, dass sie sein Angebot annehmen würde, wollte aber den Probetag bei Felix abwarten, um endgültig zu entscheiden. Als hätte Yannis ihre Gedanken gelesen, hatte er sie sehnsüchtig angeblickt.

»Flieg nicht nach Hause, Honey. Ich kann mir gar nicht vorstellen, die Nächte wieder allein verbringen zu müssen«, hatte er gesagt.

»Ich muss. Aber mir geht es nicht anders. Wir werden jeden Abend telefonieren, bevor wir schlafengehen, okay?« Ihr Herz hatte sich schmerzhaft zusammengezogen, als ihr bewusst wurde, dass dies bereits am nächsten Tag sein würde.

»Besser als nichts. Aber ein mieser Ersatz für das hier.«

Und dann waren seine Lippen von ihrem Dekolleté zu ihrem Hals und weiter zu ihrem Mund gewandert, der sich willig geöffnet und seinen Kuss erwidert hatte. Die Zärtlichkeiten waren fordernder, intensiver und sehnsüchtiger geworden, bis sie es schließlich nicht mehr ausgehalten hatten, ins Bett gewechselt waren und dort ihren Emotionen freien Lauf gelassen hatten. Ihre Körper waren miteinander verschmolzen, eins geworden, aber die Wehmut, die Lisa bei dem Gedanken empfunden hatte, ihn heute verlassen zu müssen, hatte sie davon abgehalten, der Lust zu schnell nachzugeben. Sie hatte dieses Gefühl bis zur letzten Sekunde auskosten wollen, jeden Moment genießen. Ihr Akt war sanft und zärtlich gewesen, meilenweit entfernt von der hungrigen Besessenheit nach ihrem Streit, aber nicht weniger überwältigend. Und als sie endlich ihre Erlösung gefunden hatte, hatte auch Yannis laut aufgestöhnt und dabei ihren Namen gerufen. Eng umschlungen waren sie liegengeblieben und hatten dem Echo ihrer Herzen gelauscht, bis sich ihr Puls wieder normalisiert hatte.

»Ich liebe dich«, hatte er ihr ins Ohr geraunt, sich von ihr gerollt und sie an sich gezogen.

»Und ich liebe dich«, hatte sie flüsternd geantwortet.

Sie hatte in dieser Nacht nicht schlafen wollen, sondern jeden Augenblick in seinen Armen bewusst erleben. Trotzdem hatte die Müdigkeit sie dann doch irgendwann übermannt.

Heute Morgen waren sie zu nachtschlafender Zeit und völlig übermüdet aufgestanden. Er hatte sie zum Flughafen gebracht, dort ein letztes Mal geküsst und ihr nachgewunken, als sie durch die Türen der Security verschwand. Während der Fahrt zum Flughafen hatten sie kaum miteinander gesprochen, jeder war in seinen eigenen Gedanken versunken gewesen, Lisas Hand hatte auf seinem Oberschenkel gelegen.

Ihre Tränen waren gekommen, als sie im Flugzeug saß und die Maschine an Höhe gewann. Zakynthos war immer kleiner geworden und schließlich aus ihrem Blickfeld verschwunden. Sie hatte zwar damit gerechnet, dass es nicht leicht sein würde, die Insel – und damit Yannis – zu verlassen, aber nicht, dass es so schlimm sein würde.

Jetzt, wieder zu Hause, seufzte sie und nahm einen Schluck aus ihrer Tasse. Mit jeder Faser ihres Körpers sehnte sie sich zurück, und sie war noch keine sechs Stunden von ihm getrennt. »Das kann ja heiter werden«, murmelte sie und schüttelte den Kopf. »Wem mache ich hier eigentlich etwas vor?« Lisa trank ihren Kaffee aus, brachte das Geschirr zurück in die Küche und widmete sich dann ihrem Koffer. Es hatte zwar alles keine Eile, aber sie wollte die Schmutzwäsche erledigen. Sobald Carli Feierabend hatte, würde sie sich bei ihr melden, um zu hören, wie es ihr ging und was es Neues gab.

Diese kam ihr jedoch zuvor. Sie rief nicht an, sondern stand plötzlich mit Leon an der Hand vor ihrer Wohnung.

Sie fielen sich um den Hals und drückten sich.

»Kommt doch rein«, bot Lisa an. »Ich bin aber noch nicht einkaufen gewesen. Ich kann euch also höchstens Orangensaft aus dem Tetra Pak anbieten oder eine Flasche Rotwein, die noch hier ist.«

»Alles in Ordnung, Süße. Das haben wir uns schon gedacht.« Carli überreichte ihr eine Tasche, in der sich gekühlter Prosecco, Grissini-Stangen und Aufstriche befanden. Sie schlüpften aus ihren Schuhen und nahmen auf der Couch Platz, während Lisa das prickelnde Getränk in Gläser schenkte und den Orangensaft aus dem Kühlschrank holte.

»Erzähl, wie war's?«, erkundigte sich Carli und tauchte ein Grissini in den Aufstrich.

»Schön, aber letztlich zu kurz. Aber erst zu euch, es scheint, als hätte Leon es noch nicht bereut, zu dir gezogen zu sein?«

Dieser schüttelte vehement den Kopf. »Sicher nicht. Etwas Besseres hätte mir gar nicht passieren können.« Verliebt blickte er Carli in die Augen und streichelte über ihren Handrücken, bevor er sich wieder an Lisa wandte. »Danke, dass ich deine Wohnung haben kann, die ist wirklich hübsch.«

Er ließ seinen Blick über die Einrichtung schweifen: ein gekonnter Stilmix aus modern und alt. Das anthrazitfarbene Sofa, auf dem sie saßen, war mit vielen Kissen einladend und gemütlich. Die Vitrine aus lackiertem Kirschholz, aus der Lisa zuvor die Gläser genommen hatte, war antik, ebenso das Tischchen, auf dem die Orchideen standen. An der Wand hing eine Steampunkuhr aus verschieden großen Zahnrädern in Bronze- und Kupfertönen. Ein Stilmix, der auch in Küche und Schlafzimmer zu finden war – es passte einfach zu Lisa. Klein, aber fein. Aber würde sich auch Leon hier wohlfühlen?

»Und du willst ernsthaft für uns arbeiten? Carlotta hat erzählt, dass dir Yannis auch einen Job angeboten hat. Wenn du mich fragst, solltest du das machen. Yannis liebt dich.«

»Ich weiß, und ich liebe ihn.« In Lisas Augen trat ein sehnsüchtiger Ausdruck.

»Was hält dich dann davon ab?«

Lisa lächelte. »Beinahe nichts mehr, außer mein Versprechen Felix gegenüber.«

»Du gehst nach Griechenland? Cool! Wie geil ist das denn?« Carlis Freude währte nur eine Sekunde. »Ach Mist, dann bist du ewig weit weg!«

Lisa zog ihre Augenbrauen schmunzelnd in die Höhe. »Wie war das? Die Insel ist nicht mal drei Flugstunden entfernt? Außerdem werde ich vorher noch bei Felix arbeiten, um sicher zu sein. Aber im Prinzip geht meine Tendenz dazu, Yannis' Angebot anzunehmen.«

»Auf das sollten wir anstoßen«, meinte Leon und hob sein Glas. »Auf die Liebe und auf die Freundschaft!«

Sie prosteten sich zu und schwiegen einen feierlichen Moment.

»Und du bestehst auf diese Probetage?«, vergewisserte er sich.

Lisa nickte. »Ja. Ich will mir später keine Vorwürfe machen müssen. Eigentlich wollte ich heute noch mit Felix telefonieren, um die Details für meinen Besuch zu besprechen.«

»Wann fährst du?«

»Am Sonntagnachmittag mit dem ICE. Ich habe vor, mich zwei Tage mit der Firma vertraut zu machen, mir ein Bild über Kollegen und die Arbeit zu verschaffen und dann meine endgültige Entscheidung zu treffen.«

Carlotta leerte die letzten Tropfen der Flasche in ihr Glas.

»Dann wollen wir dich heute nicht länger aufhalten. Es ist schön, dass du wieder zu Hause bist.«

Die drei verabschiedeten sich herzlich voneinander. Lisa war froh über ihren Besuch, er hatte sie aufgemuntert.

21. Neue Eindrücke

Felix war nicht zu übersehen. Er überragte alle anderen Menschen am Bahnsteig und grinste wie ein Honigkuchenpferd, als er Lisa sah. Er breitete die Arme aus, um sie an sich drücken zu können.

»Da bist du ja«, stellte er fest und musterte sie von oben bis unten. »Du bist noch hübscher geworden, die Urlaubsbräune steht dir. Und du bist dir sicher, dass du diesen Probetag abhalten willst?«

»Fang du nicht auch noch damit an«, stöhnte Lisa und boxte ihm freundschaftlich in die Rippen. »Dein Bruder hat mich diesbezüglich schon genug genervt.«

»Und er hat völlig recht. Wieso bist du nicht gleich bei Yannis geblieben? War er garstig zu dir?«

Lisa lachte. Garstig – das Wort hatte sie schon lange nicht mehr gehört. »Sicher nicht. Xenia, die war garstig.«

Damit hatte sie Felix' Neugierde geweckt, und sie berichtete ihm von den Vorkommnissen auf der Insel, während sie zu seiner Wohnung fuhren.

»Oh, das ist aber echt übel. Das hätte ich ihr nicht zugetraut, auch wenn mir klar war, dass sie ein infames Miststück ist. So, da wären wir«, wechselte er das Thema. »Magst du zuerst dein zukünftiges Domizil sehen?«

»Das eilt nicht. Ich richte mich da ganz nach dir.«

»Gut, ich hatte gehofft, dass du das sagst. Ich habe nämlich schon das Abendessen vorbereitet und würde nur ungern darauf sitzenbleiben. Morgen früh fährst du mit mir in die Firma, dort lernst du meinen Vater, deinen Abteilungsleiter und natürlich deine möglichen zukünftigen Kollegen kennen. Danach gibt's eine Führung durchs Werk, damit du eine Ahnung von der Produktion erhältst. Mittagessen dann in der Kantine, und im Anschluss darfst du in die Einkaufsabteilung. Dort wird dich Katrin Scherer unter ihre Fittiche nehmen. Du wirst sie mögen, ihr seid etwa gleich alt. Katrin hat bei uns im Betrieb ihre Lehre absolviert und kennt die Firma also von der Pike auf. So, und jetzt genug von der Arbeit. Hast du Hunger?«

Inzwischen hatte er die Wohnungstür aufgesperrt und ließ ihr den Vortritt.

»Um ehrlich zu sein, ja.«

Felix stellte ihren Trolley vor einer Tür ab. »Sehr fein. Mach es dir bequem und schau dich um, ich bin in der Küche.«

Lisa nahm den Flur genauer unter die Lupe, während sie ihre Schuhe auszog. An einer Wand war die Garderobe untergebracht, sehr modern gehalten. Schwarze Stahlrohre waren beinahe willkürlich zusammengeschweißt, aber doch so, dass es Sinn ergab und Platz für Kleiderbügel bot. Daneben befanden sich ein schmaler, raumhoher Spiegel und ein Korbsessel mit Sitzkissen. An der Wand darüber hing eine Fotocollage von den Zwillingen: Als Weihnachtsmänner mit Zipfelhaube, die Skier an die Schultern gelehnt, ähnlich wie die Profisportler im Fernsehen oft posierten. Felix mit kurzen Haaren, sodass er seinem Bruder zum Verwechseln ähnlichsah, in Lederhosen mit Maßkrug in der Hand im Bierzelt. Ein Schnappschuss beim Beach-Volleyball am Strand. Lisa musste neidlos zugeben, dass Felix eine fantastische Figur hatte. Wäre sie nicht in Yannis verliebt, hätte dieses Bild sie gehörig durcheinandergebracht – auch so konnte sie ihren Blick kaum davon lösen.

Sie öffnete die Tür rechts vom Kleiderständer und spähte hinein – sein Schlafzimmer. Männlich, praktisch, ohne viel Schnickschnack, aber doch geschmackvoll eingerichtet. Lisa schnupperte. Es roch nach dem umwerfenden Deo, das er in seinem Koffer gehabt hatte. Nach Felix eben. Sie schloss die Tür wieder und ließ ihren Blick weiterwandern. Daneben befanden sich Bad und Toilette, die Lisa gerade recht kam. Nach dem Händewaschen kehrte sie zu Felix zurück.

»Schön hast du es hier. Kann ich dir helfen?«

»Setz dich.« Felix drückte ihr ein gefülltes Champagnerglas in die Hand. »Zur Feier des Tages. Ich freue mich, dass du hier bist. Cheers!«

»Prost!« Lisa nippte vorsichtig. »Oh, der ist verdammt lecker. Fruchtig und nicht so trocken, ausgezeichnet.«

»Freut mich, wenn ich deinen Geschmack getroffen habe.« Mit einem kleinen Löffel kostete er von der Suppe, schüttelte den Kopf und griff nach dem Salz, welches neben der Herdplatte stand.

»Die Küchenschürze steht dir«, schmunzelte Lisa.

In ihr tauchte ein Bild auf, wie er nur mit der Schürze bekleidet in der Wohnung wartete. An sich ein erotischer Gedanke, leider der falsche Mann. Vielleicht sollte sie das mit Yannis versuchen. Sie vermutete allerdings, dass dann das Essen entweder anbrennen oder kalt werden würde.

»Wir können«, verkündete Felix und dirigierte sie zum Esstisch.

Felix hatte ein komplettes Menü vorbereitet: Suppe, Hauptgang und Nachtisch, dazu jeweils passende Getränke.

»Ich platze gleich«, prophezeite Lisa, nachdem sie den letzten Rest vom Teller gekratzt hatte. »Da stecken verborgene Talente in dir.«

»So verborgen sind die eigentlich nicht. Ich koche leidenschaftlich gern, aber natürlich kannst du das nicht wissen. Oft lade ich am Wochenende Freunde ein, die ich dann bekoche. Das ist immer sehr gemütlich.«

»An dir ist ein Haubenkoch verlorengegangen«, meinte sie.

Der Abend verging rasend schnell, die Vertrautheit, die sie in Griechenland gespürt hatten, festigte sich und es war, als hätten sie sich schon immer gekannt. Sie sprachen über alles Mögliche, vertieften sich im Austausch von Rezepten, denn auch Lisa stand gerne in der Küche, allerdings nur wenn sie für jemanden kochen konnte. Für sie allein lohnte der Aufwand kaum.

»Wie war deine Ex eigentlich?«, wollte Lisa irgendwann von Felix wissen. Sie hatten es sich auf dem Sofa bequem gemacht. Lisa saß mit angewinkelten Beinen darauf, während Felix sich im Schneidersitz niedergelassen hatte.

Dieser zuckte die Schultern. »Sie hatte blonde Haare wie du, aber länger. Ihre Augen waren blau, im Gegensatz zu deinen.«

»Ich meinte eher ihren Charakter. Wie seid ihr zusammengekommen und wieso ging es in die Brüche?« Obwohl sie bis obenhin satt war, langte sie zu der Schale mit den Erdnüssen und holte sich eine Handvoll.

»Ich war neunzehn Jahre alt, sie siebzehn, als wir uns kennenlernten. Das war auf der Geburtstagsparty eines Freundes. Im Laufe des Abends haben wir viele Gemeinsamkeiten entdeckt. Sie mochte die gleichen Filme, die gleiche Musik, trieb Sport. Sie war geradeheraus, nahm kein Blatt vor den Mund, sagte, was sie dachte. Nach etwa einem Monat waren wir fest zusammen, kein halbes Jahr später sind wir zusammengezogen.«

Er lächelte bei dem Gedanken daran, aber Lisa konnte auch den Schmerz in seinen Augen erkennen.

»Wenn es dir schwerfällt, musst du es mir nicht erzählen.«

»Schon okay, Sweetheart.« Felix tippte mit dem Zeigefinger gegen seinen Schneidezahn, bevor er weitersprach. »Das hat die ersten Jahre auch gut funktioniert, aber als ich mir langsam Gedanken über unsere gemeinsame Zukunft machte und das Thema Hochzeit und Familienplanung ansprach, war sie wie vor den Kopf gestoßen.« Felix zuckte die Schultern. »Sie meinte, es wäre noch zu früh, ich bräuchte erst einen festen Job und ich solle mein Studium beenden. Deswegen habe ich die Hochzeitspläne dann vorerst auf Eis gelegt. Aber kurz vor den Prüfungen sprach ich sie erneut darauf an.« Er griff nach seinem Glas und nahm einen Schluck. Jetzt kam der für ihn schwerste Teil und er blickte an Lisa vorbei, als die nächsten Worte seinen Mund verließen. »Ich habe sie gefragt, ob sie mich heiraten würde. Ihren entgeisterten Blick werde ich wohl nie vergessen.« Er schluckte, der Gedanke daran ließ alte Wunden aufbrechen.

»Wie ging es weiter?«, erkundigte sich Lisa vorsichtig und griff nach seiner Hand.

Felix legte den Kopf schief und blickte sie wieder an. »Sie hat gelacht. Ob ich noch alle Tassen im Schrank hätte, hatte sie gemeint. So früh würde man in der heutigen Zeit nicht mehr heiraten. Sie wollte noch etwas erleben, dachte, etwas zu versäumen, und bekam Torschlusspanik. Immer öfter zog sie allein los, kam oft erst mitten in der Nacht heim und entzog sich meinen Zärtlichkeiten, bis ich es irgendwann ganz aufgab. Das war der Anfang vom Ende – wir haben uns schlichtweg auseinandergelebt.«

Lisa bemerkte kaum, dass ihr eine Träne über die Wange lief, und strich tröstend über seinen Handrücken. »Das tut mir leid.«

Er legte seine andere Hand an ihre Wange und wischte mit dem Daumen die Träne weg. »Das muss es nicht. Wir sind nicht im Hass auseinandergegangen, obwohl ich am Boden zerstört war. Ich habe sie trotz allem noch geliebt, aber so hatte unsere Beziehung keine Zukunft mehr. Wir hätten das perfekte Paar sein können – und waren es auch für lange Zeit.« Er lächelte Lisa an und nahm seine Hand wieder weg. »Im Nachhinein betrachtet waren wir beide schuld, dass die

Beziehung in die Brüche ging. Wir hätten mehr miteinander reden müssen, ehrlicher zueinander sein. Auch wenn ich spontan und für jeden Blödsinn zu haben bin, tief im Inneren bin ich ein Familienmensch. Mir ist es wichtig, mit dem Menschen, den ich liebe, Zeit in Zweisamkeit zu verbringen. Da verzichte ich gern auf sportliche Aktivitäten.« Felix blickte auf die Uhr. »Wir sollten für heute Schluss machen, es ist spät geworden.«

Lisa nickte, benommen von dem, was er ihr anvertraut hatte. »Du hast recht.« Sie hätte gern mehr erfahren, zum Beispiel, wieso er keine neue Freundin hatte, aber sie akzeptierte seinen Entschluss, nicht mehr darüber zu erzählen. Es tat ihr in der Seele weh, dass er so eine Enttäuschung erlebt hatte.

»Ich wecke dich morgen um halbsieben, okay? Dann müssen wir nicht zusammen unter die Dusche.« Er zwinkerte ihr zu, drückte sie zart an sich und gab ihr einen Kuss auf die Stirn. »Schlaf gut, Sweetheart.«

***

Sie war lange vor dem Wecker wach. Das viele Essen am Abend hatte ihr im Magen gelegen, die Sehnsucht nach Yannis war übermächtig und trug nicht dazu bei, dass sie eine erholsame Nacht verbracht hatte. Gähnend rieb sie sich den Schlaf aus den Augen und warf einen Blick auf ihr Handy. Halbsechs, das bedeutete, bei Yannis war es halbsieben. Ob sie ihn wecken sollte? Sie verwarf diesen Gedanken wieder, aber eine kleine Nachricht würde sie ihm senden können. Sie lauschte nach Geräuschen in der Wohnung, aber lediglich das Zwitschern der Vögel von draußen war zu hören. Leise stand sie auf, nahm ihre Kosmetiktasche zur Hand und ging ins Bad.

Dank der Sonnenbräune konnte sie auf Make-up verzichten, dennoch legte sie Wert auf sorgfältig geschminkte Augen und einen Hauch Lipgloss. Flache Sandalen, eine luftige Sommerhose und ein Top, kombiniert mit einem dünnen Blazer waren gemütlich und bequem, aber trotzdem businessmäßig genug. Lisa betrat die Küche und schmunzelte, als sie den Kaffeevollautomaten sah. Es war das gleiche Modell, welches auch sie ihr Eigen nannte. Nach einem Blick in den Kühlschrank beschloss sie, das Frühstück für sich und Felix herzurichten.

»Guten Morgen«, begrüßte er sie wenig später. »Du bist schon wach und hast Frühstück gemacht? Wunderbar, in den Genuss bin ich seit dem Urlaub nicht mehr gekommen. Vielen Dank!«

»Das ist das Mindeste. Gut geschlafen?«

Er grinste breit. »Nachdem die Müdigkeit über die Versuchung gewonnen hatte, ja. Durchaus.«

Lisa verschluckte sich fast an ihrem Cappuccino. Sie musterte ihn aus halb geschlossenen Augen und versuchte herauszufinden, ob er das ernst gemeint hatte – erfolglos. Felix widmete sich mit gutem Appetit seinem Frühstück und warf ihr höchstens ein oder zwei nichtssagende Blicke zu. Apropos Versuchung – er saß frisch geduscht mit nacktem Oberkörper am Frühstückstisch, lediglich mit einer Jogginghose bekleidet, und verströmte jenen männlich-sportlichen Duft, der ihr aus seinem Kofferinhalt vertraut war und der jede Frau schwachwerden lassen musste. Dabei wirkte die Situation völlig natürlich und kein bisschen anzüglich.

Verstohlen ließ Lisa ihren Blick über sein angedeutetes Sixpack wandern. Man konnte sehen, dass er viel Sport trieb.

»Hast du hier schon mit deiner Ex gewohnt?«, ließ sie das gestrige Thema noch einmal aufleben.

»Ja. Aber ich habe die Wohnung komplett renoviert, als sie ausgezogen ist. Nun gibt es kein Möbelstück, keine Wandfarbe, keine Deko, also rein gar nichts mehr, was wir hier gemeinsam angeschafft hatten. Ich hätte es nicht ertragen. Und ausziehen wollte ich nicht, die Lage ist einfach traumhaft.« Er nahm einen Schluck von seinem Kaffee. »Mitten im Grünen, nicht weit zur Arbeit. Besser geht's nicht«, vertraute er ihr an. Er warf einen Blick auf die Uhr. »Ich ziehe mich nur schnell an, dann können wir los. Bist du so lieb und stellst das Geschirr in die Küche? Ich räume das am Abend weg.«

Lisa musste sich ein Lächeln verkneifen, als er zurückkam. Er hatte zwar keinen Anzug an, sondern Jeans, Hemd und Krawatte, aber sah damit völlig anders aus – beinahe wie ein Model. Da war er wieder – dieser etwas unnahbare Felix, den sie auf Zakynthos kennengelernt hatte. Inzwischen wusste sie, dass er nicht abweisend, sondern ein wunderbarer und herzlicher Mann war, der eine Schutzmauer um sein Herz gezogen hatte. Und nur wenige durften sein wahres Ich sehen. Sie war froh, dass sie zu diesen Menschen gehörte.

***

Schwungvoll öffnete er die Tür zum Büro, nachdem er das *Herein* seines Vaters vernommen hatte.

»Morgen, Paps. Darf ich vorstellen? Unsere vielleicht neue Mitarbeiterin, Lisa Marie Schneider. Lisa, dein eventuell zukünftiger Arbeitgeber: Konrad Liebl.«

Dieser blickte über den Rand seiner Brille und stand lächelnd auf, um ihr die Hand zu schütteln. »Das ist also die Frau, der ich es zu verdanken habe, dass mein Sohn verrücktspielt. Herzlich willkommen, Frau Schneider.«

»Guten Morgen, ich freue mich, Sie kennenzulernen. Vielen Dank für die Möglichkeit, erst zur Probe zu arbeiten, bevor ich eine Zusage geben kann.«

»Da haben wir zu danken. Oft genug hat man die Katze im Sack. Zum Glück gibt es dafür die Probezeit. Kaffee?« Er deutete auf die Anrichte neben sich, wo eine Thermoskanne stand.

»Nein, danke, wir haben gefrühstückt.«

»Auch gut«, sagte er und begab sich zurück auf seinen Platz. »Frau Haberkorn wird sich um alles Weitere kümmern, sie hat den Zeitplan für Sie erarbeitet.«

»Dankeschön.« Felix hatte ihr gestern ja schon eine grobe Zusammenfassung gegeben, wie sich ihr Tag gestalten würde.

Im gleichen Augenblick öffnete sich die Tür und eine rundliche, grauhaarige Dame betrat den Raum, die Post in der Hand.

»Moin, Chef«, meinte sie salopp und legte die Briefe auf den Beistelltisch. »Felix, wie schön, dass man dich auch mal wieder im Chefbüro sieht!« Sie lächelte und zwickte ihn in die Wange, wofür sie sich auf die Zehenspitzen stellen musste. »Wann wirst du dir endlich die Haare schneiden lassen und wie ein vernünftiger Mann aussehen?«

»Gar nicht, Frau Haberkorn. Obwohl, nachdem Leon nun weg ist, besteht keine Gefahr der Verwechslung mehr.« Er grinste.

Sein Vater runzelte die Stirn. »Du solltest auf unsere Sekretärin hören. Welche Frau will schon einen Mann, der längere Haare hat als sie?«

Felix und Lisa sahen sich an und prusteten gleichzeitig los.

»Oh, da bin ich wohl in ein Fettnäpfchen getreten«, schmunzelte Konrad Liebl und musterte Lisa. »So, raus mit euch, ich habe zu arbeiten. Felix, in einer halben Stunde ist Vorstandssitzung, bitte nicht vergessen. Frau Haberkorn, ist der Besprechungsraum hergerichtet?«

»Selbstverständlich, Chef. Leon wird per Videokonferenz zugeschaltet. Die Berichte sind ausgedruckt und liegen auf dem Tisch, Erfrischungen und Brötchen stehen bereit.« Sie nickte ihrem Arbeitgeber zu und wandte sich dann mit ihrer mütterlichen Art an Lisa. »Nun gut, dann folgen Sie mir mal ganz unauffällig, liebe Frau Schneider. Und dabei können Sie mir erzählen, wie es meinem kleinen Leon geht.«

Lisa schmunzelte. Leon war alles, aber nicht klein. Carli, die einen halben Kopf größer war als sie, reichte ihm gerade mal bis zur Nasenspitze. Und Felix war genauso ein Riese wie Leon. Aber ihr gefiel die mütterliche Art von Frau Haberkorn, und auch Felix' Vater war ihr sehr sympathisch. Sie fühlte sich hier sofort wohl.

22.
Im Zwiespalt

Nach einem Tag voller neuer Eindrücke brachte Felix Lisa zu der Wohnung, die sie beziehen würde, sollte sie den Job annehmen.

»Tritt ein, bring Glück herein«, witzelte er und öffnete Lisa die Tür zu Leons Appartement.

»Wow!«

Staunend blickte Lisa sich um. Das Loft hatte sicher über einhundert Quadratmeter. Küche, Essbereich, Schreibtisch und Wohnzimmer waren in einem einzigen Raum untergebracht und doch so raffiniert voneinander getrennt, dass man diese Bereiche eindeutig zuordnen konnte. Hinter einer halbhohen Wand befand sich das Kopfteil des aus Metallrohren gedrechselten Bettes. Von dort, wie auch vom Sofa aus, hatte man einen wunderbaren Ausblick auf die Terrasse, welche sich über die gesamte Breite des Gebäudes erstreckte. Unzählige Topfpflanzen, eine gemütliche Loungegarnitur und ein kleiner Springbrunnen sorgten für eine urlaubsähnliche Stimmung, eine hohe Hecke schützte vor fremden Einblicken.

»Wow«, wiederholte sie. »Wenn Carlotta das sieht, lässt sie alles stehen und liegen.«

»Tja, Sweetheart. Vorerst ist es deines, wenn du den Job hier annimmst. Leon ist durch und durch ordentlich und organisiert.«

Damit hatte Lisa kein Problem. Dass die Einrichtung ein Vielfaches von ihrem Mobiliar gekostet hatte, konnte sogar jemand erkennen, der kein Auge für Hochwertiges hatte. Ehrfürchtig strich sie über die Granitarbeitsplatte der Küche und wanderte staunend weiter ins Schlafzimmer. Stauraum war genug vorhanden, sogar ein kleiner Schminktisch hatte neben den raumhohen Schränken an der Wand Platz gefunden. Lisa deutete fragend darauf. »Was macht der denn hier?«

»Du weißt ja, dass Leon wechselnde Damenbekanntschaften hatte, da meinte er, das wäre sinnvoll, bevor das Weibsvolk sein geheiligtes Bad mit Make-up-Utensilien vollstopft«, antwortete Felix, der einen Schritt hinter ihr war.

Das Badezimmer verschlug Lisa endgültig die Sprache. Eine ovale Wanne war zur Hälfte in den Boden eingelassen. Die begehbare Dusche war wie eine Schnecke geformt, wo sich mittendrin eine Glastür befand, welche in ein gemauertes Dampfbad führte. Überall sorgten versteckte LED-Leuchten für stimmungsvolles Licht.

»Jetzt kannst du dir vorstellen, dass jede Frau hier schwachgeworden ist«, kommentierte Felix Lisas Überraschung.

»Es ist ...« Ihr fehlten die Worte.

»Geschmackvoll aber völlig überkandidelt?«, half er ihr aus.

»Ja, so in etwa. Man fühlt sich sofort wohl und trotzdem fehlt etwas, wenngleich es nicht Leons persönliche Note ist. Ich glaube, er ist genau wie seine Wohnung.« Sie drehte sich im Kreis, um die Eindrücke zu verarbeiten.

»Richtig erkannt, Sweetheart. Der Innenarchitekt hat sich damit eine goldene Nase verdient.« Er ließ sie nicht aus den Augen.

»Du hast deine Wohnung selbst eingerichtet, oder?«

»Natürlich.« Felix lächelte.

»Das merkt man. Hier hingegen fehlen die persönlichen Gegenstände.«

Es gab genau ein Bild, welches darauf schließen ließ, dass dieses Loft tatsächlich bewohnt war und nicht für Fotos eines Hochglanzmagazins für Architektur verwendet wurde.

Lisa betrat die Terrasse. Wohltuende Stille herrschte hier, nur von Weitem hörte man die Geräusche der Stadt. Felix hatte noch im Auto die Krawatte abgenommen und die Hemdsärmel hochgekrempelt. Jetzt stellte er sich neben sie, sein Arm berührte ihren. Ein wohliger Schauer rieselte durch Lisas Körper. Sie empfand Felix' Gegenwart als angenehm.

»Sag jetzt nicht, dass es die Bude hier ist, die deine Entscheidung zugunsten der Liebl-Werke beeinflusst.«

»Natürlich nicht.« Lisa schüttelte den Kopf und wandte sich zu ihm. »Ach, Felix, es ist alles so verzwickt!« Seufzend ließ sie sich auf der Sitzgelegenheit nieder und zog die Beine an.

Felix setzte sich neben sie und nahm liebevoll ihre Hand in seine. In einem hatte sie recht: Es war verzwickt. Die Zeit, die er bisher mit ihr verbringen durfte, vertiefte nicht nur ihre Vertrautheit, sondern verstärkte in ihm auch andere Gefühle – diejenigen, die er auf Zakynthos Yannis' zuliebe nicht zugelassen hatte. Lisa hatte Emotionen in ihm geweckt, von denen er seit der Trennung von seiner Ex glaubte, sie niemals wieder empfinden zu können. Er war egoistisch genug, sich das einzugestehen, und sein sehnlichster Wunsch war, dass sie ihre Arbeit hier antreten und Yannis verlassen würde. Andererseits war er zu sehr Ehrenmann, um das jetzt auszunutzen. Er war sich nicht sicher, ob er nicht doch Chancen hätte. Körperliche Nähe ließ sie schließlich zu und das konnte man ausbauen. Aber er wollte sie nicht in diese Verlegenheit bringen, es reichte, wenn er nicht mehr wusste, wo ihm der Kopf stand. Sollte sie den Job hier annehmen, dann ... Ja, dann würde er um sie kämpfen.

»Wieso, was bedrückt dich denn?«, lenkte er seine Gedanken wieder auf die Gegenwart.

Lisa knabberte auf ihrer Unterlippe, was sein Blut in Wallung geraten ließ. Nur schwer konnte er den Blick davon lösen.

»Alles.«

»Alles?« Seine Mundwinkel zuckten amüsiert. »Das ist aber Meckern auf sehr hohem Niveau, oder?«

»Nein. Jetzt, wo ich da bin, sehe ich wieder, wie viel einfacher es hier wäre. Dein Vater bietet ein gutes Gehalt, bei Yannis habe ich ein schlechtes Gewissen, weil ich abhängig bin, wenn ich für meine Arbeit von ihm Lohn beziehe. Hier spreche ich dieselbe Sprache und die Kollegen, die ich kennenlernen konnte, sind alle furchtbar nett. Das Personal bei Yannis war auch herzlich zu mir, als ich mitgearbeitet habe. Aber irgendwie blieb der Eindruck haften, dass sie sich von mir, der Geliebten des Chefs, distanzierten. Zumindest fühlte es sich so an, was weiß ich, ich verstehe schließlich kein Griechisch. Ich habe dort keine Freunde außer ihn. Und ich habe Angst, dass mir das zu wenig wird. Nicht falsch verstehen, natürlich ist Yannis für mich alles, aber Freunde zu haben, ist wichtig. Hier in Bayern habe ich auf jeden Fall schon mal dich und ich bin mir ziemlich sicher, dass ich rasch Anschluss finden würde.«

»Ach, Sweetie«, flüsterte Felix und zog sie in seine Arme, wobei er ihr sanft über den Rücken strich. Der Duft ihrer Haare erreichte seine Nase und schürte die Glut, die in ihm brannte. Guter Rat war hier teuer. Letzten Endes wollte er sie für sich gewinnen, aber er stand zu seinem Wort, welches er Yannis gegeben hatte. Deswegen wusste er nicht, was er ihr Aufmunterndes sagen sollte. Er wollte seinem Freund nicht in den Rücken fallen, sie aber auch nicht in seine Arme treiben. »Ich denke, es wird darauf hinauslaufen, dass du dich zwischen deiner Liebe und deinem sozialen Umfeld entscheiden musst. Das kann dir keiner abnehmen. Ich bin mir jedoch sicher, dass du jede Herausforderung meistern wirst.«

Felix stand im Zwiespalt seiner Gefühle, denn er wusste, reine Freundschaft würde ihm nicht reichen, wenn sie hierherziehen würde. Er wählte seine nächsten Worte mit Bedacht.

»Du weißt, dass du mir sehr wichtig bist, Lisa. Ich habe dir auf Zakynthos mein Wort gegeben, dass ich Yannis nicht in die Quere komme. Mittlerweile weißt du, wie meine Beziehung in die Brüche ging. Das war auch der Grund, wieso ich mich gegen etwas Neues gesträubt habe – ich wollte nie wieder so enttäuscht werden oder schlimmstenfalls noch mal eine Trennung durchmachen. Aber wenn du den Vertrag hier unterschreibst, dann ist das Versprechen an Yannis für mich hinfällig. Dein bester Freund zu sein ist einfach, solange du dreihundert Kilometer von mir weg bist und wir uns nur selten sehen und sonst lediglich hören oder per Social Media austauschen können. Ist das nicht mehr der Fall, kann ich für nichts garantieren. Denn die Zeit mit dir hier gibt mir eine Ahnung, wie es sein könnte.«

Lisa richtete sich auf, als sie das hörte. »Das heißt, meine Anwesenheit hier macht dir zu schaffen?«

Er überlegte kurz und nickte dann. »Ja, so sehr ich es genieße, dass du hier bist, aber es fällt mir sauschwer, meine Gefühle für dich im Zaum zu halten. Und das wird sicher nicht einfacher, wenn wir täglich zusammen sein können.«

»Um dir nicht wehzutun, wäre es also fairer, Yannis' Angebot anzunehmen?«

»So gesehen – ja. Da bin ich weniger eifersüchtig, weil ich nicht mitbekomme, was ihr macht. Die Zeit, wo ich euch auf Zakynthos zusammen sah, war schlimm für mich. Ich wünschte mir dauernd, an seiner Stelle zu sein. Und trotzdem stand mein Versprechen, was mich davon abhielt, es überhaupt zu versuchen.«

Lisa ließ die Worte eine kleine Weile auf sich wirken und meinte dann: »Du bist ein sehr komischer Mensch, Felix Liebl. Und was glaubst du, würde Yannis im umgekehrten Fall machen?«

»Kommt drauf an. Wäre er in dieser Situation und du mit mir schon zusammen, würde er genauso reagieren.

Er würde sich für uns freuen und seine Gefühle unterdrücken. Aber wenn du darauf anspielst, was wäre, wenn aus uns später ein Paar würde, kann ich dir sagen, dass es ihn innerlich zerreißen würde. Wahrscheinlich würde er sich in seiner Arbeit vergraben und für jeden unausstehlich werden.« Er musterte sie kurz. »Sweetheart, wenn du danach entscheidest, wen du damit weniger verletzt, wirst du selbst auf der Strecke bleiben. Denk an dich und an dein Glück, nicht an das der anderen.«

»Wenn das nur so einfach wäre, Felix. Immerhin hast du mich auf Zakynthos zuerst geküsst.«

»Und du hast es erwidert. Ganz egal bin ich dir also nicht«, stellte er klar.

Sie schüttelte den Kopf. »Sonst säße ich nicht hier.«

»Vielleicht sollten wir es noch mal tun.«

»Was?« Er konnte doch unmöglich meinen ...?

»Uns küssen. Vielleicht sind wir dann schlauer.«

»Ich glaube nicht, dass das eine gute Idee wäre.« Lisa spürte, wie ihr Herz zu rasen begann.

»Nicht?« Er zog seine Augenbraue spöttisch nach oben. »Und wieso nicht?« Er spielte soeben mit dem Feuer, das wusste er. Die Antwort auf diese Frage lag in seinem Fall auf der Hand. Aber er war gespannt, welchen Grund Lisa anführen würde.

Sie holte tief Luft. »Weil ich Angst habe, dass ich meine Sehnsucht nach Yannis auf dich projizieren würde. Ich glaube nicht, dass das sinnvoll ist.« *Und weil du mir mehr unter die Haut gehst, als gut für mich ist,* fügte sie im Stillen hinzu.

Ihr Körper kribbelte, als sie seinen Duft einatmete. Es wäre so einfach, der Versuchung nachzugeben! Viel einfacher als ihr zu widerstehen. Allein der Gedanke an Yannis hielt sie davon ab, eine Dummheit zu begehen. Das – und ihr Gewissen. Und doch konnte sie sich nur zu gut vorstellen, wie es sich anfühlen würde. Sie sehnte sich so sehr nach einer zärtlichen Berührung von Yannis, dass es beinahe schmerzte. Und sie würde diesen Schmerz hier und jetzt stillen können – mit Felix. Sie sah es in seinen Augen, in denen der amüsierte Ausdruck verschwunden war. Stattdessen loderte schwarzes Feuer der Begierde darin.

Die Luft um sie herum war spannungsgeladen – ein Funke würde genügen und eine Feuersbrunst auslösen, die sie beide mit sich riss, bis sie mit Haut und Haaren darin untergingen. Ihr Herz klopfte wild, ihre Lippen waren leicht geöffnet, ihre Augenlider zitterten. Eine Berührung, eine zärtliche Geste, und es wäre ihr Verderben, das spürte sie. Sie war wie hypnotisiert, sah es förmlich auf sich zukommen und konnte dennoch nichts dagegen unternehmen. Dieses Mal würde es keine Carlotta geben, die ihr Tun unterbrach. Zum Teufel noch mal, sie wünschte sich beinahe, dass es geschehen würde – und doch auch wieder nicht, weil sie wusste, dass sie damit nicht umgehen könnte.

Vorbei war auch Felix' Beherrschung. Er hatte die Versuchung bekämpft, seit sie aus dem Zug gestiegen war, und nun war diese Grenze erreicht, er konnte nicht mehr länger standhaft bleiben. Seine Stimme war rau, als er antwortete.

»Ich glaube, das ist mir gerade scheißegal.«

Sein Mund näherte sich ihrem, ihr Puls flatterte wie der Flügelschlag eines Kolibris, sicher würde ihr Herz gleich stillstehen. Aber kurz bevor seine Lippen sie berührten, sah sie Yannis' enttäuschten Blick vor sich, welcher so lebensecht war, dass es wie ein Messerstich in ihr Herz fuhr. Gerade noch rechtzeitig legte sie ihren Finger auf seine Lippen und zog sich zurück.

»Ich kann nicht«. Lisa atmete hörbar aus, das Zittern ließ nach. »Es tut mir leid, Felix, aber ich kann nicht.«

Sie verstand die Welt nicht mehr. Wie hatte sie nur in so eine Situation geraten können? Eines wurde ihr jedoch in diesem Augenblick bewusst: Wenn sie nicht nach Griechenland ging, musste sie mit Yannis Schluss machen, selbst wenn es ihr das Herz brach. Je mehr Zeit sie mit Felix verbrachte, umso besser verstanden sie sich, und umso mehr fühlte sie sich zu ihm hingezogen. Sie hatte mit ihm mehr Gemeinsamkeiten als mit Yannis – so gesehen würden sie genauso gut zusammenpassen. Die Beziehung zu Felix basierte auf mehr Wahrheiten und weniger Missverständnissen, sie fühlte sich bei ihm beschützt und geborgen, begehrt und geliebt. Bei ihm gab es keine Freundin, die ihm das Glück mit einer anderen nicht gönnen wollte. Sein Kuss auf Zakynthos hatte sie schon durcheinandergebracht, aber da war Yannis ihr Fels in der Brandung gewesen. Sie schluckte schwer. Wie es aussah, würde sie vom Regen in die Traufe kommen – entweder liebte sie Yannis und arbeitete für ihn, oder sie arbeitete für Konrad Liebl – und da war es lediglich eine Frage der Zeit, bis Felix ihr Herz auf romantische Art eroberte. Sie vermutete, dass sie auch mit ihm glücklich werden könnte. Felix war wie ein Seelenverwandter. Oder liebte sie Yannis doch nicht genug, nachdem sie dieser Versuchung beinahe erlegen war?

»Nein, mir tut es leid«, entschuldigte er sich kleinlaut und setzte einen Dackelblick auf. »Ich weiß nicht, was da in mich gefahren ist.«

Lisa prustete kurz durch die Nase. »Deine wahren Gefühle vielleicht?« Dass er in ihr damit ein ähnliches Chaos ausgelöst hatte, verschwieg sie.

»Stimmt. Sei's drum, wenigstens weißt du nun, dass ich es ernst meine. Yannis weiß übrigens, dass du mir nicht gleichgültig bist und ich für dich da sein werde, sollte es mit ihm nicht klappen. Ich habe nur deswegen auf dich verzichtet, weil ich gesehen habe, wie ihr euch anschaut und was zwischen euch ist.« Er seufzte und drückte ihre Hand. »Bitte verzeih mir.«

»Es gibt nichts, was ich dir verzeihen müsste, Felix. Aber ich habe einiges zu überlegen. Meine Reaktion hätte nicht so ausfallen dürfen. Entweder liebe ich Yannis doch nicht so sehr, wie ich dachte, oder ich bin das flatterhafte Ding, für das Xenia mich hält.« Ihre Miene wurde ernst. »Ich kann jedenfalls nicht leugnen, dass ich mich auf dich eingelassen hätte, hätte mir Yannis nicht schon zuvor den Kopf verdreht. Du gehst mir ganz schön unter die Haut.«

»Ein Mist. Hätte ich den Koffer doch nur persönlich zurückgebracht«, erwiderte er mit schwarzem Humor. Dass sich dabei sein Herz schmerzhaft zusammenzog, verbarg er geflissentlich vor ihr.

23.

Die Achterbahn der Gefühle

Der Lautsprecher rauschte und knackte. »Auf Bahnsteig drei fährt ein, der Intercity Express nach Wien über Passau, Ried und Sankt Pölten. Bitte zurücktreten.«

Lisa deutete aufs Gleis. »Das ist meiner.«

»Schade, dass du schon wieder fahren musst«, stellte Felix fest, der Lisa zum Abschied auf den Bahnsteig begleitete. »Die Zeit ist viel zu schnell vergangen.«

»Das stimmt. Ich bin froh, dass ich hier war. Der Job ist sicher einsame Klasse und auch in der Wohnung würde ich mich wohlfühlen.«

»Komm her, du.« Er zog sie an sich und drückte sie fest. Mit bangem Blick verfolgte er, wie der Zug langsamer wurde. Er hob ihr Kinn mit dem Zeigefinger an, beugte sich über sie und hauchte ihr einen zarten Kuss auf die Lippen. Dann ließ er sie los – der Zug war zum Einsteigen bereit.

»Komm gut heim, Sweetie. Ich denk an dich.«

»Machs gut, Felix. Danke für alles.« Sie stellte sich auf die Zehenspitzen, küsste ihn auf die Wange und griff nach ihrem Trolley. Mit großen Schritten und schwerem Herzen betrat sie das Abteil und suchte sich ihren Platz.

Er winkte dem Zug nach, bis die Lichter nicht mehr zu sehen waren, und es war, als hätte sie einen Teil von ihm mitgenommen. Er ahnte, dass er sie verloren hatte, und dennoch hoffte er. Hoffte, dass er derjenige sein würde, für den sie sich entschied. Langsam drehte er sich um und ging zu seinem Auto zurück. Selten hatte er sich so leer gefühlt wie in diesem Moment. Lisas Lachen vermisste er schon jetzt. Ein altes Sprichwort fiel ihm ein: *Wenn du etwas liebst, lass es frei. Kommt es zu dir zurück, gehört es dir. Kommt es nicht, hat es dir nie gehört.* Freigelassen hatte er sie – der Rest lag nicht mehr in seiner Hand.

***

Aufseufzend ließ sich Lisa auf ihrem Platz nieder und blickte Felix nach, der viel zu schnell aus ihrem Blickfeld verschwand. Nur mit Mühe unterdrückte sie die Tränen, die ihr kommen wollten. Die beiden Tage hatten es ganz schön in sich gehabt – auch wenn nach dem Zwischenfall auf der Terrasse nichts mehr zwischen ihnen passiert war. Sie hatte einen Vorgeschmack bekommen, wie das Leben in Bayern sein könnte – und es hatte ihr gefallen. Die Stadt war nicht schlecht, aber auch nicht so, dass sie unbedingt dort wohnen wollte. Felix hatte ihr einen Haufen Leute vorgestellt, als sie nach dem Essen noch in einem Klub gewesen waren, und sie war sofort von ihnen akzeptiert worden. Der eine oder andere hatte Felix zwar damit aufgezogen, ihn endlich mit einer Frau an seiner Seite zu sehen, aber diese Kommentare waren weder plump noch anzüglich gewesen. Sie hatte Spaß gehabt, das Leben genossen und darüber sogar vergessen, Yannis eine Nachricht zu schicken, dass ihr abendliches Ritual ausfallen würde. Erst als sie zurück in der Wohnung waren, hatte sie seine Message gelesen, in der er ihr eine Gute Nacht wünschte und ihr von seinem Tag berichtete. Und als hätte er es geahnt, schrieb er:

Nachdem du dich noch nicht gemeldet hast, gehe ich davon aus, dass dich Felix heute ins Nachtleben der Stadt einführt. Ich vermisse dich unendlich und wünschte, ich könnte dabei sein.

Sie hatte ihm erst morgens geantwortet, denn sie wollte ihn nicht um drei Uhr aus dem Schlaf reißen, obwohl ihr Gewissen regelrecht danach schrie, ihn nicht im Unklaren zu lassen.

Das gemeinsame Frühstück war schweigend verlaufen, da auch Felix übermüdet war. Im Anschluss war sie wieder mit ihm in die Firma gefahren. Heute hatte sie schon das eine oder andere selbst erledigen dürfen, wobei Katrin Scherer ihr zur Seite gestanden hatte. Auch hier hatte Felix recht behalten: Sie hatten sich auf Anhieb gut verstanden, und in der Mittagspause war sie schon wie selbstverständlich zwischen den Kollegen gesessen und hatte sich gefühlt, als würde sie voll und ganz dazugehören. Am frühen Nachmittag hatte

Felix sie abgeholt, um ihr noch ein paar Sehenswürdigkeiten der Stadt zu zeigen.

Und jetzt saß sie im ICE nach Hause und fragte sich, was sie tun sollte. Gäbe es Yannis nicht, wäre ihre Entscheidung so klar wie Kloßbrühe und sie müsste gar nicht lange überlegen. Sie hatte sich in Bayern wohlgefühlt, die Arbeit hatte ihr Spaß gemacht, die Kollegen waren klasse, und mit Felix wäre sie über kurz oder lang sicher in eine Liebesbeziehung geschlittert. Dabei war sie sich sicher, dass sie mit ihm eine wundervolle Partnerschaft führen könnte. Er war ihr Seelenverwandter, hatte die gleichen moralischen Ansichten wie sie und war bestimmt auch ein einfühlsamer Liebhaber. Sie legte ihre Fingerspitze an ihren Mund, wo zuvor noch Felix' Lippen sie berührt hatten. Es war ein keuscher Kuss gewesen, aber sie wusste, dass er alle Willenskraft aufgeboten hatte, um nicht mehr daraus werden zu lassen. Sie hatte es an seiner Umarmung gespürt, in die er seine ganzen Gefühle gelegt hatte.

Sie war innerlich zerrissen und sehnte sich danach, Yannis' Stimme zu hören, denn langsam befürchtete sie, sich alles nur eingebildet zu haben – wüsste sie nicht explizit, dass es real war. Nun konnte sie nachvollziehen, was Carli mit der Aussage gemeint hatte, sie könne es kaum erwarten, Leon wieder in die Arme zu schließen. Ihr ging es im Moment nicht anders. Sie brauchte Yannis, um sich zu bestätigen, dass sie ihn liebte. Ihn – und nicht Felix.

Sie blickte auf ihre Uhr. Mit etwas Glück würde sie Yannis um diese Zeit am Handy erreichen. Ohne noch einmal darüber nachzudenken, wählte sie seine Nummer.

»Lisa!« In diesen vier Buchstaben schwang so viel Liebe und Sehnsucht mit, dass ihr nun doch Tränen in die Augen schossen.

»Hallo, mein Engel.« Ihre Stimme zitterte leicht, und sie hoffte, dass er es nicht hörte. »Ich bin auf dem Heimweg.«

»Ah? Und wie war es in meiner alten Heimat?« Die Angst in seiner Stimme war für Lisa kaum wahrnehmbar, dank der schlechten Verbindung, die sie im Zug hatte.

»Es war sehr schön.« Sie stockte. Was sollte sie ihm denn nun sagen?

»Und was genau davon?« Jetzt bemerkte Lisa die leichte Panik, die in dem Satz mitschwang.

»Alles.« Sie schloss die Augen. Das Wort wog bei Weitem schwerer und hörte sich noch viel schlimmer an, wie sie soeben bemerkte. »Ich habe viel zu überlegen.«

Yannis stockte der Atem. »Das bedeutet?«

»Genau das, was ich gesagt habe. Bitte verlange noch keine Entscheidung von mir, Yannis. Ich habe dich angerufen, weil ich deine Stimme hören wollte. Ich vermisse dich so sehr«, brach es aus ihr heraus.

»Das tu ich doch auch, Lisa. Ich zähle die Tage, bis ich dich wieder in meine Arme schließen kann.«

Eine Durchsage machte eine weitere Kommunikation unmöglich, denn sie verstand kein Wort mehr von dem, was Yannis noch sagte. Und keine zwei Sekunden später brach ihre Verbindung endgültig ab, der ICE befand sich mitten in einem Funkloch.

Sie seufzte, setzte eine Meldung ab, dass sie im Funkloch war und sie sich später melden würde, wenn sie schlafenging. Sie stellte den Wecker auf die voraussichtliche Ankunftszeit in Wien, schloss die Augen und versuchte, den fehlenden Schlaf der letzten beiden Nächte nachzuholen.

Als sie in ihrer Wohnung ankam, war sie völlig gerädert. Im Zug hatte sie nicht schlafen können, ihre Gedanken hatten sie nicht zur Ruhe kommen lassen. Aber es hatte gutgetan, einfach nur die Augen zu schließen und den Bildern in ihrem Kopf freien Lauf zu lassen. Gebracht hatte ihr das allerdings nichts, im Gegenteil. Vor ihrem Besuch bei Felix hatte sie sich schon fast dazu durchgerungen gehabt, nach Griechenland zu gehen. Und die beiden Tage bei und mit ihm brachten diesen Entschluss nun gewaltig ins Wanken. Sie war verwirrter als zuvor.

Lisa stellte ihr Gepäck im Schlafzimmer ab und machte sich eine Tasse Tee, mit der sie sich aufs Sofa setzte. Außerdem legte sie Papier und Bleistift auf den Tisch. Vielleicht half es ihr, sich eine Liste zu machen.

Sie nippte an dem Heißgetränk, stellte die Tasse ab, und machte sich an die Arbeit. Oben standen die beiden Namen, jeweils darunter zog sie eine Linie mit Pro und Kontra. Nachdenklich kaute sie an ihrem Bleistift, bevor sie das erste Wort in Felix' positiver Spalte schrieb.

Gehalt stand da. Gleich darauf strich sie es wieder durch. Yannis würde ihr auch Lohn bezahlen, wenngleich vielleicht nicht so viel wie die Liebl-Werke. Das war also kein Kriterium, welches die Waagschale in die eine oder andere Richtung ausschlagen ließ.

Freunde vor Ort. Gut, das war ein Argument, welches zu Felix' Gunsten ausfiel.

Abenteuer. Das wiederum stand in der Mitte von Yannis' Spalte, denn sie konnte nicht klar definieren, ob sie das nun gut oder schlecht fand.

Liebe. Definitiv Yannis' Pluspunkt. Oder? Sie seufzte und lehnte sich zurück. Wenn sie es zuließe, würde das auch bei Felix zutreffen. Nein, so kam sie nicht weiter. Langsam machten sich Kopfschmerzen bemerkbar.

»Das bringt nichts«, murmelte sie frustriert und legte den Stift beiseite. »Ich sollte auf mein Herz hören.«

Das sehnte sich nach Yannis' Liebe, wie ihr bewusst wurde, tat aber höllisch weh bei dem Gedanken, Felix das Messer ins Herz stoßen zu müssen. Den Blick, mit welchem er sie verabschiedet hatte, würde sie wohl nie vergessen. Darin hatte sie den brennenden Wunsch lesen können, dass aus ihnen mehr werden würde, wenn sie den Job in Bayern annahm. Die wenigen Sekunden, in denen sie kurz davor gewesen waren, sich zu küssen, kamen ihr in den Sinn. Sie hatte ihm kaum widerstehen können, das wusste sie. Aber wieso? Was hatte Felix an sich, dass sie sich so dermaßen zu ihm hingezogen fühlte? Die Antwort darauf lieferte ihr Gehirn postwendend. Weil sie sich blind verstanden, gleiche Ansichten teilten und von vornherein mit offenen Karten gespielt hatten. Dass er dazu noch verdammt attraktiv war, war die Kirsche auf dem Sahnehäubchen.

Würde sie sich ihm so hingeben können, wie sie es bei Yannis getan hatte? Vielleicht. Aber eine innere Stimme sagte ihr, dass es nicht so war. Die stürmische Leidenschaft, die sie in den zwei Wochen mit Yannis erlebt hatte, war deswegen so intensiv gewesen, weil sie davon ausgegangen war, dass die Liaison zeitlich begrenzt war. Da musste man jede Sekunde auskosten. Wäre es noch immer so, wenn sie zu ihm zog?

Mit Felix hätte sie alle Zeit der Welt. Andererseits – hatte sie die mit Yannis nicht auch? Sie musste doch nur über ihren Schatten springen und in ein ungewisses Abenteuer aufbrechen.

»Ach verdammt«, brummte sie. Inzwischen war das leichte Pochen in den Schläfen in einen stechenden Schmerz übergegangen. Kein Wunder – das kam davon, weil sie sich im wahrsten Sinne des Wortes den Kopf zerbrach.

Sie hatte Yannis versprochen, sich zu melden, bevor sie schlafenging. Lisa blickte auf die Uhr. Nein. Sie hatte keine Kraft mehr, jetzt mit ihm zu sprechen, auch wenn sie ahnte, was sie ihm damit antat. Sie war viel zu müde und zu durcheinander. Lisa griff nach ihrem Handy und schickte ihm eine Nachricht.

Ich bin völlig kaputt und müde. Bitte nicht böse sein, ich melde mich morgen Abend und gehe jetzt schlafen. Ich vermisse Dich. Gute Nacht.

Lisa ging ins Bad, schluckte eine Schmerztablette und putzte sich die Zähne. Morgen war ein neuer Tag, an dem sie hoffentlich ausgeschlafen sein würde. Sie konnte nur hoffen, dass sie dann besser in der Lage war, dieses Gedankenknäuel zu entwirren.

***

Yannis saß zu der Zeit, als sich Lisa von Felix verabschiedete, in seinem Büro. Er blickte auf den Kalender und wippte ruhelos mit dem Fuß. Seit knapp einer Woche war Lisa nun schon weg, und es kam ihm vor wie eine halbe Ewigkeit. Die Sehnsucht nach ihr fraß ihn noch auf, die Ungewissheit zermürbte ihn, und er wusste noch immer nicht, wie sie sich entscheiden würde. Würden die Tage bei Felix ihre Ängste, in ein fremdes Land zu ziehen, nur weiter verstärken? Dort hätte sie einen Beruf, den sie erlernt hatte – und Felix, von dem er wusste, dass auch er sein Herz an Lisa verloren hatte. Und das wiederum fühlte sich wie ein Schlag in den Magen an. Er vertraute Lisa und seinem Freund, trotzdem gaukelte ihm seine Fantasie Bilder vor: Felix und Lisa in leidenschaftlicher Umarmung, glücklich und lachend – und seine Eifersucht wuchs. Er wünschte, er könnte dabei sein, wenn Felix ihr die Stadt zeigte, in der er aufgewachsen war und bis vor nicht allzu langer Zeit noch gewohnt hatte. Ein Königreich dafür, dass die Beam-Funktion von Raumschiff Enterprise Realität wäre! Er hasste es, nichts tun zu können, außer ihr mit einer E-Mail an seinem Tag teilhaben zu lassen. Nachdem er gestern Abend nichts von ihr gehört hatte, hatte er eine schlaflose Nacht hinter sich, in der ihm sein Gehirn Bilder sandte, die ihn vor Eifersucht die Wände hochgehen ließen. Aber zum Glück hatte sie ihm heute Morgen eine Nachricht geschickt und darin erklärt, wieso sie sich vorm Schlafengehen nicht mehr gemeldet hatte.

Endlich zeigte das Display seines Smartphones den eingehenden Anruf mit ihrer Nummer an. Ein Blick auf die Uhr sagte ihm, dass sie nun auf dem Weg nach Hause im Zug sein musste. Es klingelte nicht einmal, so schnell hatte er abgehoben. Aber das, was sie ihm berichtete, beruhigte ihn kein bisschen, und dann brach auch noch die Verbindung ab. Er fluchte leise vor sich hin, die Angst breitete sich bis in die kleinste Nervenzelle aus. Sie hatte so verzweifelt geklungen! So unsicher, so ... endgültig. Hatte er sie verloren? Hart biss er die Zähne aufeinander. Er fühlte sich bei diesem Gedanken, als würde er bei lebendigem Leib gevierteIt werden. Nein! Er durfte nicht aufgeben. Denk positiv, machte er sich Mut. Sie liebte ihn doch! Würde das reichen, oder wäre ihre Unsicherheit so groß, dass sie lieber dem Job statt ihrer Liebe den Vorrang gab?

Xenias Worte fielen ihm ein, dass er es bereuen würde, sich mit Lisa eingelassen zu haben. Er grinste schief. Nein, er bereute keine Sekunde davon, und er vermisste auch Xenia nicht. Er konnte die Freundschaft mit ihr nie wieder auf das frühere Level bringen, daher verzichtete er darauf. Er war fertig mit ihr. Onkel Dimitri akzeptierte das und je länger es dauerte, umso weniger traute sich Xenia mittlerweile, ihm überhaupt noch unter die Augen zu treten. Eine Entschuldigung würde nicht über ihre Lippen kommen und selbst wenn, wusste sie, dass sie sich alles verbaut hatte.

Er vermisste seine Freunde Leon und Felix, mit denen er über seine Sehnsüchte und Ängste sprechen konnte. Leon wollte er damit nicht behelligen, frisch verliebt, wie er war. Und Felix? Nun, der würde ihn wohl am besten verstehen, denn er war sich sicher, dass es diesem ebenso erging. Allerdings hatte er viel zu viel Schiss, dass ihm dieser vielleicht etwas sagen würde, was er nicht hören wollte. Andererseits dachte er an das Versprechen, welches ihm sein Freund gegeben hatte. Nein, verführt hatte er Lisa sicher nicht, aber der

Teufel schlief bekanntlich nicht. Es konnte passiert sein, einfach aus der Situation heraus, ohne dass es auch nur einer von beiden vorgehabt hätte.

»Ich werde hier noch verrückt«, murmelte er, griff zum Telefon und rief Felix an.

Während des Gesprächs mit seinem Freund stand er kurz vor einem Herzinfarkt.

»Ich habe dir mein Wort gegeben, dir nicht in die Quere zu kommen, Yannis. Daran halte ich mich. Entscheidet sie sich jedoch, bei meinem Vater zu arbeiten, gilt das nicht mehr. Die beiden Tage mit ihr haben mir aufgezeigt, wie es sein könnte, mit ihr zusammen zu sein, und ich gestehe, dass ich mir das wirklich wünsche. Es ist so leicht, sich in sie zu verlieben.«

Yannis schluckte schwer, seine Befürchtungen bestätigten sich.

»Danke für deine offenen Worte. Mir ist klar, dass unsere Beziehung das nicht aushält, wenn sie nach Bayern geht. Obwohl ich weiß, dass du sie auch glücklich machen würdest, tröstet mich das kein bisschen, weil es mir das Herz rausreißt. Ich vergehe vor Sehnsucht nach ihr.« Nervös lief er neben seinem Schreibtisch auf und ab.

»Und du glaubst, es geht mir anders? Ich weiß, dass sie etwas für mich empfindet, aber ihre Gefühle zu mir sind anderer Art als zu dir, Yannis. Gegen dich komme ich wahrscheinlich nicht an. Ich freue mich für euch, wenn sie sich für dich entscheiden sollte, auch wenn ich dich beneide und noch nicht weiß, wie ich damit klarkommen werde. Ich glaube ja nicht, dass du sie sitzenlässt. Aber wenn, dann wird sie bei mir ein liebevolles Zuhause finden.«

»Eher geht die Welt unter, als dass ich sie verletzen würde. Ich werde Lisa nicht so einfach aufgeben, wenn sie erst einmal hier ist.«

»Ich auch nicht, sollte sie nach Bayern kommen. Ich hoffe nur, unsere Freundschaft hält das aus. Viel Glück, Yannis.« Damit legte er auf.

Dieser Satz zog ihm den Boden unter den Füßen weg. Irgendwas musste er unternehmen, sonst würde er Lisa an Felix verlieren, das spürte er. Und das war das Letzte, was er wollte. Nur was? Ihm waren hier die Hände gebunden. Sie war viel zu weit weg, um ihr zeigen zu können, wie groß seine Liebe zu ihr war. »Halte sie gut fest«, waren die Worte seines Vaters gewesen. Ja, wie denn? Seine Gedanken rasten, während er unruhig im Büro umherrannte.

Plötzlich fiel es ihm wie Schuppen von den Augen. Wenn sie nicht zu ihm kam, musste er eben zu ihr – lieber gab er das Hotel auf als Lisa. Mit Sicherheit würde sein Vater für ihn einspringen, wenn er wusste, um was es ging. Aber konnte er das *Caretta Palace* für ein paar Tage in dessen Hände legen?

Yannis verschaffte sich einen Überblick über die Gästebuchungen der nächsten Tage und rief gleichzeitig die Verbindungen nach Wien auf. Der nächste Flug ging am Samstag. Er tippte seine Kreditkartennummer zur Buchung des Fluges schon ein, noch während er die Nummer seines Vaters wählte. Es musste einfach gehen. Und wenn nicht, war es ihm gerade völlig egal. Es gab Wichtigeres auf dieser Welt als die Leitung eines Hotels.

24.
Es liegt doch auf der Hand

Am nächsten Morgen wachte Lisa erholt und schmerzfrei auf. Ihr erster Gedanke galt Yannis, dem sie gedanklich einen Kuss zusandte. Draußen strahlte die Sonne vom Himmel, was ihre Stimmung sofort aufhellte. Beschwingt ging sie in die Küche, um sich Kaffee zu machen, mit dem sie sich auf die Terrasse setzte. Sie rief auf ihrem Handy Instagram auf und scrollte durch die Beiträge, die ihr vorgeschlagen wurden.

Sie lächelte, als sie einen Spruch entdeckte: *Es kommt alles so, wie es kommen soll, und genau so, wie es kommt, ist es richtig.*

Wenn das mal kein guter Rat war, dachte Lisa. Trotzdem musste sie ihr Leben in die Hand nehmen und konnte nicht einfach so in den Tag hineinträumen. Sie konnte sich nicht darauf verlassen, dass andere ihr sagten, was sie zu tun hatte, so wie Anton es getan hatte. Es wurde Zeit, endlich eigene Entscheidungen zu treffen und die Konsequenzen auf sich zu nehmen. Sie wusste nur noch nicht, wie sie das bewerkstelligen sollte, und noch weniger, wohin sie das führen würde. In eine sichere Liebe und eine ungewisse Zukunft? Oder in eine gesicherte Zukunft und dafür eine ungewisse Romanze? Sie hoffte, dass ihr das Universum ein Zeichen schicken würde. Yannis war der Überzeugung, dass sie sich nicht zufällig über den Weg gelaufen waren. Und sie war geneigt, ihm zu glauben.

Lisa staunte nicht schlecht, als Carli am späten Nachmittag vor ihrer Wohnungstür stand.

»Was machst du denn hier?«, fragte sie und fiel der Freundin um den Hals.

»Vögelchen haben mir gezwitschert, dass es gut wäre, wenn ich heute für dich Zeit hätte«, meinte sie lapidar. »Sicherheitshalber habe ich Chips, Schokolade und Unmengen Wein eingekauft. Außerdem habe ich mein Nachtzeug mit, wenn es ganz arg wird.«

»Vögelchen?« Lisa musste sich ein Grinsen verkneifen.

»Leon hat kein Sterbenswort verraten. Er sagte lediglich, dass sein Bruder ihn angerufen hat und ihm den Hinweis gab, dass du einiges aufzuarbeiten hast.«

»Komm erst mal rein. Du hast genau das Richtige eingekauft.«

»Auwei, dann ist es schlimmer, als ich dachte.«

Eine Flasche Wein und zwei Tüten Chips später hatte sich Lisa alles von der Seele geredet. Nichts hatte sie ausgelassen, auch nicht den beinahe Ausrutscher.

»Es wundert mich nicht«, sagte Carli. »Ich erinnere mich an den Kuss, in den ich hineingeplatzt bin. Die Luft hat geknistert. Hätte Yannis damals nicht schon dein Herz erobert gehabt, wärst du jetzt sicherlich mit Felix zusammen.« Sie wiegte nachdenklich den Kopf hin und her. »Weißt du noch, was ich dich damals gefragt habe? Ob deine Gefühle zu Yannis eventuell doch nicht so intensiv sind?«

»Ja, daran erinnere ich mich.«

»Weißt du auch noch, was du mir geantwortet hast?«

Lisa überlegte keine Sekunde, bevor sie nickte. »Ich sagte, dass ich Felix gern mag, aber mir Yannis bei Weitem mehr bedeutet.«

»Genau. Und wie ist es jetzt?«

Sie wog ihre Worte ab, bevor sie antwortete. »Es hat sich nichts verändert. Ich mag Felix furchtbar gern, aber ein Blick in Yannis' Augen, und ich weiß nicht mehr, wie ich heiße.«

»Siehst du. Es liegt also auf der Hand. Was lässt dich zögern?«

Lisa überlegte kurz. »Ich will Felix nicht wehtun. Als er mir erzählt hat, wie übel ihm seine Ex mitgespielt hat, hab ich mich echt gefragt, wie man so herzlos sein kann.«

Carli lachte trocken auf. »Klar. Yannis ist es auch schon gewohnt, dass du ihm am laufenden Band eine vor den Latz knallst. Der steckt das sicher weg und angelt sich bei nächster Gelegenheit Xenia. Sie ist happy, Felix ist happy, nur ihr zwei bleibt auf der Strecke. Wenn ihr euch dann zufällig irgendwann trefft, stellt ihr fest, dass ihr euch noch immer liebt und fragt euch, was schiefgelaufen ist. Oder so ähnlich.« Sie schnitt eine Grimasse.

»Blöde Kuh«, antwortete Lisa und fing an zu lachen. »Okay, ich weiß, was du meinst. Und das werde ich auf keinen Fall zulassen.«

»Na also. Ich weiß ja, wie du dich in deinen Gedanken verrennen kannst und dann im Kreis läufst. Du wärst sicher auch selbst draufgekommen. Beantworte mir nur noch eine Frage: Wieso hast du dich diesmal nicht von Felix küssen lassen?«

»Weil ich an Yannis gedacht habe. Ich hatte mir gewünscht, er wäre hier. Und glaub mir Carli, er stand direkt neben mir und hat mir enttäuscht in die Augen geblickt. Bei dem Gedanken daran, ihn zu verlieren, hat es mein Herz in Stücke gerissen. Es tat höllisch weh. So etwas habe ich bisher noch nie erlebt.« Sie verzog das Gesicht bei dem Gedanken daran, denn sie konnte diesen Schmerz noch immer fühlen. »Als hätte man einen siamesischen Zwilling ohne Narkose getrennt, anders kann ich es nicht beschreiben. Und da wusste ich, dass ich Felix nicht küssen konnte.«

Carli grinste. »Mehr wollte ich gar nicht wissen. Kann ich dich allein lassen oder fängst du dann noch mal an, alles infrage zu stellen?«

»Sicher nicht.« Lisa warf einen Blick auf die Wohnzimmeruhr. »In einer halben Stunde kann ich Yannis anrufen, es ist also alles in Ordnung.«

Carlotta nickte. »Wenn noch was sein sollte: Du kannst mich noch bis Mitternacht erreichen.«

»Danke, das wird nicht nötig sein. Ich habe einiges zu tun.« Sie begleitete die Freundin zur Wohnungstür und drückte sie. »Ich weiß wirklich nicht, was ich ohne dich tun würde.«

Carli lachte. »Ich werde künftig per Videochat für dich da sein, sonst wird das ganz schön teuer werden. Und wenigstens weiß ich jetzt, wo ich meine nächsten Urlaube verbringen werde. Schlaf gut, Süße.«

Lisa kehrte zurück auf ihre Couch. Sie war froh, endlich eine Antwort zu haben. Hier zu sitzen und sich dauernd zu fragen, *was wäre wenn*, hatte sie nicht weitergebracht. Das hatte sie den ganzen Tag durchgespielt. Nachdem sie sich eine Woche lang den Kopf zerbrochen hatte, wie sie sich entscheiden sollte, und ihr die letzten Tage ein gewaltiges Gefühlschaos beschert hatten, hatte Carli ihr mit dieser einen Frage die einzig wahre Lösung aufgezeigt. Und sie spürte instinktiv, dass es richtig war. Verlieren konnte sie kaum etwas – aber dafür umso mehr gewinnen. Doch bevor sie ihren Plan in die Tat umsetzte, musste sie noch Felix informieren. Es war ihr wichtig, dass sie ihm ihre Entscheidung mitteilte. Sie griff zum Smartphone und rief ihn an.

»Hallo, Felix, Lisa hier«, begann sie das Gespräch. »Danke, dass du mir Carli geschickt hast.«

Er räusperte sich. »Ich habe mir gedacht, dass du Hilfestellung brauchen wirst. Die Tage mussten dich verwirrt haben. Du fehlst mir, Lisa.«

Lisa schluckte hörbar. Die nächsten Worte schmerzten nicht nur ihn, aber es ließ sich kaum vermeiden. »Felix, es tut mir leid, was ich dir jetzt sage. Es war eine wunderschöne Zeit bei und mit dir, aber mein Herz gehört Yannis. Ich werde nach Griechenland gehen.«

Seine Stimme war weich, aber sie hörte die Traurigkeit darin. »Das war mir beinahe klar, deswegen habe ich meinen Bruder angerufen. Du bist ein viel zu guter Mensch und ich glaube, du hättest sonst mit Yannis Schluss gemacht. Du hättest ihn zwar nie wieder gesehen, aber es über kurz oder lang nicht verkraftet. Auch wenn da etwas zwischen uns ist, was mehr werden könnte, so weiß ich doch, dass ich Yannis nicht ersetzen kann. Das hätte dich zerrissen. Und mich auch, weil ich nie gewusst hätte, ob du mich wirklich liebst, oder ich nur der Ersatz wäre.«

»Ach, Felix«, seufzte sie. »Du bist so ein lieber Kerl, und wir hätten bestimmt eine tolle Beziehung führen können, hätte ich Yannis nicht kennengelernt.«

»Dann hätten wir uns aber auch nie getroffen.«

»Das stimmt. Ich wollte dir nie wehtun. Und doch bin ausgerechnet ich diejenige, die dich noch einmal verletzt.«

»Das lässt sich nicht vermeiden, Sweetie. Dafür empfinde ich zu viel für dich. Aber ich freue mich für dich und Yannis. Werde glücklich, Lisa. Du hast es verdient.«

»Du aber auch. Versprich mir, dein Herz zu öffnen und die Vergangenheit hinter dir zu lassen. Ich weiß, das ist leichter gesagt als getan. Wenn du es zulässt, wirst du sicher bald jemanden finden, mit dem du glücklich werden kannst.«

»Das lass mal meine Sorge sein. Mich kriegst du sowieso nicht los. Mein Angebot, dein bester Freund zu sein, bleibt bestehen. Egal, was ist, du kannst auf mich zählen, und Yannis auch.«

»Danke, Felix. Das ist mir sehr wichtig – nein, du bist mir wichtig.«

»Das höre ich gerne. Wann fliegst du?«

»Ich hab mir noch keinen Flug herausgesucht. Ich wollte dir zuerst von meiner Entscheidung berichten. Deinem Vater schreibe ich noch, dass ich die Stelle nicht annehmen werde.«

»Das kann auch ich ihm sagen. Lass Yannis nicht zu lange warten. Viel Glück, Lisa.« Mit den gleichen Worten, die er tags zuvor zu Yannis gesagt hatte, beendete er den Anruf.

Lisa wischte sich eine Träne aus den Augen. Dieses Gespräch hatte ihr wieder aufgezeigt, was für ein warmherziger Mann Felix war. Sie wäre gern diejenige gewesen, die ihn glücklich machte, aber sie konnte es nicht. Er hatte recht: Sie würde immer an Yannis denken. Auch wenn sie momentan eine leise Trauer verspürte – die Vorfreude, Yannis bald wiederzusehen, überwog.

Ein Lächeln stahl sich auf ihr Gesicht. Ihr Liebster würde Augen machen! Sie klappte den Laptop auf, suchte die nächste Verbindung nach Zakynthos und buchte einen Flug. In genau drei Tagen würde sie endlich wieder in Yannis' Armen liegen. Sie lief ins Bad, machte sich frisch und kehrte mit nichts als hübschen Dessous am Leib zurück. Sie rief eine Videoübertragung auf und wählte Yannis an.

»Hallo, Honey«, begrüßte er sie. »Ich habe deine Nachricht, dass du dich doch erst heute meldest, weil du so müde bist, gelesen. Danke dafür, ich hätte mir sonst Sorgen gemacht.«

»Hallo, Du«, antwortete sie und erschrak, wie müde er aussah. »Es tut mir leid, mein Engel, aber ich war völlig hinüber. Dafür habe ich eine Antwort für dich.«

Sie sah, wie Yannis' Gesichtsfarbe wechselte. Jetzt hörte sie die Unsicherheit und Angst in seiner Stimme. »Ja?«

»Hmhm«, machte sie. »Erraten musst du sie aber selbst.«

Sie stellte das Handy auf den Tisch, schaltete auf Lautsprechfunktion und ging ein paar Schritte zurück, sodass er sie ganz sehen konnte.

»Himmel, Lisa, was wird das denn?«

»Was glaubst du, wieso ich dich in Dessous anrufe?« Sie drehte sich einmal im Kreis.

»Um mich völlig verrückt zu machen?«

Sie lachte. »Das auch. Aber hauptsächlich, weil ich dich bald so in deiner Wohnung erwarten werde.«

Für einen kurzen Moment sah er aus, als setze sein Herzschlag aus. »Das heißt, du hast dich für eine Zukunft mit mir entschieden?«

»Wenn du es noch immer möchtest? Ja. Ich werde dich nicht im Stich lassen und auf jeden Fall während der Saison für dich arbeiten. Dabei sehen wir ja, ob es auch mit uns so klappt, wie wir es uns wünschen.«

»Oh mein Gott, ich danke dir.« Er konnte nicht vermeiden, dass Tränen der Erleichterung über seine Wangen rollten. »Du weißt nicht, wie glücklich du mich machst. Ich hatte schon Angst, Felix hätte sein Versprechen gebrochen.«

Lisa setzte sich wieder so, dass nur ihr Gesicht zu sehen war. »Das hat er nicht.«

Yannis schluckte. »Die letzten Tage bin ich durch die Hölle gegangen, Lisa. Ich war rasend eifersüchtig, ich wusste ja, dass Felix dir auch nicht egal ist. Ich konnte nur hoffen, dass er sich an sein Ehrenwort hält und deine Liebe zu mir groß genug ist. Wenn nicht, hätte ich es nicht ändern können. Aber ich habe immer wieder das Bild vor Augen gehabt, wie ihr euch küsst, und das war noch die harmlose Variante. Schließlich weiß ich, wie es in seiner Wohnung aussieht. Und ich weiß, wie es ist, mit dir zu schlafen.«

»Es gab tatsächlich eine kritische Situation«, gestand Lisa. »Aber ich habe an dich gedacht. Und genau das ist der Grund, wieso ich das Jobangebot in Bayern nicht annehmen werde. Die Gefahr, dich zu verlieren, ist einfach zu groß.«

»Lisa, sag mir nur eines: Ist etwas zwischen euch passiert? Ich kann es dir verzeihen, immerhin hast du dich für mich entschieden. Aber ich will die Wahrheit wissen. Es darf nichts zwischen uns stehen, wenn wir eine gemeinsame Zukunft haben wollen.«

Sie sah ihm fest in die Augen. »Nein, Yannis, es ist nichts geschehen. Es gab nur diesen einzigen gefährlichen Moment, wo er mich beinahe geküsst hätte, aber da war nichts.«

»Ich glaube dir, Honey. Du kannst dir nicht vorstellen, wie ich die letzten Tage gelitten habe. Ich wäre um die ganze Welt gereist, um dir zu zeigen, wie sehr ich dich liebe.«

»Doch, mein Herz. Das kann ich durchaus. Es ging mir nicht anders. Aber in drei Tagen bin ich bei dir.«

»Am Samstag?« Yannis Mundwinkel zuckten amüsiert, bevor er losprustete und sich kaum wieder beruhigte.

Lisa blickte irritiert. »Was ist so lustig daran? Ich dachte, du freust dich, dass wir uns so schnell wiedersehen?«

»Das tu ich auch«, gackerte er, »aber da habe ich doch schon einen Flug nach Wien gebucht!«

»Den kannst du getrost stornieren«, lachte auch Lisa befreit auf.

***

Yannis trat ungeduldig von einem Bein auf das andere. Der Blumenstrauß in seiner Hand sah schon reichlich mitgenommen aus. Vor Nervosität umklammerte er das Bouquet so fest, dass er dabei die Stängel knickte, ohne es zu bemerken. Als er seinen Vater gefragt hatte, ob er ihn für einige Tage vertreten könnte, hatte dieser sofort eingewilligt. Er solle Lisa nach Hause bringen und ihr Wiedersehen feiern, so war die strikte Anweisung seines alten Herren gewesen. Dass nicht er nach Wien fliegen musste, um sie zu holen, sondern sie auf dem Weg zu ihm in der Maschine sitzen würde, hatte er zu diesem Zeitpunkt noch nicht ahnen können.

Und jetzt hatte dieser verdammte Flug auch noch eine halbe Stunde Verspätung! Yannis fluchte leise, trat von einem Bein aufs andere und würde sein Glück erst glauben, wenn er sie in seine Arme schließen konnte. Er konnte ohne sie nicht mehr leben, so einfach war das.

Endlich war das Flugzeug gelandet, es konnte sich nur noch um wenige Minuten handeln, bis es soweit war. Er verrenkte sich den Kopf, um Lisa in der Menge zu erspähen, und er strahlte übers ganze Gesicht, als er sie entdeckte.

Lisas Blick wanderte hastig durch die Menschen, die an der Absperrung warteten, und war enttäuscht, dass sie nicht sofort Yannis erblickte. Sie packte den Griff ihres Koffers fester und zwang sich zur Ruhe. Er war hier, dessen war sie sich sicher. Und dann sah sie ihn, etwas abseits von der Menge, mit einem Strahlen in seinen dunkelblauen Augen, welches der Sonne Konkurrenz machte. Sie beschleunigte ihre Schritte und stürzte sich mit einem Jubelschrei in seine Arme. Er hob sie mit leuchtenden Augen hoch und wirbelte mit ihr um die eigene Achse, bevor er sie wieder sanft auf dem Boden absetzte.

»Endlich«, sagte er und küsste sie innig. Dabei wurde der Blumenstrauß noch mehr in Mitleidenschaft gezogen, aber das war egal. »Ich habe dich so vermisst. Bist du bereit für eine Zukunft, die dein Leben verändert?«

Lisa nickte lächelnd. »Das bin ich, aber ich hätte nie gedacht, dass daran ausgerechnet ein vertauschter Koffer schuld sein könnte.«

Yannis lachte, nahm ihr das Gepäck ab, und Hand in Hand verließen sie die Ankunftshalle.

25.
Das Ende einer Saison

Drei Monate später

»Zur Feier des Tages gehen wir heute Abend elegant essen. Ich habe für neunzehn Uhr reserviert.« Yannis beugte sich zu ihr und gab ihr ihren Guten-Morgen-Kuss, bevor er das letzte Mal in dieser Saison nach unten ging und die Frühstückstische inspizierte. Die letzten Gäste checkten gegen vierzehn Uhr aus. »Bleib ruhig noch liegen, du hast jede Menge Zeit.«

Lisa hatte nichts dagegen. »Viel Spaß, mein Herz!« Sie blickte ihm versonnen nach, als er die Tür hinter sich schloss.

Seit Lisa Anfang Juli ihr Leben an Yannis' Seite begonnen hatte, hatte sich einiges getan. Die Zusammenarbeit funktionierte reibungslos, mittlerweile unterstützte sie ihn auch im Büro. Das Personal hatte sie anfangs zwar etwas argwöhnisch betrachtet, aber als die Angestellten merkten, dass sie sich nicht zu schade war, Besen und Kehrschaufel in die Hand zu nehmen, um die Terrasse von den Oleanderblüten zu befreien, und überall dort anpackte, wo sie Arbeit sah, hatte sie sich deren Respekt schnell verdient. Sie hatte Betten bezogen, Gemüse geschnippelt, Gläser abgetrocknet und an der Bar ausgeholfen.

Inzwischen verstand sie die griechische Sprache einigermaßen. Yannis nahm sich beinahe jeden Abend Zeit, ihr Vokabeln beizubringen. Nicht nur deswegen wuchs mit jedem Tag ihre Liebe zueinander. Sie verstanden sich blind, es gab kaum Meinungsverschiedenheiten, und das spürten auch alle anderen. Nicht nur einmal wurden sie von den Gästen für ihren liebevollen Umgang miteinander und ihre harmonische Ausstrahlung angesprochen, und Lisa hätte nicht glücklicher sein können. Sie konnte es immer noch kaum fassen, dass ein vertauschter Koffer sie zur Liebe ihres Lebens geführt hatte. Yannis war rücksichtsvoll, zärtlich und leidenschaftlich zugleich, immer darauf bedacht, dass es ihr gut ging und auch beim Sex ihre Erfüllung fand. Und das Schöne daran war, dass sie nicht nur im Bett herrlich herumalbern konnten. Das Leben an seiner Seite war schöner, als sie es sich je hätte vorstellen können. Der Job war vielseitig und interessant, aber auch stressig. Und trotzdem machte er ihr mehr Spaß als ihre alte Stelle als Disponentin. Im Nachhinein konnte sie gar nicht mehr verstehen, wieso sie solche Angst vor dieser Herausforderung gehabt hatte, und nicht gleich ihrem Herzen gefolgt war. Sie hatte noch keine einzige Sekunde bereut, über ihren Schatten gesprungen und dieses Wagnis eingegangen zu sein.

Michalis hatte einen Narren an ihr gefressen und lag ihnen ständig in den Ohren, ob sie nicht heiraten möchten, denn eine bessere Schwiegertochter könnte er sich nicht wünschen. Selbst Xenia hatte eingesehen, dass diese Liebe etwas Besonderes war, ihnen Glück gewünscht und sich bei Lisa entschuldigt. Die Freundschaft zwischen Yannis und ihr wurde zwar dadurch nicht wiederbelebt, aber wenigstens konnten sie sich in die Augen sehen, ohne ein schlechtes Gefühl zu haben, und der Frieden zwischen den beiden Familien war wiederhergestellt.

Die Auswahl der Weine hatte bei der Einweihungsfeier viele neue Kunden gebracht, und noch im selben Jahr gewann das Weingut einen Preis für den besten Wein aus der Region, sodass Dimitri doch noch genügend Vertrauen in seine Tochter zurückgewann und Xenia das Weingut übertrug, um seinen wohlverdienten, wenn auch frühzeitigen, Ruhestand zu genießen. Seitdem hatte Xenia alle Hände voll zu tun und würde bestimmt nie wieder irgendwo Brechmittel untermischen.

Wenn Lisa sich mit Carli per Videochat unterhielt, hörte sie regelmäßig: »Ich hab's dir doch gesagt, aber dich musste man ja zu deinem Glück zwingen.« Dabei strahlte sie selbst übers ganze Gesicht, denn auch sie und Leon waren ein Herz und eine Seele und dabei, nach Bayern zu ziehen. Denn Konrad Liebl hatte seinen Söhnen den Betrieb zu gleichen Teilen überschrieben und zog sich nach und nach aus der Firmenleitung zurück. Felix' Vermutung, wieso Leon ursprünglich in der Nachfolge übergangen worden war, hatte sich bestätigt, als dieser seinen Vater danach gefragt hatte. So gesehen war es seiner Liebe zu Carli zu verdanken, dass er künftig die Geschicke des Unternehmens zusammen mit seinem Zwillingsbruder führen durfte. Auch zu Felix hielt Lisa regelmäßigen Kontakt, meist telefonierten sie miteinander. Die Freundschaft zwischen Yannis und ihm hatte standgehalten, unter anderem, weil Felix wusste, dass Lisa für ihn nie so tiefe Gefühle entwickelt hätte, wie für seinen griechischen Freund.

Lisa war gespannt, wie es in der Winterpause sein würde, wo kein hektischer Hotelbetrieb auf sie wartete. Sie freute sich darauf, endlich eine normale Zeit als Paar zu verbringen, und etwas miteinander unternehmen zu können, ohne im Hinterkopf die Belange des Betriebs zu haben. Es würde schön sein, endlich wieder für sie und Yannis zu kochen – meistens hatten sie in der Hotelküche gegessen, weil schlichtweg keine Zeit geblieben war, dass sie selbst am Herd standen. Oft genug waren sie nachts fix und fertig ins Bett gefallen, ohne sich noch der körperlichen Liebe hinzugeben. Lisa lächelte. Ja, auch dafür würde jetzt endlich wieder mehr Zeit sein, nicht nur nachts, sondern spontan, wann immer sie Lust hatten – wobei, über letzte Woche konnte sie sich nicht beschweren, nachdem nicht mehr arg so viel los war, hatten sie sich wieder regelmäßiger geliebt, und noch immer war es, als würde er ihr den Boden unter den Füßen wegziehen.

Yannis hatte ihr versprochen, in den Wintermonaten Urlaub zu machen – in Österreich und in Bayern, vorzugsweise so, dass sie Carli und Leon bei ihrem Umzug helfen konnten. Er brannte darauf, ihr seine alte Heimat zu zeigen, aber auch darauf, die Zwillinge wiederzusehen.

Sie blickte auf die Uhr – höchste Zeit, unter die Dusche zu springen, sonst würde sie zu spät fertig werden.

Lisas Wahl fiel für heute Abend auf das Kleid, welches sie auf der Einweihungsfeier getragen hatte. Für sie war es, als würde sich der Kreis damit schließen – Saisonanfang und Saisonende im gleichen Outfit. Das Kleid, welches Yannis für sie ausgesucht und ihr Leben verändert hatte.

Yannis' Augen blitzten bewundernd auf, als er sie fertig gestylt sah. »Du siehst fantastisch aus«, meinte er. »Hätte ich nicht den Tisch reserviert, könnte ich für nichts garantieren.« Er hauchte ihr einen Kuss auf den Mund.

»Du kannst dich aber auch sehen lassen«, grinste Lisa. Ihr Liebster trug einen grafitgrauen Anzug mit einem hellblauen Hemd und passender Krawatte, welches seine Augen noch mehr zum Strahlen brachte. »Ich bin echt gespannt, wo du reserviert hast. So nobel kenne ich dich kaum.«

Yannis lächelte nur. »Lass dich überraschen, du wirst es früh genug erfahren.«

Eine halbe Stunde später wusste sie es: Er entführte sie nach Kambi und sie fragte sich, wieso er für dieses Restaurant auf elegantes Outfit bestanden hatte. Andererseits: Wieso auch nicht? Nur weil es kein Fünf-Sterne-Lokal war? Sie saßen auf der Terrasse, obwohl es kühl war, denn ihr Tisch im Innenraum war leider noch nicht frei. Lisa hatte einen Ausflugsbus auf dem Parkplatz stehen sehen. Bestimmt trödelte die Reisegruppe und war schuld daran, dass sie nun vorerst draußen warten mussten. Fürsorglich legte Yannis sein Sakko über ihre Schultern. Der Kellner hatte sich tausendmal für die Verzögerung entschuldigt und ihnen dienstbeflissen einen antialkoholischen Aperitif gebracht. Er schmeckte lecker, nach Granatapfel und Orangensaft, durch Sodawasser perlte er in den Sektkelchen wie Champagner.

»Hier waren wir am letzten Abend, bevor ich nach Hause geflogen bin«, sinnierte Lisa. »Schon damals hat mich der Ausblick gefesselt.«

»Ich kann mich noch gut daran erinnern.« Yannis' Blick war liebevoll.

»Ja, und du wolltest wissen, ob ich es mir vorstellen kann, hier zu leben und zu arbeiten.«

»Und was sagst du nun, wo du hier lebst und arbeitest? Gefällt's dir?«

Lisa nickte. »Das fragst du noch? Natürlich!«

Er griff über den Tisch nach ihrer Hand und drückte sie. »Ich habe mir überlegt, dass wir uns ein kleines Häuschen bauen könnten. Papas Grundstück ist riesig, da hat sogar ein kleiner Pool Platz. Wie findest du die Idee?«

Lisa blickte ihn fragend an. »Wieso das denn? Ist es dir zu einsam, wenn keine Gäste mehr im Hotel sind?«

»Nein, mein Schatz. Aber ich schätze, es wird in der Wohnung auf Dauer zu klein.«

»Ich verstehe nicht so ganz?«

»Na ja, wenn deine – beziehungsweise unsere – Freunde alle zu Besuch kommen, können wir nicht immer die Zimmer im *Caretta Palace* blockieren.« Er grinste.

»Das stimmt allerdings«, bestätigte sie. Trotzdem war ihr nicht klar, wieso er deswegen gleich bauen wollte.

Die letzten Sonnenstrahlen tauchten den Himmel in oranges Licht, eine kleine Sichel des untergehenden Sterns spiegelte sich im Meer. Die Luft roch anders als im Mai, trockener, würziger, aber auch dieses Aroma mochte Lisa. Ringsherum standen Windlichter aus Papiertüten, deren Muster Herzchen an die Wand warfen.

»Hier ist es so schön, dass es schon wieder kitschig ist«, meinte sie. Ihre Augen leuchteten voller Liebe und Dankbarkeit. Dankbar dafür, dass sie auf dieser Insel ihre große Liebe gefunden hatte. Dankbar, dass ihr Leben so erfüllt war.

Yannis verschränkte seine Finger mit ihren und blickte ihr mit einem Ausdruck in die Augen, welchen sie so noch nie bei ihm wahrgenommen hatte. Es schien, als wäre er nervös.

Er räusperte sich leise, bevor er zu sprechen begann. »Lisa Marie Schneider, du hast mich von der ersten Sekunde an verzaubert. Du bist mein Sonnenschein, der immer da ist, auch wenn etwas schiefgeht und der Tag mal trüb erscheint. Du bist das Beste, was mir passieren konnte. Du bist nicht nur der Mensch, den ich liebe, sondern die Frau, mit der ich den Rest meines Lebens verbringen will. Und deswegen möchte ich dich fragen: Willst du mich heiraten?«

Lisa riss überrascht die Augen auf und es verschlug ihr kurzzeitig die Sprache. »Ob ich will?«, krächzte sie.

Yannis zog seine Augenbraue fragend nach oben, in seinem Blick lag Unsicherheit. »Ja. Willst du meine Frau werden?«

Sie sprang auf und fiel ihm überglücklich um den Hals. Wieso war ihr das nicht eingefallen?

»Ja, Yannis. Ich will.«

»Ich hatte gehofft, dass du das sagst.« Er küsste sie zärtlich, bevor er ihr einen Ring an den Finger steckte. »Gefällt er dir?«

Andächtig blickte sie auf den Stein. Er war in demselben Stil wie ihre Halskette.

»Er ist wunderschön.« Lisa kämpfte mit den Tränen. »Eigentlich hätte auch ich dich fragen können. Immerhin leben wir im Zeitalter der Emanzipation.«

Er lachte. »Das hätte uns Papa nie verziehen. Ich bin noch altmodisch genug, dass ich dich fragen wollte.«

»Manchmal weiß ich nicht, wohin mit so viel Glück, welches ich mit dir erleben darf. Ich liebe dich.«

»Ich dich auch, Honey.« Sein Mund liebkoste ein weiteres Mal ihre Lippen, bevor er sich von ihr löste. »Dann können wir ja mit der Feier beginnen.« Er lachte, als er den fragenden Ausdruck in ihren Augen bemerkte. »Du wirst schon sehen.«

Das war das Stichwort für den Kellner. Die Terrassentüren wurden geöffnet und boten einen Blick ins Innere des Restaurants. Die Tische waren festlich gedeckt, Kerzenlicht flackerte, und darin saßen Bekannte und Familie. Lisa brachte vor Staunen kein Wort heraus. Sie konnte kaum fassen, was sie sah.

Yannis grinste. »Sie hat Ja gesagt!«, rief er in die Runde, was mit tosendem Applaus belohnt wurde.

Hand in Hand betraten sie den Raum und wurden von den ersten Gratulanten aufgehalten. Yannis' Vater drückte sie herzlich an seinen Brustkorb und wischte sich die Tränen aus den Augen, aber damit war er nicht allein. Auch Carlotta fiel Lisa heulend um den Hals.

»Gott, ist das romantisch«, schniefte sie. »Jetzt heiratest du sogar noch vor mir!«

Lisa lachte. »Danke, Carli. Ich glaube, dass Leon aber auch bald fragt, so wie er dich grad anguckt.«

»Herzlichen Glückwunsch, euch beiden«, sagte dieser und reichte seiner Freundin ein Taschentuch, bevor er Lisa per Handschlag gratulierte und sich dann an Yannis wandte.

Als Felix auf sie zutrat, rutschte ihr das Herz in die Magengrube. Wie würde er es aufnehmen?

»Meinen Glückwunsch, Sweetheart. Da geht meine Hoffnung nun endgültig dahin, dass er dich sitzenlässt«, sagte er grinsend und schüttelte ihre Hand, während Yannis noch mit Leon sprach.

»Ach, Felix«, seufzte Lisa. »Jetzt tun wir dir schon wieder weh.«

»Quatsch«, widersprach er und hauchte ihr einen Kuss auf die Hand, welche er immer noch in seiner hielt. »Ich sagte dir doch, solange du glücklich bist, geht es mir auch gut. Und wie sehr ihr euch liebt, ist nun wirklich nicht zu übersehen. Ich muss dir danken, denn durch dich weiß ich, dass ich wieder fähig bin, zu lieben. Die Schatten der Vergangenheit haben ihre Schrecken verloren.«

Lisa fiel ein Stein vom Herzen. »Dann steht einer neuen Beziehung nichts mehr im Wege?«

Er schüttelte den Kopf. »Das nicht. Vorerst hat aber der Wechsel vom Vorstand in die Geschäftsführung oberste Priorität. Und jetzt schau nicht so zweifelnd, es geht mir wirklich gut.« Felix nahm sie kurz in die Arme und drückte sie. »Ich wünsche euch alles Glück dieser Welt, Lisa. Nichts anderes habt ihr verdient.«

»Hey, lass die Pfoten von meiner zukünftigen Frau«, scherzte Yannis lachend und schlug seinem Kumpel freundschaftlich auf die Schulter. »Danke, Felix, dass du gekommen bist.« Leise fügte er hinzu: »Ich kann mir vorstellen, dass es nicht leicht für dich war.«

»Das stimmt, aber es stellt sich als einfacher heraus, als ich dachte, Yannis. Natürlich gab es eine Zeit, wo ich mir gewünscht hätte, an deiner Stelle zu sein. Aber ich sehe, wie eure Liebe zueinander gewachsen ist. Ihr strahlt beide von innen heraus. Das, mein Freund, erfüllt mich mit Glück. Schließlich war mein Koffer daran schuld, dass ihr euch gefunden habt.«

Yannis räusperte sich, während Lisa sich die Tränen aus den Augen tupfte, weil sich ihre Emotionen Bahn brachen. Ihr Zukünftiger blickte Felix unsicher an. »Das beruhigt mich. Ich wollte dich nämlich eben genau deswegen fragen, ob du und Leon meine Trauzeugen sein wollt. Aber ich war mir nicht sicher, ob ich dir damit nicht zu viel aufbürde.«

Felix strahlte, als er das hörte. »Nur zu gern, Yannis. Es ist mir eine Ehre.« Mit einem kräftigen Händedruck besiegelte er das Versprechen. Dann trat er zur Seite, um dem nächsten Gratulanten Platz zu machen.

Es dauerte eine Weile, bis Yannis und Lisa ihren Platz in der Mitte der Tafel einnehmen konnten. Als sie endlich saßen, sah Lisa ihren zukünftigen Ehemann gerührt an.

»Ich fasse es nicht, dass all diese Menschen hier sind, die mir wichtig sind. Seit wann hast du das geplant?«

Er grinste sie breit an. »Ich dachte mir, dass du an diesem Tag deine Freunde um dich haben möchtest.«

Lisas Herz ging auf – wie gut Yannis sie kannte, wie feinfühlig er doch war! »Damit hast du recht. Und was hättest du gemacht, wenn ich Nein gesagt hätte?«

»Dann hätten wir statt einer Verlobung einfach den Saisonabschluss eines verdammt erfolgreichen Jahres gefeiert«, erwiderte er lachend. Leise fügte er hinzu: »Aber ich war mir sicher, dass du Ja sagen wirst. Wenn nicht jetzt, dann in ein paar Monaten. Ich wäre hartnäckig geblieben.«

»Und was macht dich so sicher?«, fragte sie eben so leise zurück.

»Weil wir uns lieben. Und weil du seit etwa zwei Wochen überfällig bist, wenn ich richtig mitgerechnet habe. Deswegen gab's eine kleine Änderung im Plan – ursprünglich wollte ich meinen Antrag mit einem Glas Champagner machen, statt eines alkoholfreien Cocktails. Auch wenn es eigentlich noch etwas zu früh dafür ist – ich freue mich riesig darüber. «

»Was?« Lisa wurde blass, aber im gleichen Moment wusste sie, dass er die Wahrheit sagte. Jetzt fügte sich alles zusammen. »Das ist also der Grund, wieso du bauen willst!«

Yannis nickte glücklich. »Ja, und Papa wird außer sich vor Freude sein, wenn er ein Enkelkind um sich hat.«

Lisa legte die Hand auf ihren Bauch und lächelte.

Das Schicksal hatte ihr endgültig gezeigt, zu wem sie gehörte.

Danksagung

Wenn das letzte Wort getippt und die Story zu Ende ist, ist es an der Zeit, Danke zu sagen. Zuallererst möchte ich mich bei Dir bedanken, liebe Leseratte! Danke, dass Du Lisa auf ihrer Reise nach Zakynthos begleitet hast und auch die Danksagung liest. Wenn Du Lisa ab und zu am liebsten geschüttelt hättest, damit sie zur Vernunft kommt, oder mit Felix und Yannis mitgelitten hast, zuletzt vielleicht auch noch eine Träne im Auge hattest, dann habe ich alles richtiggemacht, denke ich. Hat Dir das Buch gefallen? Dann lass jederzeit Sterne auf der Plattform Deiner Wahl da, ich freue mich über jede einzelne Rezension.

Natürlich besteht die Gefahr, dass Dich nun das Fernweh gepackt hat. Sollte dank dieser Story Zakynthos eines Deiner nächsten Reiseziele werden, so war das nicht meine Absicht. Aber schreib mir gern oder schick mir ein Foto von deinem Lieblingsplatz dort. Ich fand die Insel jedenfalls wunderschön, als mein Mann und ich Anfang Juni 2018 in einer Woche etwa 700 km auf den Tacho des Leihwagens geradelt haben. Damals konnte ich noch nicht ahnen, dass Zakynthos das Setting eines meiner Romane werden wird. Ob es dort ein Hotel namens *Caretta Palace* gibt, weiß ich nicht, es würde mich aber nicht wundern.

Mein besonderer Dank geht an den dp Verlag, der meinem Manuskript ein Zuhause gab. Dort möchte ich mich in erster Linie bei meiner Projektbetreuerin Ina Lütjen bedanken. Danke, dass Du meine Fragen immer rasch und zuverlässig beantwortest und dabei stets nett und freundlich bleibst. Natürlich möchte ich mich auch bei den Menschen dort bedanken, die ich nicht namentlich kenne, die aber mit derselben Leidenschaft diesem Buch in die Öffentlichkeit verholfen haben. Von der Buchhaltung bis zur Grafik-Abteilung: Ein herzliches Dankeschön! Danke für den tollen Titel, den ihr statt des Arbeitstitels ausgesucht habt. Und das Cover ist einfach ein Traum geworden! Made in Stuttgart with ♥ – wie wahr. Dieses Gefühl hatte ich von der ersten bis zur letzten Sekunde. Danke, dass ich Teil der dp-Familie sein darf.

Ein ganz großer Dank geht an Daniela Pusch, meiner Lektorin, die mit Gold nicht aufzuwiegen ist. Danke liebe Daniela, dass du mir während des Lektorats mit vielen Tipps und Vorschlägen – und vor allem mit einer Engelsgeduld – zur Seite gestanden hast. Nach meiner letzten Überarbeitung bin ich überwältigt, was aus der Rohfassung geworden ist – und das verdanke ich Dir.

Danken möchte ich außerdem meinem, inzwischen nicht mehr aus meinem Leben wegzudenkenden, Freund und Autorenkollegen Andreas März, der oft genug meine grammatikalischen Gedankenknoten im Plusquamperfekt entwirrt hat.

Danke sagen möchte ich auch Andrea S., die mich vor einer halben Ewigkeit mit ihrer Schwärmerei über ihren Santorin-Urlaub neugierig gemacht und damit indirekt meine Liebe zu den griechischen Inseln geweckt

hat – auch wenn ich diese erst viele Jahre später entdeckt habe.
Danke Mama und Papa, ich bin froh, dass es euch gibt.
Und last but not least – wie immer gilt mein allergrößter Dank meinem Schatz. Du machst unsere Urlaube immer zu etwas Besonderem, weil Du kein Problem mit meinem Spleen hast, fast alle Straßen abfahren zu wollen, die auf den Karten eingezeichnet sind. Oft genug hat uns das schon zu den schönsten Fleckchen Erde geführt, die wohl nicht allzu viele Touristen zu sehen bekommen. Getreu dem Motto: »This Road is okay«, hoffe ich, dass wir noch viele dieser Straßen gemeinsam befahren können.
Euch allen gilt mein aufrichtiger Dank – ohne Euch gäbe es die *Olivensommertage* nicht.

Instagram: @uhrmann.natascha
Facebook: Uhrmann Natascha